o outono do patriarca

Obras do autor

O amor nos tempos do cólera
A aventura de Miguel Littín clandestino no Chile
Cem anos de solidão
Cheiro de goiaba
Crônica de uma morte anunciada
Do amor e outros demônios
Doze contos peregrinos
Os funerais da Mamãe Grande
O general em seu labirinto
*A incrível e triste história da Cândida Erêndira
e sua avó desalmada*
Memória de minhas putas tristes
Ninguém escreve ao coronel
Notícia de um sequestro
Olhos de cão azul
O outono do patriarca
Relato de um náufrago
A revoada (O enterro do diabo)
O veneno da madrugada (A má hora)
Viver para contar

Obra jornalística

Vol. 1 – Textos caribenhos (1948-1952)
Vol. 2 – Textos andinos (1954-1955)
Vol. 3 – Da Europa e da América (1955-1960)
Vol. 4 – Reportagens políticas (1974-1995)
Vol. 5 – Crônicas (1961-1984)
O escândalo do século

Obra infantojuvenil

A luz é como a água
María dos Prazeres
A sesta da terça-feira
Um senhor muito velho com umas asas enormes
O verão feliz da senhorita Forbes
Maria dos prazeres e outros contos (com Carme Solé Vendrell)

GABRIEL GARCÍA MÁRQUEZ

o outono do patriarca

TRADUÇÃO DE
REMY GORGA, FILHO

25ª edição

EDITORA RECORD
RIO DE JANEIRO • SÃO PAULO
2024

CIP-Brasil. Catalogação na fonte
Sindicato Nacional dos Editores de Livros, RJ.

G211o García Márquez, Gabriel, 1927-2014
25ª ed. O outono do patriarca/ Gabriel García Márquez; tradução de Remy
         Gorga, Filho; – 25ª ed. – Rio de Janeiro: Record, 2024.

Tradução de: El otoño do patriarca
ISBN 978-85-01-00973-9

1. Romance colombiano. I. Gorga, Remy, 1933-. II. Título.

93-0567
CDD – 868.993613
CDU – 860(861)-3

Título original espanhol
EL OTOÑO DO PATRIARCA

Copyright © 1975 by Gabriel García Márquez

Texto revisado segundo o Acordo Ortográfico da Língua Portuguesa de 1990.

Direitos exclusivos de publicação em língua portuguesa no Brasil adquiridos pela
EDITORA RECORD LTDA.
Rua Argentina, 171 – Rio de Janeiro, RJ – 20921-380 – Tel.: (21) 2585-2000,
que se reserva a propriedade literária desta tradução.

Impresso no Brasil

ISBN 978-85-01-00973-9

Seja um leitor preferencial Record.
Cadastre-se no site www.record.com.br
e receba informações sobre nossos
lançamentos e nossas promoções.

EDITORA AFILIADA

Atendimento e venda direta ao leitor:
sac@record.com.br

Durante o fim de semana, os urubus[1] meteram-se pelas sacadas do palácio presidencial, destroçaram a bicadas as malhas de arame das janelas e espantaram com suas asas o tempo parado no interior, e na madrugada da segunda-feira a cidade despertou de sua letargia de séculos com uma morna e terna brisa de morto grande e de apodrecida grandeza. Só então nos atrevemos a entrar sem investir contra os carcomidos muros de pedra fortificada, como queriam os mais decididos, nem arrombar com juntas de bois a entrada principal, como outros propunham, pois bastou que alguém os empurrasse para que cedessem em seus gonzos os portões blindados que nos tempos heroicos da casa haviam resistido aos canhões de William Dampier.[2] Foi como penetrar no âmbito de outra época, porque o ar era mais tênue nos poços de escombros da vasta guarida do poder, e o silêncio era mais antigo, e as coisas eram arduamente visíveis na luz decrépita. Na extensão do primeiro pátio, cujas lajotas haviam cedido à pressão subterrânea do mato, vimos o refém na desordem da guarda fugitiva, as

---
1. *Urubus*, no original *gallinazos*; no caso, uma espécie de corvo negro, aura.
2. *William Dampier* (1652-1715), explorador inglês, pirata, circunavegou duas vezes o globo.

armas abandonadas nos armários, a longa mesa de tábuas toscas com os pratos das sobras do almoço dominical interrompido pelo pânico, vimos o galpão em penumbra, onde estiveram os escritórios civis, os fungos coloridos e os lírios pálidos entre os memoriais não atendidos cujo curso ordinário havia sido mais lento que as vidas mais áridas, vimos no centro do pátio a pia batismal onde foram cristianizadas com sacramentos marciais mais de cinco gerações, vimos no fundo a antiga cavalariça dos vice-reis transformada em garagem, e vimos entre as camélias e as mariposas o cupê dos tempos ruidosos, o furgão da peste, a carruagem do ano do cometa, o carro fúnebre do progresso dentro da ordem, a limusine sonâmbula do primeiro século de paz, todos em bom estado sob a teia poeirenta e todos pintados com as cores da bandeira. No pátio seguinte, atrás de uma grade de ferro, estavam as roseiras nevadas de pó lunar a cuja sombra dormiam os leprosos nos grandes tempos da casa, e haviam proliferado tanto no abandono que mal sobrava um resquício sem cheiro naquele ar de rosas misturado com a pestilência que nos chegava do fundo do jardim e o bafo de galinheiro e a fedentina de excrementos e fermentos de mijo de vacas e soldados da basílica colonial convertida em estábulo de ordenha. Abrindo passo através do matagal asfixiante, vimos a galeria de arcadas com vasos de cravos e frondes de astromélias e amores-perfeitos, onde estiveram as barracas das concubinas, e pela variedade dos resíduos domésticos e a quantidade das máquinas de costura pareceu-nos possível que ali tivessem vivido mais de mil mulheres com suas tropas de bastardos, vimos a desordem de guerra das cozinhas, a roupa apodrecida ao sol nos tanques, a fossa aberta do cagador comum de concubinas e soldados, e vimos no fundo os chorões babilônicos que tinham sido transportados vivos da Ásia Menor em gigantescas estufas marítimas, com seu próprio solo, sua seiva e suas lágrimas, e depois dos chorões vimos a casa civil, imensa e triste, por cujas grades retorcidas continuavam metendo-se os urubus. Não tivemos que forçar a entrada, como havíamos pensado, pois a porta central pareceu abrir-se só com o impulso da voz, de modo que subimos à parte principal por uma escada de pedra viva cujos tapetes de ópera haviam sido triturados pelas patas das vacas, e do primeiro vestíbulo até os quartos privados vimos os escritórios e as salas oficiais em ruínas por onde andavam impávidas as vacas comendo as cortinas de veludo e mordiscando os assentos das poltronas, vimos quadros heroicos de santos e militares atirados no chão entre móveis destroçados e plastas recentes de bosta de vaca, vimos um armário comido pelas vacas, a sala de música profanada por algazarras de vacas, as mesinhas de dominó destruídas e o gramado das mesas de bilhar colhido pelas vacas, vimos abandonada em um canto a máquina do vento, a que falsificava qualquer fenômeno dos quatro quadrantes da rosa náutica para que o pessoal da casa suportasse a nostalgia do mar que se foi, vimos gaiolas de pássaros penduradas por toda parte e ainda cobertas com os velhos trajes de dormir de alguma noite da semana anterior, e vimos pelas janelas numerosas o extenso animal adormecido da cidade ainda inocente da histórica segunda-feira que começava a viver, e mais além da cidade, até o horizonte, vimos as crateras mortas de desiguais restos de lua da planície sem fim onde estivera o mar. Naquele recinto proibido, que muito pouca gente privilegiada conseguira conhecer, sentimos pela primeira vez o cheiro de carniça dos urubus, percebemos sua asma milenar, seu instinto premonitório, e guiando-nos pelo vento de putrefação de suas batidas de asa encontramos no salão de audiências os couros bichados das vacas, seus quartos traseiros de animal feminino várias vezes repetidos nos espelhos de corpo inteiro, e então empurramos uma porta lateral que dava para um gabinete dissimulado no muro, e ali o vimos, a ele, com o uniforme de linho sem insígnias, as polainas, a espora de ouro no tornozelo esquerdo, mais velho que todos os homens e todos os animais velhos da terra e da água, e estava atirado ao chão, de bruços, com o braço direito dobrado sob a cabeça para que servisse de travesseiro, como havia dormido noite após noite durante todas as noites de sua longuíssima vida de déspota solitário. Só quando o viramos para ver-lhe a cara compreendemos que era impossível reconhecê-lo embora não estivesse carcomido pelos urubus, porque nenhum de nós o havia visto nunca, e embora seu perfil estivesse em ambos os lados das moedas, nos selos de correio, nas etiquetas dos depurativos, nas fundas e nos escapulários, e embora sua litografia emoldurada com bandeira no peito e o dragão da pátria estivesse exposta, em todas as horas e todos os lugares, sabíamos que eram cópias de retratos que já se consideravam infiéis nos tempos do cometa, quando nossos próprios pais sabiam quem era ele porque tinham ouvido contar dos seus, como estes dos seus, e desde pequenos nos acostumaram a acreditar que ele estava vivo na casa do poder porque alguém havia visto acenderem-se os lustres numa noite de festa, alguém havia contado que viu os olhos tristes, os lábios pálidos, a mão pensativa que ia dando adeusinhos através dos ornamentos de missa do carro presidencial, porque um domingo se fazia muitos anos haviam levado o cego esmoleiro que por cinco centavos recitava os versos do esquecido poeta Rubén Darío e voltara feliz com uma pepita legítima com que lhe pagaram um recital que dera só para ele, embora não o houvesse visto, naturalmente, não porque fosse cego mas porque nenhum mortal o havia visto desde os tempos do vômito-negro, e entretanto sabíamos que ele estava ali, sabíamos porque o mundo continuava, a vida continuava, o correio chegava, a banda municipal tocava a retreta de ingênuas valsas dos sábados sob as palmeiras poeirentas e os lânguidos lampiões da Praça de Armas, e outros músicos velhos substituíam na banda os músicos mortos. Nos últimos anos, quando não se voltaram a ouvir ruídos humanos nem cantos de pássaros no interior e se fecharam para sempre os portões blindados, sabíamos que havia alguém na casa civil porque de noite viam-se luzes que pareciam de navegação através das janelas do lado do mar, e aqueles que se atreveram a aproximar-se ouviram ruídos dos estragos dos cascos e suspiros de animal grande atrás das paredes fortificadas, e numa tarde de janeiro tínhamos visto uma vaca contemplando o crepúsculo da sacada presidencial, imaginem, uma vaca na sacada da pátria, que coisa mais iníqua, que país de merda, mas foram feitas tantas conjeturas sobre como era possível que uma vaca chegasse até uma sacada se todo mundo sabia que as vacas não subiam escadas, e ainda menos se eram de pedra, e muito menos se estavam atapetadas, que no final não soubemos se em realidade a vimos ou se foi porque passamos uma tarde pela Praça de Armas e tínhamos sonhado caminhando que tínhamos visto uma vaca em uma sacada presidencial onde nada se vira nem havia de ver outra vez em muitos anos até o amanhecer da última sexta-feira quando começaram a chegar os primeiros urubus que se levantaram de onde estavam sempre adormecidos na cornija do hospital de beneficência, vieram outros de dentro da terra, vieram em ondas sucessivas do horizonte do mar de pó onde ficava o mar, voaram todo um dia em círculos lentos sobre a casa do poder até que um rei com plumas de noiva e golilha vermelha espalhou uma ordem silenciosa e começou aquela algazarra de vidros, aquele vento de morto grande, aquele entrar e sair de urubus pelas janelas como só era concebível em uma casa sem autoridade, de modo que também nós nos atrevemos a entrar e encontramos no santuário deserto os escombros da grandeza, o corpo picado, as mãos lisas de donzela com o anel do poder no osso anular, e tinha o corpo todo porejado de minúsculos liquens e animais parasitários do fundo do mar, sobretudo nas axilas e na virilha, e tinha a funda de lona no testículo herniado que era o único que os urubus haviam evitado, apesar de ser tão grande quanto um rim de boi, mas nem sequer então nos atrevemos a acreditar em sua morte porque era a segunda vez que o encontravam naquele escritório, só e vestido, e morto parece de morte natural durante o sonho, como fora previsto já fazia muitos anos nas águas premonitórias dos alguidares das pitonisas. Na primeira vez que o encontram, no princípio do seu outono, a nação estava ainda bastante viva para que ele se sentisse ameaçado de morte até na solidão de seu quarto, e entretanto governava como se soubesse ser predestinado a não morrer jamais, pois aquilo não parecia então um palácio mas um mercado onde era preciso abrir caminho por entre ordenanças descalços que descarregavam burros de hortaliças e cestos de galinhas nos corredores, saltando por cima de comadres com afilhados famélicos que dormiam embolados nas escadas para esperar o milagre da caridade oficial, era preciso evitar as correntes de água suja das concubinas desbocadas que trocavam por flores novas as flores noturnas dos floristas e esfregavam o chão e cantavam canções de amores ilusórios ao compasso dos galhos secos com que batiam os tapetes nas sacadas, e tudo aquilo entre o escândalo dos funcionários vitalícios que encontravam galinhas pondo nas gavetas das escrivaninhas, e tráficos de putas e soldados nas latrinas, e alvoroços de pássaros, e brigas de cães vira-latas em meio às audiências, porque ninguém sabia quem era quem nem de parte de quem naquele palácio de portas abertas, dentro de cuja descomunal desordem era impossível estabelecer onde estava o governo. O homem da casa não só participava daquela calamidade de feira senão que ele mesmo a promovia e comandava, pois tão logo se acendiam as luzes do seu quarto, antes que começassem a cantar os gaios, a alvorada da guarda presidencial enviava o aviso do novo dia ao próximo quartel do Conde, e este o repetia para a base de São Jerônimo, e esta para a fortaleza do porto, e esta voltava a repeti-lo para as seis alvoradas sucessivas que despertavam primeiro a cidade e logo a todo o país, enquanto ele meditava na privada portátil, tentando apagar com as mãos o zumbido de seus ouvidos, que então começava a se manifestar, e vendo passar a luz dos navios pelo volúvel mar de topázio que naqueles tempos de glória estava ainda diante de sua janela. Todos os dias, desde que tomou posse da casa, tinha vigiado a ordenha nos estábulos para medir com sua mão a quantidade de leite que as três carretas presidenciais deviam levar aos quartéis da cidade, tomava na cozinha uma xícara grande de café com pão de mandioca sem saber muito bem para onde o arrastavam as lufadas da nova jornada, sempre atento ao tagarelar da criadagem que era o pessoal da casa com quem falava a mesma linguagem, cujos agrados sinceros mais estimava e cujos corações melhor decifrava, e um pouco antes das nove tomava um demorado banho de águas de ervas fervidas na alberca de granito construída à sombra das amendoeiras de seu pátio privado, e só depois das onze conseguia superar as dificuldades do amanhecer e enfrentava os azares da realidade. Antes, durante a ocupação dos fuzileiros navais, encerrava-se no gabinete para decidir o destino da pátria com o comandante das tropas de desembarque e assinava todo o tipo de leis e mandatos com a marca do polegar, pois então não sabia ler nem escrever, mas quando o deixaram só outra vez com sua pátria e seu poder não voltou a envenenar o sangue com a modorra da lei escrita senão que governava de viva voz e de corpo presente a toda hora e em todas as partes com uma parcimônia rupestre mas também com uma diligência inconcebível para sua idade, assediado por uma multidão de leprosos, cegos e paralíticos que suplicavam de suas mãos o sal da saúde, e políticos sagazes e impávidos aduladores que o proclamavam corregedor dos terremotos, dos eclipses, dos anos bissextos e outros erros de Deus, arrastando por toda a casa suas grandes patas de elefante na neve enquanto resolvia problemas de estado e assuntos domésticos com a mesma simplicidade com que ordenava me tirem esta porta daqui e a ponham lá, tiravam-na, voltem a colocá-la ali, colocavam-na, que o relógio da torre não bata as doze às doze mas às duas porque a vida parece mais longa, era atendido, sem um instante de vacilação, sem uma pausa, menos na hora mortal da sesta, quando se refugiava na penumbra das concubinas, escolhia uma por impulso, sem despi-la nem despir-se, sem fechar a porta, e no interior da casa escutava-se então o seu ofego sem alma de marido apressado, o retinir anelante da espora de ouro, seu chorinho de cachorro, o espanto da mulher que mal gastava seu tempo de amor tentando livrar-se do olhar esquálido dos bastardos, seus gritos de saiam daqui, vão brincar no pátio que isto as crianças não podem ver, e era como se um anjo atravessasse o céu da pátria, apagavam-se as vozes, a vida parou, todo mundo ficou petrificado com o indicador nos lábios, sem respirar, silêncio, o general trepando, mas os que melhor o conhecessem não confiavam nem mesmo na trégua daquele instante sagrado, pois sempre parecia que se desdobrava, que o viram jogando dominó às sete da noite e ao mesmo tempo o tinham visto pondo fogo às bostas de vaca para afugentar os mosquitos na sala de audiências, nem ninguém se alimentava de ilusões, enquanto não se apagavam as luzes das últimas janelas e se escutava o ruído de estrépito das três aldravas, dos três ferrolhos, das três trancas do dormitório presidencial, e se ouvia o baque do corpo ao desabar de cansaço no chão de pedra, e a respiração de criança decrépita que se ia fazendo mais profunda à medida que o tempo passava, até que as harpas noturnas do vento aplacavam as cigarras de seus tímpanos e um extenso golpe de mar de espuma arrasava as ruas da rançosa cidade dos vice-reis e dos bucaneiros e irrompia na casa civil por todas as janelas como um tremendo sábado de agosto que fazia crescer mariscos nos espelhos e deixava o salão de audiência à mercê dos delírios dos tubarões e transbordava os níveis mais altos dos oceanos pré-históricos, e desbordava a face da terra, e o espaço e o tempo, e só ficava ele sozinho flutuando de bruços na água lunar de seus sonhos de afogado solitário, com sua farda de linho de soldado raso, suas polainas, sua espora de ouro, e o braço direito dobrado sob a cabeça para que servisse de travesseiro. Aquele estar simultâneo em todas as partes durante os anos acidentados que precederam sua primeira morte, aquele subir enquanto descia, aquele extasiar-se no mar enquanto agonizava de maus amores não eram um privilégio de sua natureza, como o proclamavam seus aduladores, nem uma alucinação multitudinária, como diziam seus críticos, senão que era de contar com os serviços completos e a lealdade de cão de Patrício Aragonés, seu sósia perfeito, que tinha sido encontrado sem que ninguém o buscasse, quando chegaram com a novidade meu general de que uma falsa carruagem presidencial andava pelos povoados de índios realizando um próspero negócio de usurpação, que haviam visto os olhos taciturnos na penumbra mortuária, que haviam visto os lábios pálidos, a mão de noiva sensível com uma luva de seda que ia atirando punhados de sal aos doentes ajoelhados na rua, e que atrás da carruagem iam dois falsos oficiais a cavalo cobrando em moeda viva o favor da saúde, imagine só meu general, que sacrilégio, mas ele não deu nenhuma ordem contra o usurpador senão que havia pedido que o levassem em segredo ao palácio com a cabeça enfiada em um saco de aniagem para que não fossem confundi-lo, e então padeceu a humilhação de ver-se a si mesmo em semelhante estado de igualdade, porra, se este homem sou eu, disse, porque era na realidade como se o fosse, menos pela autoridade da voz, que o outro não conseguiu imitar nunca, e pela nitidez das linhas da mão na qual a curva da vida prolongava-se sem tropeços em torno da base do polegar, e se não o fez fuzilar no ato não foi pelo interesse de mantê-lo como usurpador oficial, pois disto só se lembrou mais tarde, senão porque inquietou-o a ilusão de que os números do seu próprio destino estivessem escritos na mão do impostor. Quando se convenceu da vaidade daquele sonho Patrício Aragonés já havia sobrevivido impassível a seis atentados, havia adquirido o costume de arrastar os pés achatados a golpes de maça, zumbiam seus ouvidos e doía-lhe a hérnia nas madrugadas de inverno, e havia aprendido a tirar e a pôr a espora de ouro como se se lhe enredassem as correias só para ganhar tempo nas audiências resmungando porra com estas fivelas que os ferreiros de Flandres fabricam que nem para isso servem, e de brincalhão e linguarudo que havia sido quando soprava garrafas no forno de seu pai tornou-se meditativo e sombrio e não punha atenção no que lhe diziam senão que esquadrinhava a penumbra dos olhos para adivinhar o que não lhe diziam, e nunca respondeu a uma pergunta sem antes perguntar por sua vez e o senhor que opinião tem, e de vadio e espertalhão que havia sido no negócio de vender milagres tornou-se diligente até o suplício e caminhador implacável, tornou-se sovina e rapace, resignou-se a amar por impulso e a dormir no chão, vestido, de bruços e sem travesseiro, e renunciou a suas vaidades precoces de identidade própria e a toda vocação hereditária de doirada veleidade de simplesmente soprar e fazer garrafas, e enfrentava os riscos mais tremendos do poder pondo pedras inaugurais onde nunca se havia de pôr a segunda, cortando fitas na terra de inimigos e suportando tantos sonhos passados por água abaixo e tantos suspiros reprimidos de ilusões impossíveis ao coroar sem mal tocá-las a tantas e tão efêmeras e inatingíveis rainhas da beleza, pois se havia conformado para sempre com o destino comum de viver um destino que não era o seu, embora não o fizesse por cobiça nem convicção senão porque ele mudou-lhe a vida pelo emprego vitalício de impostor oficial com um soldo nominal de cinquenta pesos mensais e a vantagem de viver como um rei sem a calamidade de sê-lo, que mais quer. Aquela confusão de identidades alcançou seu tom mais alto numa noite de ventos longos em que ele encontrou Patrício Aragonés suspirando para o mar no odor flagrante dos jasmins e lhe perguntou com um susto verdadeiro se não lhe haviam posto acônito[3] na comida porque andava à deriva e como que vesgo por um mau ar, e Patrício Aragonés respondeu-lhe que não meu general, que a contrariedade é pior, que no sábado havia coroado uma rainha de carnaval e havia dançado com ela a primeira valsa e agora não en-

---

3. *Acônito* — Planta venenosa e medicinal.

contrava a porta para sair daquela lembrança, porque era a mulher mais formosa da terra, daquelas que não se fizeram para a gente meu general, se o senhor a visse, ele porém replicou com um suspiro de alívio que mas que porra, essas são contrariedades que acontecem aos homens quando estão tarados por mulher, propôs-lhe sequestrá-la como fez com tantas mulheres maravilhosas que haviam sido suas concubinas, eu a ponho à força na cama com quatro homens da tropa que a segurem pelos pés e as mãos enquanto você se despacha com a colher grande, que porra, você a come muito regalada, eu lhe garanto, até as mais acanhadas se espojam de raiva no princípio e depois suplicam que não me deixe assim meu general como uma triste pomarrosa[4] com a semente solta, mas Patrício Aragonés não queria tanto senão que queria mais, queria que o quisessem, porque esta é das que sabem das coisas meu general, o senhor mesmo logo vai ver quando a vir, de modo que ele lhe indicou como fórmula de alívio os caminhos noturnos dos quartos de suas concubinas e autorizou-o a usá-las como se fosse ele mesmo, ao acaso e rapidamente e vestido, e Patrício Aragonés submergiu de boa-fé naquele lodaçal de amores emprestados acreditando que com que eles poria uma mordaça em seus anseios, era porém tanta a sua ansiedade que às vezes esquecia das condições do empréstimo, abria a braguilha por distração, demorava-se em pormenores, tropeçava por descuido nas pedras ocultas das mulheres mais frias, desentranhava-lhes suspiros e as fazia rir de assombro nas trevas, que bandido meu general, diziam-lhes, está nos saindo um devorador depois de velho, e desde então nenhum deles nem nenhuma delas soube nunca qual dos filhos de quem era filho de quem, nem com quem, pois

---

4. *Pomarrosa* — Fruto do jambo.

também os filhos de Patrício Aragonés como os seus nasciam bastardos. Foi assim que Patrício Aragonés converteu-se no homem essencial do poder, o mais amado e talvez também o mais temido, e ele dispôs de mais tempo para ocupar-se das forças armadas com tanta atenção quanto no princípio de seu mandato, não porque as forças armadas fossem o sustentáculo de seu poder, como todos acreditávamos, mas pelo contrário, porque eram seu inimigo natural mais temível, de modo que fazia uns oficiais pensarem que eram vigiados pelos outros, embaralhava seus destinos para impedir que conspirassem, destinava aos quartéis oito cartuchos de pólvora seca em cada dez legítimos e mandava-lhes pólvora misturada com areia de praia enquanto ele mantinha o bom arsenal ao alcance da mão em um depósito do palácio cujas chaves carregava em uma argola com outras chaves sem cópias de outras portas que ninguém mais podia ultrapassar, protegido pela sombra tranquila do meu compadre de toda a vida o general Rodrigo de Aguilar, um artilheiro de academia que era além disso seu ministro da defesa e ao mesmo tempo comandante das guardas presidenciais, diretor dos serviços de segurança do estado e um dos pouquíssimos mortais que foram autorizados a ganhar dele uma partida de dominó, porque havia perdido o braço direito tentando desmontar uma carga de dinamite minutos antes que o cupê presidencial passasse pelo lugar do atentado. Sentia-se tão seguro com o amparo do general Rodrigo de Aguilar e a assistência de Patrício Aragonés, que começou a se descuidar de seus instintos de conservação e se foi fazendo cada vez mais visível, atreveu-se a passear pela cidade com só um ajudante de ordens num calhambeque sem insígnias contemplando por entre as cortinas a catedral arrogante de pedra doirada que ele havia declarado por decreto a mais bela do mundo, espreitava as antigas mansões de alvenaria com portais de tempos passados e girassóis voltados para o mar, as ruas empedradas cheirando a pavio apagado do bairro dos vice-reis, as lívidas senhoritas que faziam renda de bilro com uma decência inelutável entre os vasos de cravos e os pendurados de amor-perfeito da luz das sacadas, o convento axadrezado das biscainhas com o mesmo exercício de clavicórdio às três da tarde com que haviam celebrado a primeira passagem do cometa, atravessou o labirinto babélico do comércio, sua música mortífera, os de bilhetes de loteria, os carrinhos de garapa, as enfiadas de ovos de iguana, os baratilhos[5] dos turcos descoloridos pelo sol, o pavoroso lenço da mulher que se havia convertido em escorpião por desobedecer a seus pais, o beco de miséria das mulheres sem homens que saíam nuas ao entardecer para comprar corvinas azuis e pargos[6] vermelhos e a xingar a mãe das verdureiras enquanto a roupa secava nas sacadas de madeira bordada, sentiu o vento de mariscos apodrecidos, a luz cotidiana dos postes[7] à volta da esquina, a desordem do colorido das barracas dos negros nos promontórios da baía, e de súbito, ali está, o porto, ai, o porto, o molhe de pranchões esponjosos, o velho encouraçado dos fuzileiros maior e mais sombrio que a verdade, a estivadora negra que se afastou muito tarde para dar passagem ao carrinho espavorido e se sentiu tocada de morte pela visão do crepuscular ancião que contemplava o porto com o mais triste olhar do mundo, é ele, exclamou assustada, que viva o macho, gritou, que viva, gritavam os homens, as mulheres, as crianças que saíam correndo das cantinas e as tabernas de chineses, que viva, gritavam os

---

5. *Baratilhos* — Em espanhol, baratillo; loja ou barraca onde se vende de tudo, a preços baixos; usado na fronteira Oeste do Rio Grande do Sul.
6. *Pargo* — Peixe do Mediterrâneo e costa da América; pargo-branco, roncador-Bras.
7. *Postes*, no original, *pelicanos*, para lembrar a forma adunca de alguns postes de luz.

que travaram as patas dos cavalos e bloquearam o carro para apertar a mão do poder, uma manobra tão certeira e imprevista que ele mal teve tempo de afastar o braço armado do ajudante de ordens repreendendo-o com voz tensa, não seja estúpido, tenente, deixe-os que me amem, tão exaltado com aquele arrebatamento de amor e com outros semelhantes dos dias seguintes que custou trabalho ao general Rodrigo de Aguilar tirar-lhe a ideia de passear de carro aberto para que possam ver-me de corpo inteiro os patriotas da pátria, então porra, pois ele nem sequer suspeitava que a investida no porto havia sido espontânea mas que as seguintes foram organizadas por seus próprios serviços de segurança para comprazer-lhe sem riscos, tão estimulado com os ares de amor das vésperas de seu outono que se atreveu a sair da cidade depois de muitos anos, voltou a pôr em marcha o velho trem pintado com as cores da bandeira que subia engatinhando pelas cornijas de seu vasto reino de pesadelo, abrindo caminho por entre ramadas de orquídeas e balsâminas amazônicas, alvoroçando micos, aves-do-paraíso, leopardos adormecidos sobre os trilhos, até os povos glaciais e desertos do seu páramo natal em cujas estações o esperavam com bandas de música lúgubres, tocavam-lhe sinos de morto, mostravam-lhe faixas de boas-vindas ao patrício sem nome que está sentado à direita da Santíssima Trindade, recrutavam-lhe índios extraviados das veredas que desciam para conhecer o poder oculto na fúnebre penumbra do vagão presidencial, e os que conseguiam aproximar-se não viam nada mais que os olhos atônitos atrás dos poeirentos vidros, viam-se os lábios trêmulos, a palma de uma mão sem linhagem que acenava do limbo da glória, enquanto alguém da escolta tentava afastá-lo da janela, tenha cuidado general, a pátria precisa do senhor, mas ele replicava entre sonhos não se preocupe, coronel, esta gente me ama, a mesma coisa no trem dos páramos que no barco fluvial de roda de madeira que ia deixando um rastro de valsas de pianola por entre a fragrância doce de gardênias e apodrecidas salamandras dos afluentes equatoriais, evitando carcaças de dragões préhistóricos, ilhas providenciais onde as sereias se lançavam a parir, entardeceres de desastres de imensas cidades desaparecidas, até os casarios abrasadores e desolados, cujos habitantes assomavam à margem para ver o navio de madeira pintado com as cores da pátria e mal conseguiam distinguir uma mão de ninguém com uma luva de seda que acenava do camarote presidencial, mas ele via os grupos da margem que agitavam folhas de palma à falta de bandeiras, via os que se jogavam na água com uma anta viva, um inhame gigantesco como uma pata de elefante, um cesto de galinhas-do-mato para a panela do cozido presidencial, e suspirava comovido na penumbra eclesiástica do camarote, olhe-os como vêm, capitão, olhe como me amam. Em dezembro, quando o mundo do Caribe parecia vitrificado, subia no calhambeque pelas cornijas de pedras até a casa empoleirada no cimo dos arrecifes e passava a tarde jogando dominó com os antigos ditadores de outros países do continente, os pais destronados de outras pátrias a quem ele havia concedido asilo ao longo de muitos anos e que agora envelheciam na penumbra de sua misericórdia sonhando com o barco quimérico da segunda oportunidade nas cadeiras dos terraços, falando a sós, morrendo mortos na casa de repouso que ele havia construído para eles no mirante do mar depois de haver-lhes recebido a todos como se fossem um só, pois todos apareciam de madrugada com o uniforme de gala que haviam vestido pelo avesso sobre o pijama, com um baú de dinheiro saqueado do tesouro público e uma maleta com um estojo de condecorações, recortes de jornais colados em velhos livros de contabilidade e um álbum de fotografias que o mostravam a ele na primeira audiência como se fossem credenciais, dizendo olhe o senhor, general, este aqui sou eu quando era tenente, aqui foi no dia da posse, aqui foi no décimo sexto aniversário da tomada do poder, aqui, olhe o senhor general, mas ele lhes concedia asilo político sem lhes prestar maior atenção nem examinar credenciais porque o único documento de identidade de um presidente derrubado deve ser o atestado de óbito, dizia, e com o mesmo desprezo escutava discursinho ilusório de que aceito por pouco tempo sua nobre hospitalidade enquanto a justiça do povo ajusta contas com o usurpador, a eterna fórmula de pueril solenidade que pouco depois ele escutava do usurpador, e logo do usurpador do usurpador como se não soubessem os muito estúpidos que neste negócio de homens aquele que caiu caiu, e a todos hospedava por uns meses no palácio, obrigava-os a jogar dominó até despojá-los do último centavo, e então me levou pelo braço frente à janela do mar, ajudou-me a arrepender-me desta vida punheteira que só caminha para um único lado, consolou-me com a ilusão de que fosse para lá, olhe, lá, naquela casa enorme que parecia um transatlântico encalhado no cimo dos arrecifes onde tenho um aposento com muito boa luz e boa comida, e muito tempo para esquecer junto a outros companheiros em desgraça, e com uma varanda marinha onde ele gostava de sentar-se nas tardes de dezembro não tanto pelo prazer de jogar dominó com aquela cáfila de velhos malucos senão que para desfrutar da sorte mesquinha de não ser um deles, para olhar-se no espelho de escarmento da miséria deles enquanto ele chapinhava no grande lamaçal da felicidade, sonhando só, perseguindo na ponta dos pés como um mau pensamento às pacientes mulatas que varriam a casa civil na penumbra do amanhecer, farejava seu rastro de dormitório público e brilhantina de botica, espreitava a ocasião de encontrar-se com uma sozinha para fazer amor como o galo atrás das portas dos gabinetes enquanto elas rebentavam de riso na sombra, que bandido meu general, tão velho e ainda tão tarado, mas ele ficava triste depois do amor e punha-se a cantar para consolar-se onde ninguém o ouvisse, fúlgida lua do mês de janeiro,[8] cantava, olha-me como estou tão melancólico no patíbulo da tua janela, cantava, tão convencido do amor do seu povo naqueles outubros sem maus presságios que pendurava uma rede no pátio da mansão suburbana onde vivia sua mãe Bendición Alvarado e fazia a sesta à sombra dos tamarindos, sem escolta, sonhando com os peixes errantes que navegavam nas aquarelas dos quartos, a pátria é a melhor coisa que já se inventou, mãe, suspirava, mas nunca esperava a réplica da única pessoa do mundo que se atreveu a repreendê-lo pelo cheiro a cebola rançosa de suas axilas, senão que retornava ao palácio pela porta grande eletrizado com aquela estação de milagres do Caribe em janeiro, aquela reconciliação com o mundo ao cabo da velhice, aquelas tardes amenas em que havia feito as pazes com o núncio apostólico e este o visitava sem audiência para tratar de convertê-lo à fé do Cristo enquanto tomavam chocolate com bolachinhas, e ele alegava morto de riso que se Deus é tão macho como o senhor diz diga-lhe que me tire este escaravelho que zumbe no meu ouvido, dizia-lhe, desabotoava os nove botões da braguilha e mostrava-lhe a hérnia descomunal, diga-lhe que de sinche esta criatura, dizia-lhe, mas o núncio pastoreava-o com um longo estoicismo, tratava de convencê-lo de que tudo o que é verdade, diga-o quem o disser, provém do Espírito Santo,

---

8. Canção muito conhecida na América Latina, especialmente na Venezuela.

e ele o acompanhava até a porta com as primeiras luzes, morto de riso como poucas vezes o haviam visto, não gaste pólvora em ximango,[9] padre, dizia-lhe, para que me quer convertido se de qualquer modo faço o que os senhores querem, que porra. Aquele remanso de placidez se desfundou de repente no rinhadeiro de um páramo remoto quando um galo carniceiro arrancou a cabeça do adversário e a comeu a bicadas ante um público enlouquecido pelo sangue e uma charanga de bêbados que celebrou o horror com músicas festivas, porque foi ele o único que registrou o mau presságio, sentiu-o tão nítido e iminente que ordenou em segredo a sua escolta que prendessem um dos músicos, aquele, o que está tocando o bombardino, e com efeito encontraram-no com uma escopeta de cano curto então confessou sob tortura que pensava disparar contra ele na confusão da saída, naturalmente, era mais que evidente, explicou ele, porque eu olhava para todo mundo e todo mundo me olhava, mas o único que não se atreveu a me olhar nem uma só vez foi esse corno do bombardino, pobre homem, e apesar disso sabia ele que não era essa a razão última de sua ansiedade, pois a continuou sentindo nas noites da casa civil mesmo depois que seus serviços de segurança demonstraram que não havia motivos de inquietação meu general, que tudo estava em ordem, mas ele se havia aferrado a Patrício Aragonés como se fosse ele mesmo desde que padeceu o presságio do rinhadeiro, dava-lhe de comer de sua própria comida, dava-lhe de beber do seu próprio mel de abelhas com a mesma colher para morrer, pelo menos com o consolo de que ambos morreriam juntos se as coisas estivessem envenenadas, e andavam como fu-

---

9. *Ximango*, no original, *gallinazos*; no Sul do Brasil, não gastar pólvora era ximango quer dizer evitar esforço perdido.

gitivos por aposentos esquecidos, caminhando sobre os tapetes para que ninguém reconhecesse seus grandes passos furtivos de elefantes siameses, navegando juntos na claridade intermitente do farol que se metia pelas janelas e inundava de verde cada trinta segundos os aposentos da casa através da fumaça de bosta de vaca e os adeuses lúgubres dos navios noturnos nos mares adormecidos, passavam tardes inteiras contemplando a chuva, contando as andorinhas como dois amantes vetustos nos entardeceres lânguidos de setembro, tão afastados do mundo que ele mesmo não se deu conta de que sua feroz luta por existir duas vezes alimentava a suspeita contrária de que existia cada vez menos, que jazia em um letargo, que havia sido dobrada a guarda e não se permitia a entrada nem a saída de ninguém no palácio, que entretanto alguém havia logrado burlar aquela severa filtragem e havia visto os pássaros mudos nas gaiolas, as vacas bebendo na pia batismal, os leprosos e os paralíticos dormindo nos rosais, e todo mundo estava ao meio-dia como que esperando que amanhecesse porque ele havia morrido como estava anunciado nos alguidares, de morte natural, durante o sono mas os altos mandatários retardavam a notícia enquanto tratavam de dirimir em conciliábulos sangrentos suas pugnas atrasadas. Embora ele ignorasse estes rumores estava consciente de que algo estava a ponto de ocorrer em sua vida, interrompia as lentas partidas de dominó para perguntar ao general Rodrigo de Aguilar como estão os problemas, compadre, tudo sob controle meu general, a pátria estava em calma, espreitava sinais de premonição nas piras funerárias das plastas de bosta de vaca que ardiam nos corredores e nos poços de águas paradas sem encontrar nenhuma resposta para sua ansiedade, visitava sua mãe Bendición Alvarado na mansão suburbana quando amenizava o calor, sentava-se para tomar o fresco da tarde debaixo dos tamarindos, ela em sua cadeira de balanço de mãe, decrépita mas com a alma inteira, atirando punhados de milho às galinhas e aos pavões-reais que bicavam no pátio, e ele na poltrona de vime pintada de branco, abanando-se com o chapéu, perseguindo com um olhar de fome antiga as mulatas grandes que levavam-lhe as águas frescas de frutas coloridas para a sede do calor meu general, pensando minha mãe Bendición Alvarado se soubesse que já não posso com o mundo, que gostaria de ir para não sei onde, mãe, longe de tanta coisa errada, mas nem sequer a sua mãe mostrava o interior dos suspiros senão que regressava com as primeiras luzes da noite ao palácio presidencial, metia-se pela porta de serviço escutando ao passar pelos corredores o bater de calcanhares das sentinelas que o iam saudando nenhuma novidade meu general, tudo em ordem, mas ele sabia que não era verdade, que o enganavam por hábito, que lhe mentiam por medo, que nada era verdade naquela crise de incertezas que lhe estava amargurando a glória e lhe tirava até a antiga vontade de mandar desde a tarde aziaga do rinhadeiro, permanecia até muito tarde atirado de bruços no chão sem dormir, ouviu pela janela aberta do mar os tambores distantes e as gaitas tristes que celebravam alguma boda de pobres com o mesmo alvoroço com que teriam celebrado sua morte, ouviu o adeus de um navio perdulário que partiu às duas sem permissão do capitão, ouviu o ruído de papel das rosas que se abriram ao amanhecer, suava gelo, suspirava sem querer, sem um instante de sossego, pressentindo com um instinto indomável a iminência da tarde em que regressava da mansão suburbana e o surpreendeu um tropel de multidões na rua, um abrir e fechar de janelas e um pânico de andorinhas no céu diáfano de dezembro e entreabriu a cortina da carruagem para ver o que acontecia e disse para si mesmo era isto, mãe, era isto, disse para si mesmo, com um terrível sentimento de alívio, vendo os balões coloridos no céu, os balões vermelhos e verdes, os balões amarelos como grandes laranjas azuis, os inumeráveis balões errantes que levantaram voo por entre o espanto das andorinhas e flutuaram um instante na luz de cristal das quatro e romperam-se de súbito em uma explosão silenciosa e unânime e soltaram milhares e milhares de folhas de papel sobre a cidade, uma tormenta de panfletos volantes que o motorista aproveitou para escapulir-se do tumulto do mercado público sem que ninguém reconhecesse a carruagem do poder, porque todo mundo estava na disputa pelos papéis dos balões meu general, gritavam-lhe nas sacadas, repetiam de memória abaixo a opressão, gritavam, morra o tirano, e até as sentinelas do palácio liam em voz alta pelos corredores a união de todos sem distinção de classes contra o despotismo de séculos, a reconciliação patriótica contra a corrupção e a arrogância dos militares, chega de sangue, gritavam, chega de espoliação, o país inteiro despertava do torpor milenário no momento em que ele entrou pela porta da garagem e encontrou-se com a terrível novidade meu general de que haviam ferido de morte com um dardo envenenado Patrício Aragonés. Anos antes, em uma noite de maus eflúvios, ele havia proposto a Patrício Aragonés que jogassem a vida no cara e coroa, se sai cara, morre você, se sai coroa, morro eu, mas Patrício Aragonés fez-lhe ver que iam morrer empatados porque todas as moedas tinham a cara de ambos por ambos os lados, propôs-lhe então que jogassem a vida na mesa de dominó, vinte partidas ao que vença mais, e Patrício Aragonés aceitou com muita honra e com muito gosto meu general sempre que me conceda o privilégio de lhe poder ganhar, e ele aceitou, concordo, assim que jogaram uma partida, jogaram duas, jogaram vinte, e sempre ganhou Patrício Aragonés pois ele só ganhava porque estava proibido ganhar-lhe, tiveram um combate longo e encarniçado e chegaram à última partida sem que ele ganhasse uma, e Patrício Aragonés secou o suor com a manga da camisa suspirando sinto no fundo da alma meu general mas eu não quero morrer, e então ele se pôs a recolher as pedras, colocava-as em ordem dentro da caixinha de madeira enquanto dizia como um professor dando sua lição que ele tampouco tinha por que morrer na mesa de dominó senão em sua hora e em seu lugar de morte natural durante o sono como lhe haviam predito desde o princípio dos seus tempos os alguidares das pitonisas, e nem sequer assim, pensando bem, porque Bendición Alvarado não me pariu para fazer caso de alguidares senão para mandar, e de resto eu sou o que sou eu, e não você, de modo que dê graças a Deus que isto não era mais que um jogo, disse-lhe rindo, sem haver imaginado então nem nunca que aquela brincadeira terrível havia de ser verdade na noite em que entrou no quarto de Patrício Aragonés e o encontrou defrontado com as urgências da morte, sem remédio, sem nenhuma esperança de sobreviver ao veneno, e ele o cumprimentou da porta com a mão estendida, Deus lhe salve, macho, grande honra é morrer pela pátria. Acompanhou-o na lenta agonia, os dois sozinhos no quarto, dando-lhe com sua mão as colheradas de alívio para a dor, e Patrício Aragonés tomava-as sem gratidão dizendo-lhe entre cada colherada que aí o deixo por pouco tempo com seu mundo de merda meu general porque o coração me diz que vamos nos ver muito breve nas profundezas do inferno, eu mais torcido que um pavio com este veneno e o senhor com a cabeça na mão buscando onde colocá-la, diga-se sem o menor respeito meu general, pois agora posso lhe dizer que nunca o quis como o senhor imagina senão que desde as têmporas dos flibusteiros em que tive a má desgraça de cair em seus domínios estou rogando que o matem mesmo que seja pelas boas para que me pague esta vida de órfão que me deu, primeiro achatando-me as patas com mãos de pilão para que se transformassem em patas de sonâmbulo como as suas, depois atravessando minhas bolas com agulhas de sapateiro para que formasse a hérnia, depois fazendo-me beber terebintina para que esquecesse de ler e escrever com tanto trabalho quanto custou a minha mãe ensinar-me, e sempre obrigando-me a fazer os ofícios públicos que o senhor não se atreve, e não porque a pátria o necessite vivo como o senhor diz senão porque ao mais duro a gente gela o cu coroando uma puta da beleza sem saber por onde a morte vai lhe soar, diga-se sem o menor respeito meu general, mas ele não se importava com a insolência mas com a ingratidão de Patrício Aragonés a quem fiz viver como um rei em um palácio e lhe dei o que ninguém tem dado a ninguém neste mundo até emprestar-lhe as minhas próprias mulheres, embora seja melhor não falarmos disso meu general que vale mais ser capado a martelo que andar derrubando mães pelo chão como se fosse uma questão de ferrar novilhas, apenas que essas pobres bastardas sem coração nem sequer sentem o ferro nem pateiam nem se contorcem nem se queixam como as novilhas, nem atiram fumaça pelos quadris nem cheiram a carne chamuscada que é o mínimo que se pede às mulheres honestas, senão que põem seus corpos de vacas mortas para que a gente cumpra com seu dever enquanto elas continuam descascando batatas e gritando às outras que me faça o favor de dar uma olhada na cozinha enquanto me desocupo aqui porque o arroz está queimando, só o senhor pode pensar que essa merda é amar meu general porque é o único que conhece, diga-se sem o menor respeito, e então ele começou a rugir cale-se, porra, cale-se ou isto vai lhe custar caro, mas Patrício Aragonés continuou dizendo sem a menor intenção de burla que para que vou me calar se o mais que pode fazer é matar-me e já está me matando, melhor aproveite agora para ver a cara da verdade meu general, para que saiba que ninguém lhe disse nunca o que pensava de verdade senão que todos lhe dizem o que sabem que o senhor quer ouvir enquanto lhe fazem reverências pela frente e escondem pistola por trás, agradeça pelo menos a casualidade de que sou o homem que mais lástima lhe tem neste mundo porque sou o único que me pareço com o senhor, o único que tem a honradez de passar-lhe o que todo mundo diz que o senhor não é presidente de ninguém nem está no trono por suas próprias pernas[10] senão que aí o sentaram os ingleses e o sustentaram os gringos com o par de colhões do seu encouraçado, que eu vi zanzando daqui para ali e dali para cá sem saber por onde começar a mandar de medo quando os gringos gritaram-lhe que aí o deixamos com seu bordel de negros para ver como se arranja sem nós, e se não caiu da cadeira desde então nem caiu nunca não será porque não pode, reconheça-o, porque sabe que à hora que o vejam pela rua vestido de mortal vão lhe cair em cima como cães para cobrar-lhe isto pela matança de Santa Maria do Altar, mais este pelos presos que jogam nos fossos da fortaleza do porto para que sejam comidos pelos jacarés, este outro pelos que escalpelam vivos e mandam o couro à família como escarmento, dizia, tirando do poço sem fundo de seus rancores antigos a sarta de recursos atrozes de seu governo de infâmia, até que não pode dizer-lhe mais nada porque um rastrilho de fogo dilacerou-lhe as entranhas, amoleceu-lhe o coração e termi-

---

10. *Pernas*, original *cânones*, canhões; pernas, na expressão popular.

nou sem intenção de ofensa senão quase de súplica que eu lhe digo a sério meu general, aproveite agora que estou morrendo para morrer comigo, ninguém tem mais critério que eu para dizer-lhe isto porque nunca tive a pretensão de parecer-me com ninguém nem mesmo ser um prócer da pátria senão um triste soprador de vidros para fazer garrafas como meu pai, atreva-se, meu general, não dói tanto como parece, e lhe disse isto com um ar de tão serena verdade que a raiva não foi bastante para responder senão que tratou de segurá-lo na cadeira quando viu que começava a retorcer-se e agarrava as tripas com as mãos e soluçava com lágrimas de dor e vergonha que pena meu general mas estou me cagando, e ele pensou que o dizia em sentido figurado querendo dizer-lhe que estava morrendo de medo, mas Patrício Aragonés respondeu-lhe que não, quero dizer cagando cagando meu general, e ele conseguiu suplicar-lhe que aguente-se Patrício Aragonés, aguente-se, os generais da pátria temos que morrer como homens embora nos custe a vida, mas lhe disse isto muito tarde porque Patrício Aragonés desabou de bruços e caiu-lhe em cima esperneando de medo e ensopado de merda e de lágrimas. No gabinete contíguo do salão de audiência teve que esfregar o corpo com esfregão e sabonete para tirar de si o mau cheiro da morte, vestiu-o com a roupa que ele vestia, colocou nele a funda de lona, as polainas, a espora de ouro no calcanhar esquerdo, sentindo à medida que o fazia que se ia convertendo no homem mais solitário da terra, e por último apagou todo rastro da farsa e prefigurou à perfeição até os mais ínfimos detalhes que ele havia visto com seus próprios olhos nas águas premonitórias dos alguidares, para que no amanhecer do dia seguinte as varredoras da casa encontrassem o corpo como o encontraram atirado de bruços no chão do gabinete morto pela primeira vez de falsa morte natural durante o sono com o uniforme de linho sem insígnias, as polainas, a espora de ouro, e o braço direito dobrado sob a cabeça para que servisse de travesseiro. Tampouco daquela vez se divulgou a notícia de imediato, ao contrário do que ele esperava, senão que transcorreram muitas horas de prudência, de averiguações sigilosas, de componendas secretas entre os herdeiros do regime que tratavam de ganhar tempo desmentindo o rumor da morte com toda a classe de versões contrárias, arrancaram sua mãe Bendición Alvarado para a rua do comércio para que comprovássemos que não tinha cara de luto, me vestiram com um vestido estampado como a uma marimonda, senhor, me fizeram comprar chapéu de penas de araras para que todo mundo me visse feliz, me fizeram comprar quanto traste a gente encontrasse nas lojas apesar de que eu lhes dissesse que não, senhor, que não era hora de comprar mas de chorar porque até eu acreditava que de verdade era meu filho o que havia morrido, e me faziam sorrir à força quando as pessoas me tiravam retratos de corpo inteiro porque os militares diziam que a gente tinha de fazer pela pátria enquanto ele perguntava-se confundido em seu esconderijo que houve com o mundo que nada se alterava com o embuste de sua morte, como é que havia saído o sol e havia voltado a sair sem dificuldade, porque este ar de domingo, mãe, por que o mesmo calor sem mim, perguntava-se espantado, quando soou um canhonaço intempestivo na fortaleza do porto e começaram a dobrar os sinos principais da catedral e subiu até a casa civil a tropelia das multidões que se levantavam do marasmo secular com a maior notícia do mundo, e então entreabriu a porta do quarto e apareceu no salão de audiências e viu-se a si mesmo na câmara ardente mais morto e mais ornamentado que todos os papas mortos da cristandade, ferido pelo horror e a vergonha de seu próprio corpo de macho militar deitado entre as flores, a cara lívida de pó, os lábios pintados, as duras mãos de senhorita impávida sobre o peitoral blindado de medalhas de guerra, o fragoroso uniforme de gala com os dez sóis crepusculares de general do universo que alguém havia inventado depois da morte, o sabre de rei do baralho que não havia usado jamais, as polainas de verniz com duas esporas de ouro, a vasta parafernália do poder e as lúgubres glórias marciais reduzidas a sua dimensão humana de maricas jacente, porra, não pode ser que esse seja eu, se disse enfurecido, não é justo, porra, se disse, contemplando o cortejo que desfilava em torno de seu cadáver, e por um instante esqueceu-se dos turvos propósitos da farsa e sentiu-se ultrajado e diminuído pela inclemência da morte ante a majestade do poder, viu a vida sem ele, viu com uma certa compaixão como eram os homens desamparados de sua autoridade, viu com uma inquietação recôndita aos que só haviam vindo para decifrar o enigma de se na verdade era ele ou não era ele, viu um ancião que lhe fez uma saudação maçônica dos tempos da guerra federal, viu um homem enlutado que lhe beijou o anel, viu uma colegial que lhe pôs uma flor, viu uma vendedora de peixe que não pôde resistir à verdade de sua morte e derramou pelo chão a cesta de peixes frescos e abraçou-se ao cadáver perfumado chorando aos gritos que era ele, gritavam, era ele, gritou a multidão sufocada no sol da Praça de Armas, e então interromperam-se os finados e os sinos da catedral e de todas as igrejas anunciaram uma quarta-feira de júbilo, explodiram foguetes pascoais, petardos de glória, tambores de liberação, e ele viu os grupos de assalto que se meteram pelas janelas diante da complacência calada da guarda, viu os cabecilhas ferozes que dispersaram a pauladas o cortejo e atiraram ao chão a peixeira inconsolável, viu os que se encarniçaram com o cadáver, os oito homens que o arrancaram do seu estado imemorial e do seu tempo quimérico de agapantos e girassóis e o levaram arrastado pelas escadas, os que desbarataram o entulho daquele paraíso de opulência e desdita que pensavam destruir para sempre destruindo para sempre o valhacouto do poder, derrubando capitéis dóricos de cartão-pedra, cortinas de veludo e colunas babilônicas coroadas com palmeiras de alabastro, jogando gaiolas de pássaros pelas janelas, o trono dos vice-reis, o piano de cauda, rompendo criptas funerárias com as cinzas de próceres desconhecidos e gobelinos de donzelas adormecidas em gôndolas de desilusão e enormes óleos de bispos e militares arcaicos e batalhas navais inconcebíveis, aniquilando o mundo para que não restasse na memória das gerações futuras nem sequer uma ínfima recordação da estirpe maldita dos homens de armas, e logo assomou à rua pelas frestas das persianas para ver até onde chegavam os estragos da defenestração e com um único olhar viu mais infâmias e mais ingratidão de quantos haviam visto e chorado meus olhos desde meu nascimento, mãe, viu suas viúvas felizes que abandonavam a casa pelas portas de serviço levando a cabresto as vacas dos meus estábulos, levando os móveis do governo, os frascos de mel de suas colmeias, mãe, viu seus bastardos fazendo músicas de alegria com os trastes da cozinha e os tesouros de cristais e os serviços de mesa dos banquetes de etiqueta cantando como nos pregões morreu papai, viva a liberdade, viu a fogueira acesa na Praça de Armas para queimar os retratos oficiais e as litografias de almanaques que estiveram a toda hora e em toda parte desde o princípio do seu governo, e viu passar seu próprio corpo arrastado que ia deixando pela rua um rego de condecorações e dragonas, botões do dólmã, fiapos de brocados e franjas de alamares e borlas de sabres de baralho e os dez sóis tristes de rei do universo, mãe, olhe o que estão fazendo comigo, dizia, sentindo na própria carne a ignomínia das cusparadas e dos penicos de enfermos que lhe atiravam ao passar das sacadas, horrorizado pela ideia de ser esquartejado e digerido pelos cães e os urubus entre os berros delirantes e os estrondos de pirotecnia do carnaval de minha morte. Quando passou o cataclismo continuou ouvindo músicas remotas na tarde sem vento, continuou matando mosquitos e tentando matar com as mesmas palmadas as cigarras dos ouvidos que lhe estorvavam o pensamento, continuou vendo a claridade dos incêndios no horizonte, o que o mosqueava de verde cada trinta segundos por entre as frestas das persianas, a respiração natural da vida diária que voltava a ser a mesma à medida que sua morte convertia-se em outra morte qualquer como outras tantas do passado, a torrente incessante da realidade que o ia levando em direção à terra de ninguém da compaixão e do esquecimento, porra, que vá à merda a morte, exclamou, e então abandonou o esconderijo exaltado pela certeza de que sua grande hora havia soado, atravessou os salões saqueados arrastando as densas patas de fantasma por entre os destroços de sua vida anterior nas trevas cheirando a flores moribundas e a pavio de enterro, empurrou a porta do salão do conselho de ministros, ouviu através do ar de fumaça as vozes extenuadas em torno da longa mesa de nogueira, e viu através da fumaça que ali estavam todos os que ele havia querido que estivessem, os liberais que haviam vendido a guerra federal, os conservadores que a haviam comprado, os generais do alto comando, três de seus ministros, o arcebispo-primaz e o embaixador Schnontner, todos juntos em um só engano invocando a união de todos contra o despotismo de séculos para repartir entre todos o butim de sua morte, tão distraídos nos abismos da cobiça que nenhum notou a aparição do presidente insepulto que deu um único golpe com a palma da mão na mesa, e gritou, então! e não teve que fazer mais nada, pois quando tirou a mão da mesa já havia passado o estampido de pânico e só restavam no salão vazio os cinzeiros abarrotados, as xícaras de café, as cadeiras atiradas no chão, e meu compadre de toda a vida o general Rodrigo de Aguilar em uniforme de campanha, minúsculo, impassível, afastando a fumaça com sua única mão para indicar-lhe que se jogasse ao chão meu general que agora começam os problemas, e ambos se jogaram ao chão no instante em que começou à frente da casa o júbilo de morte da metralha, a festa carniceira da guarda presidencial que cumpriu com muito prazer e com muita honra meu general sua ordem feroz de que ninguém escapasse com vida do conciliábulo da traição, varreram com rajadas de metralhadora aos que tentaram escapar pela porta principal, caçaram como pássaros aos que se lançavam pelas janelas, desentranharam com bananas de dinamite aos que puderam burlar o cerco e se refugiaram nas casas vizinhas e liquidaram os feridos de acordo com o critério presidencial de que todo sobrevivente é um mau inimigo para toda a vida, enquanto ele continuava deitado de bruços no chão a dois palmos do general Rodrigo de Aguilar suportando o granizo de vidros e argamassa que se metia pelas janelas a cada explosão, murmurando sem pausa como se estivesse rezando, está bem, compadre, está bem, acabou-se esta merda, de agora em diante vou mandar só eu sem cães latindo para mim, será questão de ver amanhã cedo o que é que serve e o que não serve de todo este desmando e se por acaso faltar em que sentar compram-se para isso seis tamboretes de couro dos mais baratos, compram-se umas esteiras de palmeira e se as coloca por aqui e por ali para tapar os buracos, compram-se dois ou três trastes mais, e pronto, nem pratos nem colheres nem nada, tudo isto eu trago dos quartéis porque não vou ter mais gente de tropa, nem oficiais, que porra, só servem para aumentar a despesa com leite e na hora dos problemas, já se viu, cospem na mão que lhes dá de comer, fico só com a guarda presidencial que é gente direita e corajosa e não volto a nomear nem gabinete de governo, que porra, só um bom ministro da saúde que é a única coisa que se precisa na vida, e talvez outro com boa letra para o que haja para escrever, e assim se pode alugar os ministérios e os quartéis e se ganha esse dinheiro para o serviço, que aqui o que faz falta não é gente mas dinheiro, conseguem-se duas boas criadas, uma para a limpeza e a cozinha, e outra para lavar e passar, e eu mesmo para tomar conta das vacas e dos pássaros quando os tivermos e, não mais algazarra de putas nos banheiros nem lazarentos nos rosais nem doutores em letras que sabem de tudo nem políticos sábios que tudo veem, que no fim das contas isto é um palácio e não um bordel de negros como disse Patrício Aragonés que disseram os gringos, e eu só me basto e me sobro para continuar mandando até que volte a passar o cometa, e não uma vez mas dez, porque o que sou eu não penso morrer mais, que porra, que morram os outros, dizia, falando sem pausas para pensar, como se recitasse de memória, porque sabia desde a guerra que pensando em voz alta espantava o seu medo das cargas de dinamite que sacudiam a casa, fazendo planos para amanhã de manhã e para o século entrante ao entardecer até que soou na rua o último tiro de graça e o general Rodrigo de Aguilar arrastou-se serpenteando e ordenou pela janela que buscassem os caminhões de lixo para levar os mortos e saiu do salão dizendo que passe uma boa noite meu general, boa compadre, respondeu ele, muito obrigado, deitado de bruços no mármore funerário do salão do conselho de ministros, e logo dobrou o braço direito para que lhe servisse de travesseiro e dormiu no ato, mais só que nunca, embalado pelo rumor do córrego de folhas amarelas de seu outono de desgraça que aquela noite havia começado para sempre nos corpos fumegantes e nas poças de vermelhas luas do massacre. Não teve que tomar nenhuma das determinações previstas, pois o exército se desbaratou por si mesmo, as tropas se dispersaram, os poucos oficiais que resistiram até a última hora nos quartéis da cidade e em outros seis do país foram aniquilados pelos guardas presidenciais com a ajuda de voluntários civis, os ministros sobreviventes exilaram-se ao amanhecer e apenas ficaram os dois mais fiéis, um que além do mais era seu médico particular e outro que era o melhor calígrafo da nação, e não teve que pedir a nenhum estrangeiro porque as arcas do governo transbordaram de alianças e diademas de ouro arrancados por partidários inesperados, nem teve que comprar esteiras nem tamboretes de couro dos mais baratos para remendar os estragos da defenestração, pois antes que acabassem de pacificar o país estava restaurado e mais suntuoso que nunca o salão de audiências, e havia gaiolas de pássaros por toda parte, araras desbocadas, papagaios-reais que cantavam nas cornijas para Espanha não para Portugal, mulheres discretas e serviçais que mantinham a casa tão limpa e tão ordenada como um navio de guerra, e entraram pelas janelas as mesmas músicas de exaltação, os mesmos petardos de alvoroço, os mesmos sinos de júbilo que tinham começado celebrando sua morte e continuavam celebrando sua imortalidade, e havia uma manifestação permanente na Praça de Armas com gritos de adesão eterna e grandes faixas com Deus guarde o magnífico que ressuscitou no terceiro dia entre os mortos, uma festa sem fim que ele não teve que prolongar com manobras secretas como o fizera em outros tempos, pois os assuntos de estado resolviam-se por si mesmos, a pátria continuava, só ele era o governo, e ninguém embaraçava nem por palavra nem por obra os recursos de sua vontade, porque estava tão só em sua glória que já não lhe restavam nem inimigos, e estava tão agradecido com meu compadre de toda a vida o general Rodrigo de Aguilar que não voltou a inquietar-se com as despesas com o leite senão que fez formar no pátio os soldados rasos que se haviam distinguido por sua ferocidade e seu sentido do dever, e apontando-os com o dedo segundo os impulsos de sua inspiração promoveu-os aos mais altos postos ciente de que estava restaurando as forças armadas que iam cuspir na mão que lhes dera de comer, você a capitão, você a major, você a coronel, que estou dizendo, você a general, e todos os outros a tenente, que porra, compadre, aqui está seu exército, e estava tão comovido com aqueles que lamentaram sua morte que se fez levar até o ancião da saudação maçônica e ao cavalheiro enlutado que lhe beijou o anel e os condecorou com a medalha da paz, se fez levar à vendedora de peixes e lhe deu o que ela disse que mais necessitava que era uma casa de muitos quartos para viver com seus quatorze filhos, se fez levar à escolar que lhe pôs uma flor no cadáver e concedeu-lhe o que mais quero neste mundo que era casar-se com um homem do mar, mas apesar daqueles atos de alívio seu coração aturdido não teve um instante de sossego enquanto não viu amarrados e cuspidos no pátio do quartel de São Jerônimo os grupos de assalto que haviam entrado para saquear o palácio, reconheceu-os um a um com a memória inapelável do rancor e os foi separando em grupos distintos segundo a intensidade da culpa, você aqui, o que comandava o assalto, vocês para lá, os que jogaram no chão a peixeira inconsolável, vocês aqui, os que haviam tirado o cadáver do ataúde e o levaram arrastado pelas escadas e os lamaçais, e todos os outros deste lado, cornos, embora na realidade não o interessava o castigo mas demonstrar a si mesmo que a profanação do corpo e o assalto à casa não haviam sido um ato popular espontâneo senão um negócio infame de mercenários, de modo que tomou a seu cargo interrogar os cativos de viva voz e de corpo presente para conseguir que lhe dissessem por bem a verdade ilusória de que seu coração sentia falta, mas não o conseguiu, fez então com que os pendurassem de uma viga horizontal como papagaios atados de pés e mãos e com a cabeça para baixo durante muitas horas, mas não o conseguiu, fez que jogassem um deles no fosso do pátio e os outros o viram esquartejado e devorado pelos jacarés, mas não o conseguiu, escolheu um do grupo principal e o fez esfolar vivo na presença de todos e todos viram o couro terno e amarelo como uma placenta recém-parida e se sentiram empapados com o caldo quente do sangue do corpo em carne viva que agonizava dando saltos nas pedras do pátio, e então confessaram o que ele queria que haviam recebido quatrocentos pesos de ouro para arrastar o cadáver até a esterqueira do mercado, que não queriam fazê-lo nem por paixão nem por dinheiro porque não tinham nada contra ele, e ainda menos se já estava morto, mas que em uma reunião clandestina na qual até encontraram dois generais do alto comando que os haviam amedrontado com toda sorte de ameaças e foi por isso que o fizemos meu general, palavra de honra, e então ele expeliu um suspiro de alívio, ordenou que lhes dessem de comer, que os deixassem descansar nessa noite e que pela manhã os atirem aos jacarés, pobres rapazes enganados, suspirou, e retornou ao palácio com a alma liberada dos cilícios da dúvida, murmurando que agora viram porra, agora viram, esta gente me ama. Resolvido a dissipar até o rescaldo das inquietações que Patrício Aragonés havia semeado em seu coração, decidiu que aquelas torturas fossem as últimas do seu governo, mataram os jacarés, desmantelaram as câmaras de suplício onde era possível triturar osso por osso até todos os ossos sem matar, proclamou a anistia geral, antecipou-se ao futuro com a lembrança mágica de que o problema deste país é que sobra a sua gente muito tempo para pensar e buscando a maneira de mantê-la ocupada restabeleceu os jogos florais de março e os concursos anuais de beleza, construiu o estádio de futebol do Caribe e impôs à nossa equipe o lema de vitória ou morte, e ordenou estabelecer em cada província uma escola gratuita para ensinar a varrer cujas alunas fanatizadas pelo estímulo presidencial continuaram varrendo as ruas depois de haverem varrido as casas e logo as estradas e os caminhos vicinais, de modo que os montões de lixo eram levados e trazidos de uma província à outra sem saber o que fazer com eles nas procissões oficiais com bandeira da pátria e grandes faixas com Deus guarde o puríssimo que vela pela limpeza da nação, enquanto ele arrastava suas lentas patas de besta meditativa em busca de novas formas para entreter a população civil, abrindo passagem entre os leprosos e os cegos e os paralíticos que suplicavam de suas mãos o sal da saúde, batizando com seu nome no chafariz do pátio os filhos de seus afilhados entre os aduladores impávidos que o proclamavam o único porque então não contava com o concurso de ninguém igual a ele e tinha que se desdobrar em um palácio de mercado público aonde chegavam diariamente gaiolas e gaiolas de pássaros inverossímeis desde que transpirou o segredo de que sua mãe Bendición Alvarado tinha o ofício de passarinheira, e embora uns as mandassem por adulação e outros por gozação não sobrou ao fim de pouco tempo um espaço disponível para pendurar gaiolas, e se queria atender a tantos assuntos públicos ao mesmo tempo que entre as multidões dos pátios e os escritórios não se podia distinguir quais eram os servidores e quais os servidos, e derrubaram tantas paredes para aumentar o mundo e abriram tantas janelas para ver o mar que o simples fato de passar de um salão a outro era como aventurar-se pela coberta de um veleiro ao léu em um outono de ventos cruzados. Eram os alísios de março que sempre haviam entrado pelas janelas da casa, mas agora lhe diziam que eram os ventos da paz meu general, era o mesmo zumbido dos tímpanos que tinha há anos, mas até seu médico lhe dissera que era o zumbido da paz meu general, pois desde quando lhe encontraram morto pela primeira vez todas as coisas da terra e do céu converteram-se em coisas da paz meu general, e ele acreditava nele, e tanto acreditava que voltou a subir em dezembro até a casa das escarpas para consolar-se na desgraça da irmandade dos antigos ditadores nostálgicos que interrompiam a partida de dominó para contar-lhe que eu era por exemplo o doble-seis e digamos que os conservadores doutrinários eram o doble-três, apenas que eu não levei em conta a aliança clandestina dos maçons e os padres, quem porra ia imaginar, sem se preocupar com a sopa que coalhava no prato enquanto um deles explicava que por exemplo este açucareiro era o palácio, aqui, e o único canhão que restava ao inimigo tinha um alcance de quatrocentos metros com o vento a favor, aqui, de modo que se vocês me veem neste estado é apenas por causa de uma infelicidade de oitenta e dois centímetros, quer dizer, e ainda os mais encouraçados pela remora do exílio esbanjavam as esperanças observando os navios de sua terra no horizonte, conheciam-nos pela cor da fumaça, pela ferrugem das sirenes, desciam ao porto sob o chuvisco das primeiras luzes à procura dos jornais que os tripulantes haviam usado para embrulhar a comida que tiravam do navio, encontravam-nos nos caixotes de lixo e os liam de cima abaixo até a última linha para prognosticar o futuro de sua pátria através das notícias sobre quem havia morrido, quem se havia casado, quem havia convidado a uma festa de aniversário, decifrando seu destino segundo o rumo de uma nuvem providencial que ia despencar sobre seu país em uma tormenta de diques das represas que iam devastar os campos e propagar a miséria e a peste nas cidades, e aqui virão para suplicar-me que os salve do desastre e da anarquia, vão ver logo, mas enquanto esperavam a grande hora tinham que chamar de lado ao desterrado mais jovem e lhe pediam o favor de pegar uma agulha para remendar estas calças que não quero jogar fora por seu valor sentimental, lavavam a roupa às escondidas, afiavam as navalhas que haviam usado os recém-chegados, fechavam-se no quarto para comer para que os outros não descobrissem que estavam vivendo de restos, para que não lhes vissem a vergonha das calças cagadas pela incontinência senil, e numa quinta-feira qualquer púnhamos em um as condecorações que prendíamos com alfinetes na última camisa, enrolávamos o corpo em sua bandeira, cantávamos seu hino nacional e o mandavam a governar esquecimentos no fundo dos escarpados sem mais lastro que o do seu próprio coração erodido e sem deixar mais vazios no mundo que uma cadeira de balneário no terraço sem horizontes onde nos sentávamos para disputar as coisas do morto, se é que algo deixavam, meu general, imagine só, que vida de civis depois de tanta glória. Em outro dezembro distante, quando se inaugurou a casa, ele havia visto daquele terraço o rastro de ilhas alucinadas das Antilhas que alguém lhe ia mostrando com o dedo na vitrina do mar, havia visto seu hospital de tísicos, o negro gigantesco com uma blusa de renda que vendia vasos de gardênia às esposas dos governadores no átrio da basílica, havia visto o mercado infernal de Paramaribo, lá meu general, os caranguejos que saíam do mar pelas cloacas e trepavam nas mesas das sorveterias, os diamantes incrustados nos dentes das negras avós que vendiam cabeças de índios e raízes de gengibre sentadas em suas nádegas incólumes sob a sopa da chuva, havia visto as vacas de ouro maciço adormecidas na praia de Tanaguarena meu general, o cego visionário da Guayra que cobrava dois reais para espantar o namoro da morte com um violino de uma só corda, havia visto o agosto abrasante de Trindad, os automóveis andando para trás, os indianos verdes que cagavam em plena rua diante de suas lojas de camisa de seda e mandarins talhados no canino inteiro do elefante, havia visto o pesadelo do Haiti, seus cães azuis, a carreta de bois que recolhia os mortos da rua ao amanhecer, havia visto renascer as tulipas holandesas nos tanques de gasolina de Curaçao, as casas de moinhos de vento com tetos para a neve, o transatlântico misterioso que atravessava o centro da cidade por entre as cozinhas dos hotéis, havia visto o corte de pedras de Cartagena das índias, sua baía fechada com uma corrente, a luz parada nas sacadas, os cavalos esquálidos dos carros de aluguel que ainda bocejavam pelas rações dos vice-reis, seu cheiro a merda meu general, que maravilha, me diga se não é grande o mundo inteiro, e o era, na verdade, e não só grande mas também insidioso, pois se ele subia em dezembro até a casa dos arrecifes não era para conversar com aqueles prófugos que detestava como a sua própria imagem no espelho das desgraças senão para estar ali no instante de milagre em que a luz de dezembro se excedesse e se podia ver outra vez o universo completo das Antilhas de Barbados até Veracruz, e então esqueceu-se de quem tinha a pedra doble-três e saiu à varanda para contemplar o rastro de ilhas caprichosas como jacarés adormecidos no tanque do mar, e contemplando as ilhas evocou outra vez e viveu de novo a histórica sexta-feira de outubro em que saiu de seu quarto, ao amanhecer e viu que todo mundo no palácio tinha posto boné vermelho, que as novas concubinas varriam os salões e mudavam a água das gaiolas com bonés vermelhos, que os que ordenham nos estábulos, as sentinelas em seus postos, os paralíticos nas escadas e os leprosos nas roseiras passeavam com bonés vermelhos de domingo de carnaval, de modo que se pôs a averiguar o que havia acontecido no mundo enquanto ele dormia para que o pessoal de sua casa e os habitantes da cidade andassem exibindo bonés vermelhos e arrastando por toda parte uma enfiada de cascavéis, e afinal encontrou quem lhe contasse a verdade meu general, que haviam chegado uns forasteiros que tagarelavam em língua ladina[11] pois não diziam o mar mas a mar e chamavam papagaios às araras, canoa aos caíques e lança aos arpões, e que havendo visto que saíamos para recebê-los nadando à volta de suas embarcações encarapitavam-se nos paus da mastreação e gritavam uns com os outros que olhai que bem-feitos, de mui formosos corpos e mui boas caras, e os cabelos grossos e quase como crina de cavalo, e havendo visto que estávamos pintados para não nos despelarmos com o sol alvoroçaram-se como periquitas molhadas que olhai que eles se pintam de preto, e eles são da cor dos ca-

---

11. *Ladina*, qualquer dos dialetos sefarditas falados na Grécia, Turquia, Palestina, Norte da África; alusão aos sefarditas que acompanham a tripulação das caravelas de Colombo. GGM, no original, escreve que os descobridores chamam de *papagayos a las guacamayas, almadías a los cayucos* e *azagayas a los arpones*: papagaio, do árabe *babbagā*; guacamayas do haitiano *huacamayo*, arara; *almadías* do árabe *al-ma'diya*, espécie de canoa usada na Índia; *cayucos,* pequena canoa usada pelos índios na Venezuela; *azagaya,* do berbérico *az-zagāya,* lança; *arpón,* do grego, pelo espanhol, arpão.

narinos, nem brancos nem negros, e nem nada deles têm, e nós não entendíamos por que porra nos faziam tanta gozação meu general se estávamos tão naturais como nossas mães nos pariram e em vez disso eles estavam vestidos como a dama de paus apesar do calor, que eles dizem a calor como os contrabandistas holandeses, e têm o cabelo arrumado como mulheres embora todos sejam homens, que delas não vimos nenhuma, e gritavam que não entendíamos na língua de cristãos quando eram eles os que não entendiam o que gritávamos, e depois vieram até nós com seus caíques que eles chamam canoas, como dito temos, e admiravam-se de que nossos arpões tivessem na ponta uma espinha de savelha que eles chamam dente de peixe, e trocavam tudo o que tínhamos por estes bonés vermelhos e estas enfiadas de pepitas de vidro que pendurávamos no pescoço para agradá-los, e também por estas soalhas de latão das que valem um maravedi[12] e por caixinhas e espelhinhos e outras miudezas de Flandres, das mais baratas meu general, e como vimos que eram bons servidores e de bom engenho nós os fomos levando até a praia sem que se apercebessem, mas a merda foi que entre o me troque isto por aquilo e lhe troco isto por este outro formou-se um cambalacho de *la gran* puta e ao fim de pouco tempo todo mundo estava cambalachando seus papagaios, seu fumo, suas bolas de chocolate, seus ovos de iguana, quanto Deus criou, pois de tudo tomavam e davam daquilo que tinham de boa vontade, e até queriam trocar um de nós por um gibão de veludo para nos mostrar nas Europas, imagine o senhor meu general, que tumulto, mas ele estava tão confuso que não conseguiu compreender se aquele assunto de

---

12. *Maravedi*, antiga moeda gótica que teve curso na Espanha, algumas vezes real, outras imaginária, a que se atribuía diferentes valores e qualificação.

lunáticos era da competência do seu governo, de modo que voltou ao quarto, abriu a janela do mar para ver se talvez descobria uma luz nova para entender a embrulhada que lhe haviam contado, e viu o encouraçado de sempre que os fuzileiros navais haviam abandonado nos molhes, e mais além do encouraçado, fundeadas no mar tenebroso, viu as três caravelas.

Na segunda vez que o encontraram carcomido pelos urubus no mesmo gabinete, com a mesma roupa e na mesma posição, nenhum de nós era bastante velho para recordar o que se passou na primeira vez, mas sabíamos que nenhuma evidência de sua morte era terminante, pois sempre havia outra verdade atrás da verdade. Nem mesmo os menos prudentes nos conformávamos com as aparências, porque muitas vezes se havia dado por verdade que estava prostrado pela epilepsia e desabava do trono no curso das audiências torto pelas convulsões e espumando de fel pela boca, que havia perdido a fala de tanto falar e tinha ventríloquos escondidos atrás das cortinas para fingir que falava, que lhe estavam saindo escamas de savelha por todo o corpo como castigo por sua perversão, que na friagem de dezembro a hérnia cantava-lhe canções de navegantes e só podia caminhar com a ajuda de uma carreta ortopédica na qual levava o testículo herniado, que um furgão militar havia metido à meia-noite pelas portas de serviço um ataúde com molduras de ouro e interior de púrpura, e que alguém havia visto Letícia Nazareno acabando-se de choro no jardim da chuva, mas quanto mais verdadeiros pareciam os rumores de sua morte mais vivo e autoritário ele aparecia quando menos se esperava para impor outros rumos imprevisíveis ao nosso destino. Teria sido muito fácil deixar-se convencer-se pelos indícios primeiros do anel do sinete presidencial ou o tamanho sobrenatural de seus pés de caminhante implacável ou a estranha evidência do testículo herniado que os urubus não se atreveram a bicar, mas sempre houve alguém que tivesse lembranças de outros indícios iguais em outros mortos menos importantes do passado. Tampouco o exame meticuloso da casa trouxe qualquer elemento válido para estabelecer sua identidade. No quarto de Bendición Alvarado, de quem mal nos lembrávamos da fábula de sua canonização por decreto, encontramos algumas gaiolas avariadas com ossinhos de pássaros transformados em pedra pelos anos, vimos um cadeirão de vime mordiscado pelas vacas, vimos estojos de pintura e vasos de pincéis dos que as passarinheiras dos páramos usavam para vender nas feiras os pássaros descoloridos fazendo-os passar por bem-te-vis, vimos uma talha com um mato de erva-cidreira que continuara crescendo no esquecimento cujos ramos subiam pelas paredes e apareciam pelos olhos dos retratos e saíram pela janela e acabaram por emaranhar-se na rústica folhagem dos pátios dos fundos, mas não achamos nem o rastro menos significativo de que ele houvesse estado naquele quarto. No quarto de casal de Letícia Nazareno, de quem tínhamos uma imagem mais nítida não só porque havia reinado em uma época mais recente senão também pelo bulício de seus atos públicos, vimos uma boa cama para desatinos de amor com o dossel de tricô transformado em um ninho de galinhas, vimos nas arcas as sobras das traças das golas de raposas azuis, as armações de arame das saias-balão, o pó glacial das anáguas, os corpetes de renda de Bruxelas, as polainas de homem que usavam dentro de casa e as sapatilhas de cetim com salto alto e fivela que usava para receber, os longos balandraus com violetas de feltro e cintos de tafetá de seus esplendores funerários de primeira dama e o hábito de freira de um linho espesso como o couro de um carneiro da cor das cinzas com que a trouxeram sequestrada da Jamaica dentro de um caixote de cristais de festa para sentá-la em sua poltrona de presidenta escondida, mas também naquele quarto não achamos nenhum vestígio que permitisse estabelecer pelo menos se aquele sequestro de corsários havia sido inspirado pelo amor. No quarto presidencial, que era o lugar da casa onde ele passou a maior parte de seus últimos anos, só encontramos uma cama de quartel sem uso, uma latrina portátil daquelas que os antiquários tiravam das mansões abandonadas pelos fuzileiros navais, um cofre de ferro com suas noventa e duas condecorações e um terno de linho cru sem insígnias igual ao que usava o cadáver, perfurado por seis projéteis de grosso calibre que haviam feito estragos de fogo ao entrar pelas costas e sair pelo peito, o que nos fez pensar que era verdadeira a lenda corrente de que o chumbo disparado à traição atravessava-o sem feri-lo, que o disparado de frente rebotava em seu corpo e se voltava contra o agressor, e que só era vulnerável às balas piedosas disparadas por alguém que o amasse o suficiente para morrer por ele. Ambos os uniformes eram muito pequenos para o cadáver, mas nem por isso descartamos a possibilidade de que fossem seus, pois também se disse em uma determinada época que ele havia continuado a crescer até os cem anos e que aos cento e quarenta havia tido uma terceira dentição, embora na verdade o corpo arruinado pelos urubus não era maior que um homem médio do nosso tempo e tinha uns dentes bons, pequenos e rombudos que pareciam dentes de leite, e tinha uma pele cor de fel pontilhado de sinais de decrepitude sem uma única cicatriz e com bolsões vazios por todo lado como se houvesse sido muito gordo em outra época, restava-lhe apenas os buracos desocupados dos olhos que haviam sido taciturnos, e a única coisa que não parecia de acordo com suas proporções, salvo o testículo herniado, eram os pés enormes, quadrados e planos com unhas cascalhosas e retorcidas de gavião. Ao contrário da roupa, as descrições de seus historiadores ficavam-lhe grandes, pois os textos oficiais das cartilhas[13] referiam-no como um patriarca de tamanho descomunal que nunca saía de sua casa porque não cabia pelas portas, que amava as crianças e as andorinhas, que conhecia a linguagem de alguns animais, que tinha a virtude de antecipar-se os desígnios da natureza, que adivinhava o pensamento simplesmente olhando nos olhos e conhecia o segredo de um sal eficaz para curar as marcas dos leprosos e fazer andar os paralíticos. Embora todo rastro de sua origem houvesse desaparecido dos textos, pensava-se que era um homem dos páramos por seu apetite desmesurado de poder, pela natureza de seu governo, por sua conduta lúgubre, pela inconcebível maldade do coração com que vendeu o mar a um poder estrangeiro e condenou-nos a viver frente a esta planície sem horizonte de áspero pó lunar cujos crepúsculos sem razão doíam-nos na alma. Estimava-se que no transcurso de sua vida deve ter tido mais de cinco mil filhos, todos bastardos, com as incontáveis amantes sem amor que se sucederam em seu serralho até que ele esteve em condições de comprazer-se com elas, mas nenhum levou seu nome nem seu sobrenome, salvo o que teve com Letícia Nazareno que foi nomeado general de

---

13. *Cartilhas*, GGM, no original, *parvulários*, certamente partindo de *parvo, parvulo*, pequeno, simples, inocente, fácil de enganar; *parvulários* seria, então, uma espécie de cartilha oficial.

divisão com jurisdição e comando no momento de nascer, porque considerava que ninguém era filho de ninguém mas que de sua mãe, e só dela. Esta certeza parecia válida inclusive para ele, pois se sabia que era um homem sem pai como os déspotas mais ilustres da história, que o único parente seu que se conheceu e talvez o único que teve foi sua mãe de minha alma Bendición Alvarado a quem os textos escolares atribuíam o prodígio de havê-lo concebido sem o concurso do varão e de haver recebido em um sonho as chaves herméticas de seu destino messiânico, e a quem ele proclamou por decreto matriarca da pátria com o simples argumento de que mãe não há senão uma, a minha, uma estranha mulher de origem incerta cuja simplicidade de alma havia sido o escândalo dos fanáticos da dignidade presidencial as origens de seu mandato, porque não podiam admitir que a mãe do chefe de estado pendurasse no pescoço uma almofadinha de cânfora para guardar-se de todo contágio e tentasse espetar o caviar com o garfo e caminhasse como uma negra com as sandálias de verniz, nem podiam aceitar que tivesse uma colmeia na sacada da sala de música, ou criasse pavões e pássaros pintados com aquarelas nas repartições públicas ou pusesse a secar os lençóis na sacada dos discursos, nem podiam suportar que houvesse dito em uma festa diplomática que estou cansada de pedir a Deus que derrubem meu filho, porque isto de viver no palácio é como estar a toda hora com o olho aceso, senhor, e o havia dito com a mesma verdade natural com que num feriado nacional abriu caminho por entre a guarda de honra com uma cesta de garrafas vazias e aproximou-se da limusine presidencial que iniciava o desfile de jubileu no auge das ovações e dos hinos marciais e das tormentas de flores, e meteu a cesta pela janela do carro e gritou para seu filho que já que vai andar por aí aproveita para devolver estas garrafas no armazém da esquina, pobre mãe. Aquela falta de sentido histórico havia de ter sua noite de esplendor no banquete de gala com que comemoramos o desembarque dos fuzileiros navais sob o comando do almirante Higgingson, quando Bendición Alvarado viu seu filho em uniforme de gala com as medalhas de ouro e as luvas de cetim que continuou usando pelo resto de sua vida e não pôde reprimir o impulso de seu orgulho materno e exclamou em voz alta ante o corpo diplomático em peso que se tivesse sabido que meu filho ia ser presidente da república eu o teria mandado à escola, senhor, quanta não foi a vergonha que desde então a desterraram para a mansão suburbana, um palacete de onze quartos que ele havia ganho em uma boa noite de dados quando os caudilhos da guerra federal repartiram na mesa de jogo o esplêndido bairro residencial dos conservadores fugitivos, só que Bendición Alvarado desprezou os ornamentos imperiais que me fazem sentir como se fosse a esposa do Sumo Pontífice e preferiu as dependências de serviço junto às seis criadas descalças que lhe haviam destinado, instalou-se com suas máquinas de costura e suas gaiolas de pássaros mal pintados em um desvão abandonado aonde nunca chegava o calor e era mais fácil espantar os mosquitos das seis, sentava-se a costurar diante da luz ociosa do pátio grande e o ar de remédio dos tamarindos enquanto as galinhas andavam perdidas pelos salões e os soldados da guarda espiavam as camareiras nos aposentos vazios, sentava-se a pintar bem-te-vis com aquarela e a lamentar-se com as criadas da desgraça do meu pobre filho a quem os fuzileiros navais tinham ocultado no palácio, tão longe de sua mãe, senhor, sem uma esposa solícita que o assistisse à meia-noite se uma dor o despertasse, e empolgado com este emprego de presidente da república por um salário desprezível de trezentos pesos mensais, pobre filho.

Ela sabia bem o que dizia, porque ele a visitava diariamente enquanto a cidade chapinhava no lodo da sesta, levava-lhe as frutas cristalizadas que tanto lhe agradavam e valia-se da ocasião para desabafar com ela sobre sua amarga condição de joguete de fuzileiros, contava-lhe que tinha de escamotear nos guardanapos as laranjas cristalizadas e os figos de almíscar porque as autoridades de ocupação tinham contadores que anotavam em seus livros até os restos dos almoços, lamentava-se de que no outro dia veio ao palácio o comandante do encouraçado com uns parece que astrônomos de terra firme que tomaram medidas de tudo e nem sequer se dignaram a me cumprimentar senão que passavam a fita métrica por cima da minha cabeça enquanto faziam seus cálculos em inglês e gritavam com o intérprete para mim que se afaste daí, e ele se afastava, que saísse da claridade, saía, que fique onde não estorve, porra, e ele não sabia onde ficar sem estorvar porque havia medidores medindo até o tamanho da luz das sacadas, mas aquilo não tinha sido o pior, mãe, senão que mandaram embora as duas últimas concubinas raquíticas que lhe restavam porque o almirante havia dito que não eram dignas de um presidente, e andava de fato tão escasso de mulher que algumas tardes fingia que deixava a mansão suburbana mas sua mãe ouvia-o perseguindo as criadas na penumbra dos quartos, e era tanta sua aflição que alvoroçava os pássaros nas gaiolas para que ninguém notasse a penúria do filho, fazia-os cantar à força para que os vizinhos não ouvissem os ruídos do ataque, o opróbrio do forcejar, as ameaças reprimidas de que fique quieto meu general ou eu conto tudo à sua mamãe, e perturbava a sesta dos corrupiões obrigando-os a rebentar os peitos para que ninguém ouvisse a sua respiração sem alma de marido apressado, sua desgraça de amante vestido, seu chorinho de cão, suas lágrimas solitárias que estavam como que anoitecendo, como que apodrecendo de pena com o cacarejo das galinhas alvoroçadas nos quartos por aqueles amores de emergência no ar de vidro líquido e no agosto sem deus das três da tarde, pobre filho meu. Aquele estado de escassez havia de durar até que as forças de ocupação abandonaram o país afastadas por uma peste quando ainda faltavam muitos anos para que se cumprissem as condições do desembarque, desmontaram em peças numeradas e meteram em caixotes as residências dos oficiais, arrancaram inteiros os gramados azuis, e os levaram enrolados como se fossem tapetes, embrulharam as cisternas de oleado de águas estéreis que lhes mandavam de sua terra para que os vermes dos nossos afluentes não os comessem por dentro, dinamitaram os quartéis para que ninguém soubesse como foram construídos, abandonaram no molhe o velho encouraçado de desembarque por cuja coberta passeava em noites de junho o espanto de um almirante perdido na borrasca, mas antes de levarem em seus trens voadores aquele paraíso de guerras portáteis impuseram-lhe a ele a medalha da boa vizinhança, renderam-lhe honras de chefe de estado e lhe disseram em voz alta para que todo mundo ouvisse que aí o deixamos com seu bordel de negros para ver como se arranja sem a gente, mas se foram, mãe, que porra, tinham ido, e pela primeira vez desde seus tempos cabisbaixos de boi de ocupação ele subiu as escadas governando de viva voz e de corpo presente através de um tumulto de súplicas para que restabelecesse as rinhas de galo, e ele mandava concordando, que se permitisse outra vez o voo das pipas e outras brincadeiras dos pobres que os fuzileiros haviam proibido, e ele mandava, de acordo, tão convencido de ser o dono de todo o seu poder que inverteu as cores da bandeira e trocou o gorro frígio pelo dragão vencido do invasor, porque afinal somos indignos de nós mesmos, mãe, viva a peste. Bendición Alvarado lembrar-se-ia toda a vida daqueles sobressaltos do poder e de outros mais antigos e amargos da miséria, mas nunca os evocou com tanto desgosto como depois da farsa da morte quando ele andava chapinhando no pântano da prosperidade enquanto ela continuava lamentando-se com quem quisesse ouvi-la de que não vale a pena ser a mamãe do presidente e não ter no mundo nada mais que esta triste máquina de costura, lamentava-se de que aí onde vocês o veem com sua carruagem de bordados meu pobre filho não tinha nenhum buraco na terra para cair morto depois de tantos e tantos anos servindo à pátria, senhor, não é justo, e não continuava se lamentando por costume ou por esperteza senão porque ele já não a fazia partícipe de suas mágoas nem se apressava como antes a compartilhar com ela os melhores segredos do poder, e havia mudado tanto desde os tempos dos fuzileiros que Bendición Alvarado achava que ele estava mais velho que ela, que a havia deixado para trás no tempo, notava-o gaguejar as palavras, complicava-se com as contas da realidade, às vezes babava, e dela se havia apoderado uma compaixão que não era de mãe mas de filha quando o viu chegar à mansão suburbana carregado de pacotes que se desesperava por abrir todos ao mesmo tempo, rebentava os barbantes com os dentes, quebrava as unhas nas fitas de lata antes que ela encontrasse as tesouras na cestinha de costura, tirava tudo com mãos cheias do matagal de inutilidades, afogando-se nas ânsias de sua pressa, olhe que boas merdas, mãe, dizia, uma sereia viva no aquário, um anjo de corda de tamanho natural que voava pelos aposentos dando a hora com um sino, um caracol gigante em cujo interior não se escutava o barulho e os ventos dos mares mas a música do hino nacional, que merdas tão chatas, mãe, agora está vendo que bom é não ser pobre, dizia, mas ela não estimulava o entusiasmo senão que se punha a mordiscar os pincéis de pintar bem-te-vis para que o filho não notasse que seu coração se esmigalhava de dor evocando um passado que ninguém conhecia como ela, recordando quanto lhe havia custado permanecer na cadeira em que estava sentado, e não nestes tempos de agora, senhor, não nestes tempos fáceis em que o poder era uma matéria tangível e única, uma bolinha de vidro na palma da mão, como ele dizia, mas quando era uma savelha escorregadia que nadava sem deus nem lei em um palácio da vizinhança, perseguido pela cáfila voraz dos últimos caudilhos da guerra federal que me haviam ajudado a derrubar o general e poeta Lautaro Muñoz, um déspota instruído a quem Deus tenha em sua santa glória com seus missais de Suetônio em latim e seus quarenta e dois cavalos de sangue azul, mas em troca de seus serviços de armas se haviam apoderado das fazendas e do gado dos antigos proprietários proscritos e haviam repartido entre si o país em províncias autônomas com o argumento inapelável de que isto é federalismo meu general, por isto derramamos o sangue de nossas veias, e eram reis absolutos em suas terras, com leis próprias, feriados nacionais particulares, papel-moeda gravado por eles mesmos, uniformes de gala com sabres guarnecidos de pedras preciosas e dólmãs de alamares de ouro e tricórnios com penachos de rabo de pavão-real copiados de antigas estampas de vice-reis da pátria anteriores a ele, e eram rudes e sentimentais, senhor, entravam no palácio pela porta grande sem pedir licença a ninguém pois a pátria é de todos meu general, por isso a ela sacrificamos a vida, acampavam no salão de festas com seus serralhos paridos e os animais de granja dos tributos de paz que exigiam à sua passagem por toda parte para que nunca lhes faltasse de comer, levavam uma escolta pessoal de bárbaros mercenários que em vez de botas enrolavam os pés em tiras de pano e mal sabiam expressar-se em língua de cristãos mas eram sábios em trapaças nos dados e ferozes e destros no manejo das armas de guerra, de modo que a casa do poder parecia um acampamento de ciganos, senhor, tinha um cheiro denso de cheia de rio, os oficiais de estado-maior tinham levado para suas fazendas os móveis da república, disputavam no dominó os privilégios do governo indiferentes às súplicas de sua mãe Bendición Alvarado que não tinha um instante de descanso tratando de varrer tanto lixo de feira, tratando de pôr apesar de tudo um pouco de ordem no naufrágio, pois ela era a única que havia tentado resistir à vileza irredimível da gesta liberal, que só ela havia tentado expulsá-los a vassouradas quando viu a casa pervertida por aqueles réprobos do mau viver que disputavam as poltronas do alto comando em partidas de baralho, viu-os fazendo negócios de sodomia atrás do piano, viu-os cagando nas ânforas de alabastro apesar de que ela os advertiu que não, senhor, que não eram latrinas portáteis mas ânforas resgatadas dos mares de Pantelaria, mas eles insistiam em que eram frescuras de ricos, senhor, não houve força humana capaz de dissuadi-los, nem houve poder divino capaz de impedir que o general Adriano Guzmán assistisse à festa dos dez anos da minha ascensão ao poder, embora ninguém houvesse podido imaginar o que nos esperava quando apareceu no salão de baile com um austero uniforme de linho branco escolhido para a ocasião, apareceu sem armas, tal como me havia prometido sob palavra de militar, com sua escolta de fugitivos franceses à paisana e carregados de antúrios de Caiena que o general Adriano Guzmán distribuiu um por um entre as esposas dos embaixadores e ministros depois de solicitar com uma reverência a permissão de seus maridos, pois assim haviam-lhe dito seus mercenários que era de bom-tom em Versalhes e assim o havia feito com um raro engenho de cavalheiro, e em seguida permaneceu sentado a um canto da festa com a atenção presa no baile e aprovando com a cabeça, muito bem, dizia, dançam bem estes milicos das europas, dizia, a cada qual o seu, dizia, tão esquecido em sua poltrona que eu só percebi que um de seus ajudantes de ordens voltava a encher a taça de champanha depois de cada gole, e à medida que passavam as horas tornava-se mais tenso e sanguíneo do que era ao natural, liberava um botão da túnica ensopada de suor cada vez que a pressão de um arroto reprimido subia-lhe até os olhos, soluçava de sonolência, mãe, e de repente levantou-se a duras penas durante uma pausa do baile e terminou de desabotoar a túnica e em seguida abriu a braguilha e ficou de pernas abertas em canal aspergindo nos decotes perfumados das senhoras de embaixadores e ministros com sua murcha mangueira de gavião, ensopava com sua acre urina de bêbado de guerra os ternos regaços de musselina, os corpetes de brocados dourados, os leques de penas de avestruz, cantando impassível em meio ao pânico que sou o amante garboso que rega as rosas do *teu* vergel, oh rosas primorosas, cantava, sem que ninguém se atrevesse a impedi-lo, nem mesmo ele, porque eu sabia que tinha mais poder que cada um deles mas com muito menos que dois deles mancomunados, ainda inconsciente de que ele via aos outros como eram enquanto os outros não conseguiam vislumbrar jamais o pensamento oculto do ancião de granito cuja serenidade era apenas semelhante à sua prudência sem limites e ã sua incomensurável disposição para esperar, só víamos os olhos lúgubres, os lábios hirtos, a mão de donzela pudica que nem sequer estremeceu no pomo do sabre no meio-dia de horror em que lhe trouxeram a notícia meu general de que o comandante Narciso López doente de marijuana verde e de aguardente de aniz meteu no mictório um soldadinho da guarda presidencial e lhe provocou tesão com recursos de mulher selvagem e depois o obrigou a que enfie todo, porra, é uma ordem, todo, meu amor, meta essas bolinhas de ouro, chorando de dor, chorando de raiva, até que se encontrou consigo mesmo vomitando de humilhação em quatro patas com a cabeça enfiada nos vapores fétidos da latrina, e então levantou no ar o soldadinho adônico e o espetou com uma lança como uma borboleta no gobelino presidencial do salão de audiências sem que ninguém se atrevesse a desenterrá-la durante três dias, pobre homem, porque ele não fazia nada mais que vigiar a seus antigos companheiros de armas para que não se mancomunassem mas sem se intrometer em suas vidas, convencido de que eles mesmos se exterminariam antes que lhe chegassem com a notícia meu general de que o general Jesuscristo Sánchez teve de ser morto a cadeiraços pelos membros de sua guarda quando sofreu um ataque de raiva por uma mordida de gato, pobre homem, quase se descuidou da partida de dominó quando lhe segregaram a notícia meu general de que o general Lotário Sereno haviase afogado porque o seu cavalo morreu de repente quando atravessava um rio, pobre homem, apenas piscou quando lhe trouxeram a notícia meu general de que o general Narciso López enfiou um tarugo de dinamite no cu e explodiu as entranhas pela vergonha de sua pederastia invencível, e ele dizia pobre homem como se nada tivesse que ver com aquelas mortes infamantes e a todos decretava as mesmas honras póstumas, proclamava-os mártires mortos no serviço da pátria e os enterrava com funerais magníficos do mesmo nível no panteão nacional porque uma pátria sem heróis é uma casa sem portas, dizia, e quando não restavam mais que seis generais de exército em todo o país convidou-os a comemorar seu aniversário com uma farra de camaradas no palácio, a todos juntos, senhor, inclusive ao general Jacinto Algarabia que era o mais sombrio e matreiro, que se vangloriava de ter um filho com a própria mãe e só bebia álcool de madeira[14] com pólvora, sem ninguém mais que a gente no salão de festas como nos bons tempos meu general, todos sem armas como irmãos de leite mas com pessoal das escoltas embolados na sala contígua, todos carregados de presentes magníficos para o único de nós que tem sabido compreender a todos, diziam, querendo dizer que era o único que havia sabido manobrá-los, o único que conseguiu desentocar da sua remota guarida dos páramos o legendário general Saturno Santos, um índio puro, falso, que andava sempre com a puta que me pariu com os pés no chão meu general porque nós homens duros não podemos respirar se não sentimos a terra, havia chegado enrolado em um poncho estampado com estranhos animais de colorido forte, chegou sozinho, como andava sempre, sem escolta, precedido por uma aura sombria, sem outra arma que o facão de latão que se recusou a tirar do cinto porque não era uma arma de guerra mas de trabalho, e me trouxe de presente uma águia amestrada para lutar nas guerras de homens, e trouxe a harpa, mãe, o instrumento sagrado cujas notas conjuravam a tempestade e abreviavam os ciclos das colheitas e que o general Saturno Santos pulsava com uma arte do fundo do coração que despertou em todos nós a nostalgia das noites de horror da guerra, mãe, aguçou em nós a sarna de cachorro da guerra, revolveu em nossa alma a canção da guerra da barca de ouro que nos deve conduzir, cantavam-na em coro com toda a alma, mãe, da ponte voltei banhado em lágrimas, cantavam enquanto comiam um

---

14. Álcool metílico.

peru com ameixas e metade de um leitão, e cada um bebia de sua garrafa pessoal, cada um de seu próprio álcool, todos menos ele e o general Saturno Santos que não provaram uma gota de licor em toda sua vida, nem fumaram, nem comeram mais que o indispensável para viver, cantaram em coro em minha honra a canção das manhãzinhas que cantava o rei Davi, cantaram chorando todas as canções de feliz aniversário que se cantava antes de que o cônsul Hanemann nos viesse com a besteirada meu general do gramofone com a rodela do *happy birthday*, cantavam meio adormecidos, meio mortos, de porre, sem se preocupar mais com o taciturno ancião que ao bater das doze pegou o lampião e foi revistar a casa antes de se deitar de acordo com seu costume de quartel e viu pela última vez ao passar de volta pelo salão de festas os seis generais amontoados no chão, viu-os abraçados, inertes e plácidos, sob a proteção das cinco escoltas que se vigiavam mutuamente, porque embora adormecidos e abraçados temiam-se uns aos outros quase tanto como cada um deles temia a ele e como ele temia a dois deles mancomunados, e ele voltou a pendurar o lampião no umbral da porta e passou os três ferrolhos, as três trancas, as três aldravas de seu quarto, e se jogou ao chão, de bruços, com o braço direito em lugar de travesseiro, no instante em que os estribos da casa estremeceram com a explosão compacta de todas as armas das escoltas disparadas ao mesmo tempo, uma vez, porra, sem um ruído intermediário, sem um lamento, e outra vez, porra, e agora está, acabou-se esta merda, só restou uma unidade de pólvora no silêncio do mundo, só restou ele a salvo para sempre das aflições do poder quando viu nas primeiras malvas do novo dia as ordenanças do serviço chapinhando no pântano de sangue do salão de festas, viu sua mãe Bendición Alvarado estremecida por uma vertigem de horror ao comprovar que as paredes ressumavam sangue por mais que as secassem com cal e cinza, senhor, que os tapetes continuavam esguichando sangue por mais que os torcessem, e mais sangue manava em torrentes pelos corredores e gabinetes quanto mais se desesperavam por lavá-lo para dissimular as proporções do massacre dos últimos herdeiros da nossa guerra que segundo o bando oficial foram assassinados por suas próprias escoltas enlouquecidas, e cujos corpos enrolados na bandeira da pátria saturaram o panteão dos próceres em funerais de bispo, pois nem sequer um homem da escolta havia escapado vivo do encerro sangrento, ninguém meu general, salvo o general Saturno Santos que estava encouraçado com suas enfiadas de escapulários e conhecia segredos de índios para mudar de natureza segundo sua vontade, maldito seja, podia virar tatu ou tanque meu general, podia virar trovão, e ele soube que era verdade porque seus vaqueanos mais astutos haviam perdido seu rastro desde o último Natal, os cães perdigueiros melhor treinados procuravam-no em sentido contrário, vira-o representado pelo rei de espadas nos baralhos de suas pitonisas, e estava vivo, dormindo de dia e vigiando de noite por desfiladeiros de terra e de água, mas ia deixando um rastro de orações que transformava o critério de seus perseguidores e fatigavam a vontade de seus inimigos, mas ele não renunciou à busca nem um instante do dia e da noite durante anos e anos até muitos anos depois em que viu pela janela do trem presidencial uma multidão de homens e mulheres com suas crianças e seus animais e seus trastes de cozinha como havia visto tantas atrás das tropas na guerra, viu-os desfilar sob a chuva levando seus doentes em redes penduradas a um pau atrás de um homem muito pálido com uma túnica de cânhamo que diz ser um enviado meu general, e ele deu um tapa na testa e se disse aí está, porra, e ali estava o general Saturno Santos mendigando a caridade dos peregrinos com o feitiço de sua harpa desafinada, estava miserável e sombrio, com um chapéu gasto de feltro e um poncho em farrapos, mas embora naquele estado de misericórdia, não foi tão fácil matá-lo como ele pensava senão que havia descabeçado com o facão a três de seus melhores homens, havia enfrentado aos mais ferozes com tanta coragem e tanta habilidade que ele ordenou parar o trem frente ao triste cemitério do páramo onde o enviado predicava, e todo mundo afastou-se em carreira desabalada quando os homens da guarda presidencial saltaram do vagão pintado com as cores da bandeira e as armas prontas para disparar, não ficou ninguém à vista, salvo o general Saturno Santos perto de sua harpa mítica com a mão crispada no cabo do facão, e estava como que fascinado pela visão do inimigo mortal que apareceu na boleia do vagão com o terno de linho, suas insígnias, suas armas, mais velho e mais remoto que se tivéssemos cem anos sem nos ver meu general, pareceu-me cansado e só, com a pele amarelenta do fígado ruim e os olhos propensos a lágrimas, mas tinha o resplendor lívido de quem não só era dono de seu poder mas também do poder disputado a seus mortos, assim que me decidi a morrer sem resistir porque lhe pareceu inútil contrariar a um ancião que vinha de tão longe sem outras razões nem méritos que o bárbaro apetite de mandar, mas ele lhe mostrou a palma da mão de arraia-manta[15] e disse Deus o guarde, macho, a pátria o merece, pois sabia desde sempre que contra um homem invencível não havia mais armas que a amizade; e o general Saturno Santos beijou a terra que ele havia pisado e suplicou-lhe a graça de me permitir que

---

15. *Arraia-manta*, no original *mantarraya*, o peixe, elasmobrânquio, rajiforme; e a mão sem linhas (rayas).

lhe sirva como o senhor ordenar meu general enquanto tenha virtude nestas mãos para fazer cantar o facão, e ele aceitou, concordo, fez dele seu guarda-costas com a única condição de que você nunca fique atrás de mim, transformou-o em seu cúmplice de dominó e entre ambos depenaram a quatro mãos a muitos déspotas em desgraça, fazia-o subir na carruagem presidencial e o levava às recepções diplomáticas com aquele hábito de tigre que alvoroçava os cães e causava vertigem às esposas dos embaixadores, colocou-o para dormir atravessado à frente da porta do seu quarto para diminuir o seu medo de dormir quando a vida se tornou tão difícil que ele tremia ante a ideia de se achar só entre a gente dos sonhos, manteve-o a dez palmos de sua segurança durante muitos anos até que o ácido úrico entorpeceu a virtude de fazer cantar o facão e pediu-lhe o favor de que me mate o senhor mesmo meu general para não dar a outro o gosto de matar-me sem nenhum direito, mas ele o despachou para morrer com uma pensão de aposentadoria e uma medalha de gratidão na vereda dos ladrões de cavalo do páramo onde havia nascido e não pôde reprimir as lágrimas quando o general Saturno Santos pôs de lado o pudor para dizer-lhe afogando-se no choro que o senhor está vendo meu general que até os machos mais duros têm sua hora de maricões, que merda. De modo que ninguém compreendia melhor que Bendición Alvarado o alvoroço pueril com que ele se desquitava dos maus tempos e o pouco senso com que esbanjava os ganhos do poder para ter de velho o que lhe fez falta de pequeno, mas lhe dava raiva que abusassem de sua precoce inocência para vender-lhe aqueles cacarecos de gringos que não eram tão baratos nem exigiam tanto engenho como os pássaros falsificados que ela não conseguia vender a mais de quatro, está bem que a gozes, dizia, mas pense no futuro, que não quero vê-lo pedindo esmola com um chapéu na porta de uma igreja se amanhã ou mais tarde não o permita Deus tiram você da cadeira em que está sentado, se ao menos soubesse cantar, ou se fosse arcebispo, ou marinheiro, mas você não é mais que general, assim que não serve para nada senão para mandar, aconselhava-o enterre em um lugar seguro o dinheiro que sobra do governo, onde ninguém mais que ele pudesse encontrá-lo, se por acaso dava-se o caso de sair correndo como esses pobres presidentes de parte nenhuma que pastoreavam o esquecimento mendigando adeuses de navios na casa dos arrecifes, olhe-se nesse espelho, dizia-lhe, mas ele não lhe fazia caso senão que lhe diminuía a angústia com a fórmula mágica de fique tranquila mãe, esta gente me ama. Bendición Alvarado havia de viver muitos anos, lamentando-se da pobreza, brigando com as criadas por causa das contas do mercado e até pulando almoços para economizar, sem que ninguém se atrevesse a revelar-lhe que era uma das mulheres mais ricas do mundo, que tudo o que ele acumulava com os negócios do governo registrava no nome dela, que não só era dona de terras desmedidas e gado sem conta mas também dos bondes, e do correio e do telégrafo e das águas da nação de modo que cada navio que navegava pelos afluentes amazônicos ou nos mares territoriais tinha que lhe pagar um direito de aluguel que ela ignorou até a morte, como ignorou durante muitos anos que seu filho não andava desvalido como ela supunha quando chegava à mansão suburbana sufocando-se na maravilha dos brinquedos da velhice, pois além do imposto pessoal que percebia por cabeça de gado abatido no país, além do pagamento por seus favores e dos presentes interesseiros que lhe mandavam seus partidários, havia concebido e o estava explorando desde há muito tempo um sistema infalível para ganhar na loteria. Eram os tempos que se sucederam à sua falsa morte, os tempos ruidosos, senhor, que não foram chamados assim como muitos acreditávamos pelo estrondo subterrâneo que se ouviu na pátria inteira na noite de um dia do mártir São Heráclio e sobre o qual não se teve nunca uma explicação certa, senão pelo estrépito perpétuo das obras empreendidas que se anunciavam desde os alicerces como as maiores do mundo e no entanto não chegavam ao fim, uma época mansa em que ele convocava os conselhos de governo enquanto tirava a sesta na mansão suburbana, deitava-se na rede abanando-se com o chapéu sob a doce ramaria dos tamarindos, escutava com os olhos fechados os doutores de palavra fácil e bigodes engomados que se sentavam a discutir em volta da rede, pálidos de calor dentro de suas levitas de lã e seus colarinhos de celuloide, os ministros civis que tanto detestava mas que tornara a nomear por conveniência e a quem ouvia discutir assuntos de estado em meio ao rebuliço dos gaios que perseguiam as galinhas pelo pátio, e o canto contínuo das cigarras e o gramofone insone que cantava na vizinhança a canção *Susana vem Susana*, calavam-se de repente, silêncio, o general já está dormindo, mas ele bramava sem abrir os olhos, sem deixar de roncar, não estou dormindo infelizes, continuem, continuavam, até que ele saísse cambaleando do fundo das teias de aranha da sesta e sentenciasse que entre tantas besteiras o único que tem razão é o meu compadre o ministro da saúde, que porra, acabou-se esta merda, acabava, conversava com seus ajudantes de ordens levando-os de um lado para outro enquanto comia caminhando com o prato em uma mão e a colher na outra, despachava-os na escada com uma displicência de façam os senhores o que quiserem que no final das contas sou eu o que manda, que porra, ocorreu-lhe a extravagância de perguntar se o amavam, que porra, cortava fitas inaugurais, mostrava-se em público de corpo inteiro assumindo os riscos do poder como não o havia feito em épocas mais plácidas, que porra, jogava partidas intermináveis de dominó com o meu compadre de toda a vida o general Rodrigo de Aguilar e o meu compadre o ministro da saúde que eram os únicos que tinham bastante confiança com ele para pedir-lhe a liberdade de um preso ou o perdão para um condenado à morte, e os únicos que se atreveram a pedir-lhe que recebesse em audiência especial à rainha de beleza dos pobres, uma criatura incrível desse charco de misérias que chamávamos o bairro das brigas de cachorro porque todos os cachorros do bairro estavam brigando na rua há muitos anos sem um instante de trégua, um reduto mortífero onde não entravam as patrulhas da guarda nacional porque as deixavam peladas e desmantelavam os carros roubando-lhes as peças originais com o simples passar a mão, onde os pobres burros perdidos entravam caminhando por uma extremidade da rua e saíam pela outra em um saco de ossos, comiam assados os filhos dos ricos meu general, vendiam-nos no mercado virados em linguiça, imagine só, pois ali havia nascido e ali vivia Manuela Sánchez da minha desgraça, uma calêndula do muladar cuja beleza inverossímil era a admiração da pátria meu general, e ele se sentiu tão intrigado com a revelação que se tudo isso é verdade como os senhores dizem não apenas a recebo em audiência especial mas danço com ela a primeira valsa, que porra, que escrevam isto nos jornais, ordenou, estas merdas encantam os pobres. Contudo, à noite depois da audiência, enquanto jogavam dominó, comentou com certa amargura para o general Rodrigo de Aguilar que a rainha dos pobres não valia nem o trabalho de dançar com ela, que era tão ordinária como tantas Manuelas Sánchez suburbanas com seu traje de ninfa de volantes de musselina e a coroa dourada com joias de fantasia e uma rosa na mão sob a vigilância de uma mãe que a cuidava como se fosse de ouro, de modo que ele lhe havia concedido tudo quanto queria que não era mais que a luz elétrica e a água corrente para seu bairro das brigas de cachorro, mas advertiu que era a última vez que recebo uma comissão de reivindicações, que porra, não volto a falar com pobres, disse, sem acabar a partida, bateu a porta, foi embora, ouviu as batidas de metal das oito, pôs nos estábulos o alimento para as vacas, fez recolher o monte de bosta, examinou toda a casa enquanto comia caminhando com o prato na mão, comia carne guisada com feijão, arroz branco e fatias de banana verde, contou as sentinelas do portão de entrada até os quartos, estavam completas e em seu posto, catorze, viu o restante de sua guarda pessoal jogando dominó no retém do primeiro pátio, viu os leprosos deitados entre as roseiras, os paralíticos nas escadas, eram nove, pôs em uma janela o prato de comida sem acabar e se achou agitando as mãos no ar de lama das barracas das concubinas que dormiam até três com seus bastardos em uma mesma cama, acavalou-se sobre um montão cheirando a guisado de ontem e afastou para cá duas cabeças e para lá seis pernas e trés braços sem se perguntar se alguma vez saberia quem era quem nem qual foi a que afinal amamentou-o sem despertar, sem sonhar com ele, nem de quem havia sido a voz que murmurou adormecida da outra cama que não se apresse tanto general que as crianças se assustam, voltou ao interior da casa, examinou as tranquetas das vinte e três janelas, pôs fogo nas plastas de bosta postas de cinco em cinco metros do vestíbulo às peças privadas, sentiu o cheiro da fumaça, lembrou-se de uma infância improvável que podia ser a sua que só recordava naquele instante quando começava a fumaça e a esquecia para sempre, voltou apagando as luzes ao contrário, isto é dos quartos ao vestíbulo e cobrindo as gaiolas dos pássaros adormecidos que contava antes de cobrir com pedaços de pano de linho, quarenta e oito, outra vez percorreu a casa inteira com um lampião na mão, viu-se a si mesmo um por um catorze generais caminhando com o lampião aceso nos espelhos, eram dez, tudo em ordem, voltou aos quartos da guarda presidencial, apagou-lhes a luz, boa noite senhores, revistou os gabinetes do andar térreo, as antessalas, os banheiros, atrás das cortinas, debaixo das mesas, não havia ninguém, puxou o molho de chaves que era capaz de distinguir pelo tato uma por uma, fechou os gabinetes, subiu ao andar principal revistando os quartos quarto por quarto e fechando as portas com chave, tirou o frasco de mel de abelhas de seu esconderijo atrás de um quadro e tomou as duas colheradas de antes de se deitar, pensou em sua mãe adormecida na mansão suburbana, Bendición Alvarado na sua modorra de adeuses entre a erva-cidreira e o orégano com uma mão de passarinheira exangue pintora de bem-te-vis como uma mãe morta de lado, que passe uma boa noite, mãe, disse, muito boa noite filho respondeu-lhe adormecida Bendición Alvarado na mansão suburbana, pendurou diante do seu quarto o lampião de gancho que ele deixava pendurado na porta enquanto dormia com ordem terminante de que não apaguem nunca porque essa era a luz para sair correndo, bateram as onze, inspecionou a casa uma última vez, às escuras, para ver se alguém se infiltrara pensando que estivesse dormindo, ia deixando o rastro de pó da esteira de estrelas da espora de ouro nas alvas fugazes de rajadas verdes dos fachos de luz dos giros do farol, viu entre dois instantes de luz um leproso sem rumo que caminhava adormecido, parou-o, levou-o pela sombra sem tocar nele iluminando-lhe o caminho com as luzes de sua vigília, colocou-o nos rosais, voltou a contar as sentinelas na escuridão, voltou ao quarto, ia vendo ao passar, pelas janelas um mar igual em cada janela, o Caribe em abril, contemplou-o vinte e três vezes sem parar e era sempre como sempre em abril como um lamaçal dourado, ouviu as doze, com a última batida dos badalos da catedral sentiu a torção dos assobios tênues do horror da hérnia, não havia mais ruído no mundo, ele só era a pátria, passou as três aldravas, os três ferrolhos, as três trancas do quarto, urinou sentado na latrina portátil, urinou duas gotas, quatro gotas, sete gotas árduas, desabou de bruços no chão, dormiu no ato, não sonhou, eram quinze para as três quando acordou empapado de suor, estremecido pela certeza de que alguém o havia olhado enquanto dormia, alguém que havia tido o poder de entrar sem puxar as aldravas, quem é, perguntou, não era ninguém, fechou os olhos, voltou a sentir que o olhavam, abriu os olhos para ver, assustado, e então viu, porra, era Manuela Sánchez que andava pelos quartos sem puxar os ferrolhos porque entrava e saía segundo sua vontade atravessando as paredes, Manuela Sánchez da minha desgraça com o vestido de musselina e a brasa da rosa na mão e o cheiro natural de alcaçuz de sua respiração, mas era ela, era a sua rosa, era o seu cálido aleito, me diga que não é de verdade este delírio, dizia, me diga que não é você, me diga que esta vertigem de morte não é o marasmo de alcaçuz de sua respiração, mas era ela, era a sua rosa, era seu cálido alento que perfumava o ar do quarto como um baixo ostinato com mais domínio e mais antiguidade que a ressonância do mar, Manuela Sánchez dos meus pecados que não estava escrita na palma de minha mão, nem na borra do meu café, nem mesmo nas águas da minha morte das bacias, não gaste o meu ar de respirar, meu sonho de dormir, o volume de escuridão desse quarto onde nunca havia entrado nem havia de entrar uma mulher, apague essa rosa, gemia, enquanto gatinhava em busca da chave da luz e encontrava Manuela Sánchez da minha loucura em vez da luz, porra, por que tenho de encontrar você se não a perdi, se quiser leve minha casa, a pátria inteira com seu dragão, mas me deixe acender a luz, escorpião das minhas noites, Manuela Sánchez da minha sorte,[16] filha da puta, gritou, acreditando que a luz o libertasse do feitiço, gritando que tirem-na daqui, que me livrem dela, que a joguem nas escarpas com uma âncora no pescoço para que ninguém volte a padecer o fulgor de sua rosa, saía esganiçando-se de pavor pelos corredores, chapinhando nos bolos de bosta da escuridão, perguntando-se aturdido o que acontecia no mundo que vão dar as oito e todos dormem nesta casa de malandrões, levantem-se, cornos, gritava, acenderam-se as luzes, tocaram a alvorada às três, repetiram-na na fortaleza do porto, na guarnição de São Jerônimo, nos quartéis do país, e havia um estrépito de armas assustadas, de rosas que se abriram quando ainda faltavam duas horas para o sereno, de concubinas sonâmbulas que sacudiam tapetes sob as estrelas e descobriam as gaiolas dos pássaros adormecidos e trocavam por flores de ontem à noite as flores tresnoitadas dos vasos, e havia um tropel de pedreiros que construíam paredes de emergência e desorientavam os girassóis colando sóis de papel dourado nos vidros das janelas para que não se visse que ainda era noite no céu e era domingo vinte e cinco na casa e era abril no mar, e havia um escândalo de chineses da lavanderia que tiravam das camas os últimos dorminhocos para levar os lençóis, cegas premonições que anunciavam amor amor onde não se encontrava, funcioná-

---

16. *Sorte*, GGM vale-se do duplo sentido da palavra *potra*, que é hérnia (como já se traduziu, anteriormente, várias vezes) e sorte.

rios mal-acostumados que encontravam galinhas pondo os ovos da segunda-feira quando os de ontem ainda estavam nas gavetas dos arquivos, e havia um bulício de multidões aturdidas e brigas de cachorro nos conselhos de governo convocados de última hora enquanto ele abria caminho deslumbrado com o dia repentino entre os aduladores impávidos que o proclamavam desarranjador da madrugada, comandante do tempo e depositário da luz, até que um oficial do alto-comando atreveu-se a detê-lo no vestíbulo e se enquadrou à frente dele com a notícia meu general de que são apenas duas e cinco, outra voz, três e cinco da madrugada meu general, e ele atravessou-lhe a cara com o revés feroz de sua mão e berrou com todo o peito assustado para que o escutassem no mundo inteiro, são oito, porra, oito, disse, ordem de Deus. Bendición Alvarado perguntou ao vê-lo entrar na mansão suburbana de onde vem com esse semblante de quem foi picado por tarântula, que faz com aquela mão no coração, disse-lhe, mas ele se jogou na poltrona de vime sem lhe responder, mudou a mão do lugar, voltara a esquecer-se dela quando a mãe o apontou com o pincel de pintar bem-te-vis e perguntou assustada se de verdade acreditava no Coração de Jesus com aqueles olhos lânguidos e aquela mão no peito, e ele escondeu ofuscado, merda mãe, bateu a porta, foi embora, ficou dando voltas à casa com as mãos nos bolsos para que não fossem estar por sua conta onde não deviam, contemplava a chuva pela janela, viu escorregar a água pelas estrelas de papel-manteiga e as luas de metal prateado que haviam posto nos vidros para que parecesse oito da noite às três da tarde, viu os soldados da guarda, entanguidos no pátio, viu o mar triste, a chuva de Manuela Sánchez em sua cidade sem ela, o terrível salão vazio, as cadeiras viradas sobre as mesas, a solidão irreparável das primeiras sombras de outro sábado efêmero de outra noite sem ela, porra, se pelo menos me tirassem a tremura que é o que mais me incomoda, suspirou, sentiu vergonha de seu estado, examinou os lugares do corpo onde podia pôr a mão errante que não fosse o coração, colocou-a afinal na hérnia apaziguada pela chuva, era igual, tinha a mesma forma, o mesmo peso, doía igual, mas era ainda mais desumano como ter o próprio coração em carne viva na palma da mão, e só então entendeu o que tanta gente de outros tempos lhe havia dito que o coração é o terceiro colhão meu general, porra, afastou-se da janela, deu voltas no salão de audiências com a ansiedade sem remédio de um presidente eterno com uma espinha de peixe atravessada na alma, encontrou-se na sala do conselho de ministros ouvindo como sempre sem entender, sem ouvir, padecendo um informe soporífero sobre a situação fiscal, de repente algo ocorreu no ar, calou-se o ministro da fazenda, os outros olhavam para ele pelas frestas de uma couraça fendida pela dor, viu-se a si mesmo inerme e só na extremidade da mesa de nogueira com o semblante trêmulo por haver sido descoberto à plena luz em seu estado de infortúnio de presidente vitalício com a mão no peito, queimou a vida nas brasas glaciais dos minuciosos olhos de ourives do meu compadre o ministro da saúde que pareciam examiná-lo por dentro enquanto girava a corrente do reloginho de ouro do colete, cuidado, disse alguém, deve ser uma pontada, mas ele já havia posto sua mão de sereia endurecida de raiva na mesa de nogueira, recuperou a cor, cuspiu com as palavras uma lufada mortífera de autoridade, gostariam os senhores que fosse uma pontada, cornos, continuem, continuaram, mas falavam sem se ouvir pensando que algo de grave devia estar acontecendo a ele se tinha tanta raiva, cochicharam, correu o boato, apontavam-no, olhem-no como está aflito, que tem de agarrar o próprio coração, já se borrou todo, murmuravam, propalou-se a versão de que fizera chamar com urgência o ministro da saúde e que este o encontrou com o braço direito colocado como uma pata de cordeiro sobre a mesa de nogueira e ordenou-lhe que corte-o, compadre, humilhado por sua triste condição de presidente banhado em lágrimas, mas o ministro respondeu-lhe que não, general, essa ordem eu não cumpro ainda que me fuzile, disse-lhe, é uma questão de justiça, general, eu valho menos que seu braço. Estas e muitas outras versões sobre seu estado faziam-se cada vez mais intensas enquanto ele media nos estábulos o leite para os quartéis vendo como se levantava no céu a quarta-feira de cinzas de Manuela Sánchez, fazia tirar os leprosos dos rosais para que não empestassem as rosas da sua rosa, buscava os lugares solitários da casa para cantar sem ser ouvido a primeira valsa de rainha dela, para que não me esqueças, cantava, para que sintas que morres se me esqueces, cantava, submergia no lodo dos quartos das concubinas tratando de encontrar alívio para seu tormento, e pela primeira vez em sua longa vida de amante fugaz desenfreavam-se nele os instintos, demorava-se em pormenores, desentranhava suspiros das mulheres mais frias, uma vez e outra vez, e as fazia rir de assombro nas trevas não lhe dá pena general, na sua idade, mas ele sabia de sobra que aquela vontade de resistir eram enganos que fazia a si mesmo para passar o tempo, que cada abalo de sua solidão, cada tropeço de sua respiração aproximavam-no irremediavelmente da canícula das duas da tarde iniludível em que foi suplicar pelo amor de Deus o amor de Manuela Sánchez no palácio do muladar de seu reino feroz de seu bairro de brigas de cachorro, lá foi à paisana, sem escolta, em um automóvel oficial que se safou petardeando pelo vapor de gasolina suja da cidade prostrada na letargia da sesta, evitou o fragor asiático das ladeiras do comércio, viu o mar grande de Manuela Sánchez da minha perdição com um alcatraz solitário no horizonte, viu os bondes decrépitos que vão até sua casa e ordenou que os troquem por bondes amarelos de vidros fumê com um trono de veludo para Manuela Sánchez, viu os balneários desertos de seus domingos de mar e ordenou que pusessem vestiários e uma bandeira de cor diferente segundo os humores do tempo e uma grade de aço em uma praia reservada para Manuela Sánchez, viu as casas de campo com terraços de mármore e gramados pensativos das catorze famílias que ele havia enriquecido com seus favores, viu uma casa maior com repuxos giratórios e vitrais nas sacadas onde quero lhe ver vivendo para mim, e a expropriaram de surpresa, decidindo a sorte do mundo enquanto sonhava com os olhos abertos no assento traseiro do calhambeque até que acabou a brisa do mar e acabou a cidade e se meteu pelas frestas das janelas o fragor luciferino do seu bairro das brigas de cachorro onde ele se viu e não acreditou pensando minha mãe Bendición Alvarado olhe só onde estou sem você, ajude-me, mas ninguém reconheceu no tumulto dos olhos desolados, os lábios débeis, a mão lânguida no peito, a voz de falar adormecido do bisavô aparecido por entre os vidros quebrados com um terno de linho branco e um chapéu de capataz que andava averiguando onde vive Manuela Sánchez das minhas vergonhas, a rainha dos pobres, senhora, da rosa na mão, perguntando-se assustado onde podia viver naquela tropelia enredada de espinhaços eriçados de olhares satânicos de caninos sangrentos do rastro de latidos fugitivos com o rabo entre as pernas da carnificina de cachorros que se esquartejavam a mordidas nos lodaçais, onde estará o cheiro de alcaçuz de sua respiração neste estrondo contínuo de alto-falantes de filha da puta será você tormento da minha vida dos bêbados tirados a pontapés do último balcão das cantinas, onde é que se perdeu na gafieira interminável do maranguango e da burundanga e a cana e o papel do fumo e o tremendo cacete de um olho só e o cu de lambuja e o delírio perpétuo do paraíso mítico do Negro Adán e Juancito Trucupey,[17] porra, qual é a sua casa nesta confusão de paredes descascadas de amarelo-abóbora com sanefas moradas de batina de bispo com janelas de verde-caturrita com tabiques de azul-anil com pilares rosados de sua rosa na mão, que hora será em sua vida se estes infelizes desrespeitam minhas ordens de que agora sejam três e não oito da noite de ontem como parece neste inferno, qual é você destas mulheres que cabeceiam nas salas vazias ventilando-se com a saia esparramadas nas cadeiras de balanço bufando de calor por entre as pernas enquanto ele perguntava através dos buracos da janela onde vive Manuela Sánchez da minha loucura, a do vestido de espuma com brilhos de diamantes e o diadema de ouro maciço que ele lhe dera no primeiro aniversário da coroação, já sei quem é, senhor, disse alguém no tumulto, uma tetuda bundudinha que pensa que é a dona do mundo, vive por aí, senhor, por aí, em uma casa como todas, de cor berrante, com a marca fresca de alguém que escorregou em uma plasta de porcaria de cachorro nos degraus de ladrilhos, uma casa de pobre tão diferente de Manuela Sánchez na poltrona dos vice-reis que custava acreditar que fosse essa, mas era essa, minha

---

17. *Maranguango, burundanga...* bebida ou filtros com poder mágico para despertar o amor; a cana — no original, *gordolobo* —, nome popular de um rum de cana na costa atlântica da Colômbia; e o papel do fumo — no original, *manta de bandera*: manta é o papel com que se faz o cigarro; na Colômbia, o papel do cigarro de marijuana; *manta de bandera* é o papel que tem impresso a bandeira dos Estados Unidos; Negro Adán e Juancito Trucupey: o primeiro é um personagem real, muito popular em Barranquilla; e o segundo, personagem de uma canção cubana ou dominicana.

mãe Bendición Alvarado das minhas entranhas, me dê sua força para entrar, mãe, porque era essa, dera dez voltas ao quarteirão enquanto tomava fôlego, batera à porta com três golpes dos nós dos dedos que pareceram três súplicas, esperava na sombra ardente do beirai sem saber se o mau ar que respirava estava alterado pela soalheira ou a ansiedade, esperou sem pensar sequer em seu próprio estado até que a mãe de Manuela Sánchez o fez entrar na fresca penumbra cheirando a restos de peixe da sala ampla e despida de uma casa adormecida que era maior por dentro que por fora, examinava o ambiente de sua frustração do tamborete de couro em que se havia sentado enquanto a mãe de Manuela Sánchez acordava-a da sesta, viu as paredes marcadas pelas goteiras de velhas chuvas, um sofá esburacado, outros dois tamboretes de assento de couro, um piano sem corda no canto, nada mais, porra, tanto sofrimento por esta merda, suspirava, quando a mãe de Manuela Sánchez voltou com uma cestinha de costura e sentou-se a tecer rendas enquanto Manuela Sánchez se vestia, penteava-se, calçava seus melhores sapatos para atender com a devida dignidade o imprevisto ancião que se pergunta onde estará você Manuela Sánchez do meu infortúnio que a venho buscar e não encontro nesta casa de mendigos, onde estará a sua rosa, onde o seu amor, tire-me do calabouço destas dúvidas de cão, suspirava, quando a viu aparecer na porta interior como a imagem de um sonho refletida no espelho de outro sonho com um vestido de etamine de um *cuartillo*[18] a jarda, o cabelo apanhado às pressas com uma travessa, os sapatos furados, mas era a mulher mais formosa do mundo e mais altiva do mundo com a rosa inflamada na mão, uma visão

---

18. *Cuartillo,* moeda de cobre e prata que Enrique IV de Castela mandou cunhar; valia a quarta parte de um real, isto é, oito maravedis e meio.

tão deslumbrante que ele mal teve tempo de se inclinar quando ela o cumprimentou com a cabeça erguida Deus guarde sua excelência, e sentou-se no sofá, diante dele, onde não a alcançassem os eflúvios de seu suor fétido, e então me atrevi a olhá-lo de frente pela primeira vez fazendo girar com os dedos a brasa da rosa para que não notasse o meu terror, examinei sem piedade os lábios de morcego, os olhos mudos que pareciam olhar-me do fundo de um lago, a pele lustrosa de torrões de areia misturados com gordura de fel que se fazia mais esticada e tensa na mão direita do anel do brasão presidencial exausta sobre o joelho, seu terno de linho esquálido como se dentro não estivesse ninguém, seus enormes sapatos de morto, seu pensamento invisível, seu poder oculto, o ancião mais antigo do mundo, o mais temível, o mais aborrecido e o menos compadecido da pátria que se abanava com o chapéu de capataz contemplando-me em silêncio desde seu outro ser, meu Deus, que homem tão triste, pensei assustada, e perguntou sem compaixão em que posso servir-lhe excelência, ele respondeu com um ar solene que só lhe venho pedir um favor, majestade, que me receba de visita. Visitou-a sem alívio durante meses e meses, todos os dias nas horas mortas do calor em que costumava visitar a mãe para que os serviços de segurança pensassem que estava na mansão suburbana, porque só ele ignorava o que todo mundo sabia que os fuzileiros do general Rodrigo de Aguilar protegiam-no escondidos nos telhados, endemoninhavam o trânsito, desocupavam a coronhaços as ruas por onde ele devia passar, tinham-nas vedadas para que parecessem desertas das duas às cinco com ordem de atirar para matar se alguém tentasse aparecer nas sacadas, mas até os menos curiosos arranjavam-se para espreitar a passagem fugitiva da limusine presidencial pintada de carro oficial com o ancião canicular escondido à paisana dentro do terno de linho impecável, viam sua palidez de órfão, seu semblante de quem viu amanhecer muitos dias, de haver chorado escondido, de não mais se importar com o que pensassem sobre a mão no peito, o arcaico animal taciturno que ia deixando um rastro de ilusões de olhem-no como vai que já não pode nem com sua alma no ar vitrificado de calor das ruas proibidas, até que as suposições de enfermidades estranhas se fizeram tão ruidosas e múltiplas que acabaram por tropeçar com a verdade de que ele não estava na casa de sua mãe mas na penumbra do remanso secreto de Manuela Sánchez sob a vigilância implacável da mãe que tricotava sem parar, pois era para ela que comprava as máquinas engenhosas que tanto entristeciam Bendición Alvarado, tratava de seduzi-la com o mistério das agulhas magnéticas, as tormentas de neve do janeiro cativo dos pesos de papel de quartzo, os aparatos de astrônomos e boticários, os pirógrafos, manômetros, metrônomos e giroscópios que ele continuava comprando de quem quisesse vendê-los contra a opinião de sua mãe contra sua própria avareza férrea, e só pela felicidade de usá-los com Manuela Sánchez, punha no ouvido dela o caracol patriótico que não tinha dentro a ressonância do mar mas as marchas militares que exaltavam o regime, aproximava a chama do fósforo dos termômetros para que você veja subir e descer o mercúrio opressivo do que penso aqui no fundo, contemplava Manuela Sánchez sem lhe pedir nada, sem lhe manifestar suas intenções, mas oprimindo-a em silêncio com aqueles presentes alienados para tentar dizer-lhe com eles o que ele não era capaz de dizer, pois só sabia manifestar seus desejos mais íntimos com os símbolos visíveis do seu descomunal poder como no dia do aniversário de Manuela Sánchez quando lhe havia pedido que abrisse a janela e ela abriu e fiquei petrificada de pavor ao ver o que tinham feito do meu pobre bairro das janelas de estopa e terraços de flores, os gramados azuis com os repuxos giratórios, os pavões-reais, o vento de inseticida glacial, uma réplica infame das antigas residências dos oficiais de ocupação que tinham sido calçadas de noite e em silêncio, haviam degolado os cachorros, haviam tirado de suas casas os antigos moradores que não tinham direito de ser vizinhos de uma rainha e os haviam mandado a apodrecer em outro muladar, e assim haviam construído em muitas noites furtivas o novo bairro de Manuela Sánchez para que você o veja de sua janela no dia do seu santo, aí o tem, rainha, para que tenha muitos anos felizes, para ver se estes alardes de poder conseguiam vencer sua conduta cortês mas invencível de que não chegue muito perto, excelência, que mamãe está ali com as aldravas da minha honra, e ele se afogava em seus desejos, engolia a raiva, tomava a lentos goles de *guanábana*[19] fresca de piedade que ela preparava para dar de beber ao sedento, suportava a ferroada do gelo na fonte para que não descobrissem os estragos da idade, para que não me queira por pena depois de haver esgotado todos os recursos para que o quisesse por amor, deixava-o tão só quando estou com você que não me sobra ânimo nem para ficar, agonizando por roçar nela assim fora com o hálito antes que o arcanjo de proporções humanas voasse dentro da casa tocando o sino da minha hora da morte, e ele ganhava um último gole de visita enquanto guardava os brinquedos nos estojos originais para que não os transformassem em pó a carcoma do mar, só um minuto, rainha, levantava-se de agora até amanhã, toda uma vida, que merda, mal lhe sobrava um instante para olhar pela última vez a donzela

---

19. *Guanábana,* do guanábano, árvore anonácea, com fruto em forma de coração, polpa branca e bom sabor, refrigerante e doce.

inatingível que quando passou o arcanjo ficara imóvel com a rosa morta no regaço enquanto ele ia embora, escapava entre as primeiras sombras, tratando de esconder uma vergonha de domínio público que todo mundo comentava na rua, popularizada por uma canção anônima que o país inteiro conhecia menos ele, até os papagaios cantavam nos pátios afastem-se mulheres que aí vem o general chorando verde com a mão no peito, olhem só como vai que já não pode nem com seu poder, que está governando dormindo, que tem uma ferida que não fecha, aprenderam-na os papagaios livres de tanto ouvi-la cantar pelos papagaios cativos, aprenderam-na as caturritas e louros e a levaram em revoadas para mais além dos confins de seu desmesurado reino de pesadelo, e em todos os céus da pátria ouviu-se ao entardecer aquela voz unânime de multidões fugitivas que cantavam que aí vem o general dos meus amores botando cocô pela boca e botando lei pela popa, uma canção sem fim à qual todo mundo até os papagaios acrescentavam estrofes para burlar os serviços de segurança do estado que tentavam impedi-la, as patrulhas militares apetrechadas para a guerra arrebentavam postigos nos pátios e fuzilavam papagaios subversivos nos poleiros, atiravam punhados de periquitos vivos aos cachorros, declararam o estado de sítio na tentativa de extirpar a canção inimiga para que ninguém descobrisse o que todo mundo sabia que era ele quem deslizava como um prófugo do entardecer pelas portas de serviço do palácio, atravessava as cozinhas e desaparecia entre a fumaça das bostas dos banheiros até amanhã às quatro, rainha, até todos os dias à mesma hora em que chegava à casa de Manuela Sánchez carregado de tantos presentes insólitos que tiveram que se apoderar das casas vizinhas e derrubar paredes intermediárias para ter onde pô-los, de modo que a sala original ficou transformada em um galpão imenso e sombrio onde havia incontáveis relógios de todas as épocas, havia todo tipo de gramofones desde os primitivos de cilindro até os de diafragma de espelho, havia numerosas máquinas de costura manuais, de pedal, de motor, camas inteiras galvanizadas, farmácias homeopáticas, caixas de música, aparelhos de ilusões óticas, vitrinas de borboletas dissecadas, coleções de ervas asiáticas, laboratórios de fisioterapia e educação corporal, aparelhos de astronomia, ortopedia e ciências naturais, e todo um mundo de bonecas com mecanismos ocultos imitando habilidades humanas, peças fechadas nas quais ninguém entrava nem mesmo para varrer porque as coisas ficavam onde tinham sido postas quando as levaram, ninguém queria saber delas e Manuela Sánchez mais que ninguém pois não queria saber nada da vida desde o sábado negro em que me aconteceu a desgraça de ser rainha, naquela tarde o mundo acabou para mim, seus antigos pretendentes tinham morrido um depois do outro fulminados por colapsos impunes e doenças inverossímeis, suas amigas desapareciam sem deixar rastros, tinha sido mudada sem que a tirassem de sua casa para um bairro de estranhos, estava só vigiada em suas intenções mais ínfimas, cativa de um engano do destino contra o qual não tinha coragem para dizer que sim a um pretendente abominável que a acossava com um amor de asilo, que a contemplava com uma espécie de estupor reverenciai abanando-se com o chapéu branco, ensopado de suor, tão distante de si mesmo que ela perguntara se de verdade ela a via ou se era só uma visão de espanto, vira-o titubeando em plena luz, vira-o mastigar os sucos de fruta, vira-o cabecear de sono na poltrona de vime com o copo na mão quando o zumbido de cobre das cigarras fazia mais densa a penumbra da sala, vira-o roncar, cuidado excelência, disse-lhe, ele acordava sobressaltado murmurando que não, rainha, não tinha dormido, só tinha fechado os olhos, dizia, sem perceber que ela havia tirado o copo de sua mão para que não caísse enquanto dormia, entretivera-o com astúcias sutis até a incrível tarde em que ele chegou à sua casa afogando-se com a notícia de que hoje lhe trouxe o maior presente do universo, um prodígio do céu que vai passar esta noite às onze zero seis para que você o veja, rainha, só para que você o veja, rainha, só para que você o veja, e era o cometa. Foi uma de nossas grandes datas de desilusão, pois desde há muito divulgara-se uma notícia como tantas outras de que o horário de sua vida não estava submetido às normas do tempo humano senão aos ciclos do cometa, que ele havia sido concebido para vê-lo uma vez mas não havia de vê-lo na segunda, apesar dos augúrios arrogantes dos seus aduladores, de modo que havíamos esperado como quem espera a data de nascer a noite secular de novembro quando se prepararam as músicas de regozijo, os sinos de júbilo, os foguetes de festa que pela primeira vez em um século não espocavam para exaltar sua glória mas para esperar as onze batidas de metal das onze que haviam de assinalar o término de seus anos, para celebrar um acontecimento providencial que ele esperou no terraço da casa de Manuela Sánchez, sentado entre ela e sua mãe, respirando com força para que não lhe descobrissem as angústias do coração sob um céu encarangado de maus presságios, aspirando pela primeira vez o hálito noturno de Manuela Sánchez, a intensidade de seus humores, seu ar natural, sentiu no horizonte os tambores de conjuro que vinham ao encontro do desastre, escutou lamentos distantes, os rumores de limo vulcânico das multidões que se prosternavam de terror diante de uma criatura estranha a seu poder que havia precedido e havia de transcender os anos de sua idade, sentiu o peso do tempo, padeceu por um instante a desdita de ser mortal, e então o viu, ali está, disse, e ali estava, porque ele o conhecia, vira-o quando passou para o outro lado do universo, era o mesmo, rainha, mais antigo que o mundo, a dolente medusa de luz do tamanho do céu que a cada palmo de sua trajetória regressava um milhão de anos a sua origem, ouviram o zumbido de flocos de papel de estanho, viram seu rosto atribulado, seus olhos alagados de lágrimas, o rastro de gelados venenos de sua cabeleira desgrenhada, pelos ventos do espaço que ia deixando no mundo um regueiro de pó radiante de escombros siderais e amanheceres demorados por luas de alcatrão e cinzas de crateras de oceanos anteriores às origens do tempo da terra, aí o tem, rainha, murmurou, olhe-o bem, que não voltaremos a vê-lo dentro de um século, e ela se persignou aterrorizada, mais bela que nunca sob o resplendor fosforescente do cometa e com a cabeça nevada pelo chuvisqueiro tênue de escombros astrais e sedimentos celestes, e então foi quando aconteceu, minha mãe Bendición Alvarado, aconteceu que Manuela Sánchez havia visto no céu o abismo da eternidade e tentando agarrar-se à vida estendeu a mão no vazio e o único apoio que encontrou foi a mão indesejável com o anel presidencial, sua cálida e tersa mão de rapina cozida ao rescaldo do fogo lento do poder. Foram muito poucos os que se comoveram com o transcurso bíblico da medusa de luz que espantou os veados do céu e fumigou a pátria com um rastro de pó radiante de escombros siderais, pois até nós mais incrédulos estávamos pendentes daquela morte descomunal que havia de destruir os princípios da cristandade e implantar as origens do terceiro testamento, esperamos em vão até o amanhecer, voltamos para casa mais cansados de esperar que de não dormir pelas ruas de fim de festa onde as mulheres da madrugada varriam o lixo celeste dos resíduos do cometa, e nem mesmo então nos resignávamos a crer que fora verdade que nada havia passado, mas ao contrário, que havíamos sido vítimas de um novo engano histórico, pois os órgãos oficiais proclamaram a passagem do cometa como uma vitória do regime contra as forças do mal, aproveitou-se a ocasião para desmentir as suposições de doenças estranhas com atos inequívocos da vitalidade do homem do poder, renovaram-se os lemas, fez-se pública uma mensagem solene em que ele havia expressado minha decisão única e soberana de que estarei no meu posto a serviço da pátria quando voltar a passar o cometa, mas em vez disso ele ouviu as músicas e os foguetes como se não fossem do seu governo, ouviu sem se comover o clamor da multidão concentrada na Praça de Armas com grandes faixas de glória eterna ao benemérito que há de viver para contá-lo, não dava importância aos estorvos do governo, delegava sua autoridade a funcionários menores atormentado pela lembrança da brasa na mão de Manuela Sánchez em sua mão, sonhando em viver de novo aquele instante feliz embora se mudasse o rumo da natureza e se desarranjasse o universo, desejando-o com tanta intensidade que acabou por suplicar a seus astrônomos que inventassem para ele um cometa de pirotecnia, uma vênus fugaz, um dragão de candeia, qualquer engenho sideral que fosse o bastante terrorífico para provocar uma vertigem de eternidade em uma mulher formosa, mas a única coisa que puderam encontrar em seus cálculos foi um eclipse total do sol para a quarta-feira da próxima semana às quatro da tarde meu general, e ele aceitou, de acordo, e houve uma noite tão verídica em pleno dia que se acenderam as estrelas, murcharam as flores, as galinhas se recolheram e se surpreenderam os animais de melhor instinto premonitório, enquanto ele aspirava o hálito crepuscular de Manuela Sánchez que se ia fazendo noturno à medida que a rosa languescia em sua mão pelo engano das sombras, aí o tem, rainha, disse-lhe, o seu eclipse, mas Manuela Sánchez não respondeu, não lhe tocou na mão, não respirava, parecia tão irreal que ele não pôde suportar o anseio e estendeu a mão no escuro para tocar na mão dela, mas não a encontrou, procurou-a com a ponta dos dedos no lugar onde havia estado seu cheiro, mas também não a encontrou, continuou procurando-a com as duas mãos pela casa enorme, tateando com os olhos abertos de sonâmbulo nas trevas, perguntando-se desconsolado onde está você Manuela Sánchez da minha desgraça que procuro e não encontro na noite desgraçada de seu eclipse, onde estará sua mão inclemente, onde sua rosa, nadava com um búzio extraviado em um lago de águas invisíveis em cujos aposentos encontrava flutuando as lagostas pré-históricas dos galvanômetros, os caranguejos dos relógios de música, os siris de suas máquinas de ofícios ilusórios, mas não encontrava nem o alento de alcaçuz de sua respiração, e à medida que se dissipavam as sombras da noite efêmera se ia acendendo em sua alma a luz da verdade e se sentiu mais velho que Deus na penumbra do amanhecer das seis da tarde da casa deserta, sentiu-se mais triste, mais só que nunca na solidão eterna deste mundo sem você, minha rainha, perdida para sempre no enigma do eclipse, para todo o sempre, porque nunca no resto dos longuíssimos anos do seu poder voltou a encontrar Manuela Sánchez da minha perdição no labirinto de sua casa, esfumou-se na noite do eclipse meu general, diziam-lhe que a viram num baile de gala em Porto Rico, lá onde degelaram Elena meu general, mas não era ela, que a viram na bagunça do velório de Papá Montero, zumba, canalha rumbeiro, mas também não era ela, que a viram no tique-taque de Barlovento sobre a mina, na cumbiamba de

Aracataca,[20] nos bons ventos do Panamá, mas nenhuma era ela, meu general, o diabo a carregou, e se então não se abandonou ao alvedrio da morte não havia sido porque lhe faltasse raiva para morrer senão porque sabia que estava condenado sem remédio a não morrer de amor, sabia-o desde uma tarde no começo do seu império quando recorreu a uma pitonisa para que lesse nas águas de um alguidar as chaves do destino que não estavam escritas na palma de sua mão, nem nos baralhos, nem na borra do café, nem em nenhum outro meio de averiguação, só naquele espelho de águas premonitórias onde se viu a si mesmo morto de morte natural durante o sono no gabinete contíguo ao salão de audiências, e se viu atirado de bruços no chão como havia dormido todas as noites da vida desde o nascimento, com o uniforme de linho sem insígnias, as polainas, a espora de ouro, o braço direito dobrado sob a cabeça para servir-lhe de travesseiro, e uma idade indefinida entre os 107 e os 232 anos.

---

20. *Cumbiamba,* o mesmo que cumbia, dança de negros.

Assim o encontraram às vésperas do seu outono, quando o cadáver era na realidade o de Patrício Aragonés, e assim voltamos a encontrá-lo muitos anos mais tarde em uma época de tantas incertezas que ninguém podia submeter-se à evidência de que fosse seu aquele corpo senil carcomido de urubus e danificado de parasitas do fundo do mar. Na mão amorcilhada pela putrefação não restava então nenhum indício de que houvesse estado alguma vez no peito pelos desaires de uma donzela improvável dos tempos ruidosos, nem havíamos encontrado rastro algum de sua vida que pudesse conduzir-nos ao estabelecimento inequívoco de sua identidade. Não nos parecia insólito, naturalmente, que isto acontecesse em nossos anos, se mesmo nos seus de maior glória havia motivos para duvidar de sua existência, e se seus próprios sicários careciam de uma noção exata de sua idade, pois houve épocas de confusão em que parecia ter oitenta anos nas tômbolas de beneficência, sessenta nos registros civis e até menos de quarenta nas comemorações dos feriados. O embaixador Palmerston, um dos últimos diplomatas que lhe apresentou credenciais, contava em suas memórias proibidas que era impossível conceber uma velhice tão avançada como a sua nem um estado de desordem e abandono como o daquele palácio em que teve que abrir passagem por entre um muladar de papéis rasgados e cagadas de animais e restos de comidas de cachorros dormindo nos corredores, ninguém me deu notícia de nada nas alcavalas e gabinetes e tive que me valer dos leprosos e dos paralíticos que já haviam invadido as primeiras dependências privadas e indicaram-me o caminho do salão de audiências onde as galinhas bicavam os trigais ilusórios dos gobelinos e uma vaca dilacerava para comer a tela do retrato de um arcebispo, e compreendi imediatamente que ele estava mais surdo que uma porta não só porque perguntava-lhe uma coisa e me respondia outra mas também porque se lamentava de que os pássaros não cantassem quando na realidade custava trabalho respirar com aquele alvoroço de pássaros que era como atravessar um mato ao amanhecer e ele interrompeu de súbito a cerimônia de entrega das credenciais com o olhar lúcido e a mão em concha atrás da orelha apontando pela janela a planície de pó onde ficava o mar e dizendo com uma voz de despertar mortos que escute esse tropel de mulas que vem por ali, escute querido Stetson, é o mar que volta. Era difícil admitir que aquele ancião irreparável fosse o mesmo homem messiânico que nas origens do seu governo aparecia nos povoados à hora menos esperada sem outra escolta que um camponês descalço com um facão de lata e um reduzido séquito de deputados e senadores que ele mesmo designava com o dedo segundo os impulsos de sua digestão, informava-se sobre o rendimento das colheitas e o estado de saúde dos animais e sobre a conduta do povo, sentava-se em uma cadeira de balanço de bejuco à sombra dos galhos da mangueira da praça abanando-se com o chapéu de capataz que então usava, e embora parecesse adormecido pelo calor não deixava sem esclarecer um só detalhe de tudo quanto conversava com os homens e mulheres que havia convocado à sua presença chamando-os por seus nomes e sobrenomes como se tivesse dentro da cabeça um registro escrito dos habitantes e dos dinheiros e dos problemas de toda a nação, de modo que me chamou sem abrir os olhos, venha cá Jacinta Morales, me disse, conte-me o que é feito do rapaz a quem ele mesmo havia convencido a tomar um vidro de óleo de rícino, e você Juan Prieto, me disse, como está o seu touro reprodutor que ele mesmo havia tratado com orações contra a peste para que se descolassem as bicheiras das orelhas, e você Matilde Peralta, vamos ver o que me dá por lhe devolver inteiro o prófugo do seu marido, aí o tem, arrastado pelo pescoço com uma corda e advertido pessoalmente por ele de que apodreceria no cepo chinês na próxima vez que tentasse abandonar a esposa legítima, e com o mesmo sentido de governar sumariamente havia ordenado a um magarefe que cortasse as mãos em espetáculo público de um tesoureiro pródigo, e arrancava os tomates de uma horta particular e os comia com presunção de bom conhecedor na presença de seus agrônomos dizendo que falta a esta terra muito cagalhão de burro macho, que o joguem aí por conta do governo, ordenava, e interrompeu o passeio cívico e me gritou pela janela morto de riso, então Lorenza López como vai essa máquina de costura que ele havia me dado vinte anos antes, e eu lhe respondi que já rendeu sua alma a Deus, general, imagine, as coisas e a gente não estamos feitas para durar toda a vida, mas ele replicou que pelo contrário, que o mundo é eterno, e então se pôs a desmontar a máquina com uma chave de fenda e uma almotolia indiferente à comitiva oficial que o esperava no meio da rua, às vezes se notava nele o desespero nos ressolhos de touro e lambuzou a cara de óleo, mas ao cabo de quase três horas a máquina voltou a costurar como nova, pois naquele tempo não havia uma contrariedade da vida quotidiana por insignificante que fosse que não tivesse para ele tanta importância como o mais grave dos assuntos de estado e acreditava sinceramente que era possível repartir a felicidade e subornar a morte com artimanhas de soldado. Era difícil admitir que aquele ancião irreparável fosse o único saldo de um homem cujo poder havia sido tão grande que certa vez perguntou que horas são e lhe haviam respondido quantas o senhor ordenar meu general, e era verdade, pois não apenas alterava os tempos do dia como melhor conviesse a seus negócios senão que mudava os dias santos de guarda de acordo com seus planos para percorrer o país de feira em feira com a sombra do índio descalço e os senadores enlutados e os cestos de gaios esplêndidos que enfrentavam os mais bravos de cada praça, ele mesmo casava as apostas, fazia estremecer de riso os alicerces do rinhadeiro porque todos nos sentíamos obrigados a rir quando ele soltava suas estranhas gargalhadas de surdo que ressoavam por cima da música e dos foguetes, sofríamos quando se calava, explodíamos em uma ovação de alívio quando seus gaios fulminavam os nossos que haviam sido tão bem adestrados para perder que nenhum nos deixou mal, salvo o galo da desgraça de Dionísio Iguarán que fulminou o carijó do poder em uma luta tão limpa e justa que ele foi o primeiro a cruzar a pista para apertar a mão do vencedor, você é um macho, disse-lhe de bom humor, agradecido porque alguém lhe fizera afinal o favor de uma derrota inócua, quanto daria eu para ter esse vermelho, disse-lhe, e Dionísio Iguarán respondeu-lhe trêmulo que é seu general, com muita honra, e voltou à sua casa entre os aplausos do povo alvoroçado e o estrondo da música e os petardos mostrando a todo mundo os seis gaios de raça que ele lhe havia presenteado em troca do vermelho invicto, mas naquela noite fechou-se no quarto e bebeu inteiro uma cabaça de rum de cana e enforcou-se com a corda da rede, pobre homem, pois ele não tinha consciência do rastro de desastres domésticos que provocaram suas aparições festivas, nem do rastro de mortos não desejados que deixava à sua passagem, nem da condenação eterna dos partidários em desgraça a quem chamou por um nome errado diante de sicários solícitos que interpretavam o erro como um sinal deliberado de desafeto, andava por todo o país com seu estranho andar de tatu, com seu rastro de suor forte, com a barba por fazer, aparecia sem nenhum aviso em uma cozinha qualquer com aquele ar de avô inútil que fazia tremer de pavor a gente da casa, tomava água da talha com a concha de servir, comia na panela, pegando os pedaços com os dedos, muito jovial, muito simples, sem suspeitar que aquela casa ficava marcada para sempre com o estigma da sua visita, e não se comportava dessa maneira por cálculo político nem por necessidade de amor como em outros tempos mas porque esse era seu modo de ser natural quando o poder não era ainda o lodo desmedido da plenitude do outono mas uma torrente febril que víamos brotar ante nossos olhos dos seus mananciais primitivos, de modo que bastava que ele apontasse com o dedo as árvores que deviam dar frutos e os animais que deviam crescer e os homens que deviam prosperar, e havia ordenado que tirassem a chuva de onde estorvasse as colheitas e a pusessem em terra de estiagem, e assim havia sido, senhor, eu o vi, pois sua lenda havia começado muito antes que ele mesmo se acreditasse dono de todo o seu poder, quando ainda estava à mercê dos presságios e dos intérpretes dos seus pesadelos e interrompia de súbito uma viagem recém-iniciada porque ouvira cantar a coruja sobre sua cabeça e mudava a data de aparição pública porque sua mãe Bendición Alvarado abriu um ovo com duas gemas, e acabou com o séquito de senadores e deputados solícitos que o acompanhavam a toda parte e pronunciavam por ele os discursos que jamais se atreveu a pronunciar, ficou sem eles porque se viu a si mesmo na casa grande e vazia de um sonho ruim circundado por uns homens pálidos de levitas cinzas que o espetavam com facões de açougueiro, acossavam-no com tal sanha que para onde quer que ele virasse o olhar encontrava-se com uma lâmina disposta a feri-lo no rosto e nos olhos, viu-se encurralado como uma fera pelos assassinos silenciosos e sorridentes que se disputavam o privilégio de participar no sacrifício e de se deliciar em seu sangue, mas ele não sentia raiva nem medo mas um alívio imenso que se ia fazendo mais fundo à medida que se lhe esgotava a vida, sentia-se imponderável e puro, de modo que ele também sorria enquanto o matavam, sorria por eles e por ele no âmbito da casa do sonho cujas paredes de cal viva tingiam-se com o salpico do meu sangue, até que alguém que era seu filho no sonho lhe deu um talho na virilha por onde me escapou o último suspiro que me restava, e então cobriu o rosto com o cobertor empapado pelo seu sangue para que não o conhecesse morto quem não havia podido conhecê-lo vivo e desabou sacudido pelos estertores de uma agonia tão verídica que não pôde reprimir a urgência de contá-la a meu compadre o ministro da saúde e este acabou de consterná-lo com a revelação de que aquela morte havia ocorrido já uma vez na história dos homens meu general, leu para ele o relato do episódio em um dos diários chamuscados do general Lautaro Muñoz, e era idêntico, mãe, tanto que no curso da leitura ele recordou algo que havia esquecido ao acordar e era que enquanto o matavam se abriram de golpe e sem vento todas as janelas do palácio que na verdade eram tantas quantas foram as feridas do sonho, vinte e três, uma coincidência apavorante que culminou naquela semana com um ataque de corsários ao senado e à corte de justiça ante a indiferença cúmplice das forças armadas, arrancaram pela base a casa augusta dos nossos próceres autênticos cujas chamas foram vistas até muito tarde da noite da sacada presidencial, mas ele não se perturbou com a notícia meu general de que não haviam deixado nem as pedras dos alicerces, prometeu-nos um castigo exemplar para os autores do atentado que não apareceram nunca, prometeu-nos reconstruir uma réplica fiel da casa dos próceres cujos escombros calcinados permaneceram até nossos dias, não fez nada para dissimular o terrível exorcismo do sonho ruim senão que se valeu da ocasião para liquidar o aparelho legislativo e judicial da velha república, encheu de honrarias e fortuna a senadores e deputados e magistrados das cortes que já não lhe faziam falta para guardar as aparências das origens de seu regime, desterrou-os em embaixadas prósperas e remotas e ficou sem mais séquito que a sombra solitária do índio do facão que não o abandonava um instante, provava sua comida e sua água, guardava a distância, vigiava a porta enquanto ele permanecia em minha casa alimentando a versão de que era meu amante secreto quando na verdade me visitava duas vezes por mês para que lhe pusesse as cartas durante aqueles muitos anos em que ainda se acreditava mortal e tinha a virtude da dúvida e sabia errar e confiava mais nos baralhos que em seu rude instinto, chegava sempre tão assustado e velho como na primeira vez em que se sentou diante de mim e sem dizer palavra estendeu-me aquelas mãos cujas palmas lisas e tensas como o ventre de um sapo não havia visto jamais nem havia de ver outra vez em minha muito longa vida de investigadora de destinos alheios, colocou as duas ao mesmo tempo sobre a mesa quase como a súplica muda de um desenganado e me pareceu tão ansioso e sem ilusões que não me impressionaram tanto suas palmas áridas como sua melancolia sem alívio, a debilidade de seus lábios, seu pobre coração de ancião carcomido pela incerteza cujo destino não só era hermético em suas mãos mas em quantos meios de averiguação conhecíamos então, pois tão logo ele cortava o baralho as cartas viravam poços de águas turvas, desfazia-se a borra do café no fundo da xícara em que ele havia bebido, apagavam-se as chaves de tudo quanto tivesse que ver com seu futuro pessoal, com sua felicidade e o sucesso de seus atos mas em troco eram diáfanas sobre o destino de quem quer que tivesse algo que ver com ele, de modo que vimos sua mãe Bendición Alvarado pintando pássaros de nomes estrangeiros em uma idade tão avançada que mal podia distinguir as cores através de um ar rarefeito por um vapor pestilento, pobre mãe, vimos nossa cidade devastada por um ciclone tão terrível que não merecia seu nome de mulher, vimos um homem com uma máscara verde e uma espada na mão e ele perguntou angustiado em que lugar do mundo estava e as cartas responderam que estava todas as terças-feiras mais perto dele que nos outros dias da semana, e ele disse ah, e perguntou de que cor são seus olhos, e as cartas responderam que tinha um da cor da garapa da cana através da luz e o outro nas trevas, e ele disse ah, e perguntou quais eram as intenções desse homem, e aquela foi a última vez em que lhe revelei até o final a verdade dos baralhos porque lhe respondi que a máscara verde era da perfídia e da traição, e ele disse ah, com uma ênfase de vitória, já sei quem é, porra, exclamou, e era o coronel Narciso Miraval, um de seus auxiliares mais próximos que dois dias depois disparou um tiro de revólver no ouvido sem qualquer explicação, pobre homem, e assim dispunham de sorte da pátria e se antecipavam à sua história de acordo com as adivinhações dos baralhos até que ele ouviu falar de uma vidente única que decifrava a morte nas águas inequívocas dos alguidares e foi procurá-la em segredo por desfiladeiros de mulas sem mais testemunhas que o anjo do facão até o rancho do páramo onde vivia com uma bisneta que tinha três crianças e estava a ponto de parir outra de um marido morto no mês anterior, encontrou-a entrevada e meio cega no fundo de uma alcova quase em trevas, mas quando ela lhe pediu que pusesse as mãos sobre o alguidar as águas se iluminaram com uma claridade interior suave e nítida, e então viu-se a si mesmo, idêntico, deitado no chão, com o uniforme de linho sem insígnias, as polainas e a espora de ouro, e perguntou que lugar era esse, e a mulher respondeu examinando as águas paradas que era um quarto não maior que este com algo que se vê aqui que parece uma escrivaninha e um ventilador elétrico e uma janela para o mar e estas paredes brancas com quadros de cavalos e uma bandeira com um dragão, e ele voltou a dizer ah porque havia reconhecido sem dúvida o gabinete contíguo ao salão de audiências, e perguntou se havia de ser de modo trágico ou de trágica enfermidade, e ela lhe respondeu que não, que havia de ser durante o sono e sem dor, e ele disse ah, e lhe perguntou tremendo que quando havia de ser e ela lhe respondeu que dormisse com calma porque não havia de ser antes que faça minha idade, que era de 107 anos, mas também não depois de mais 125 anos, e ele disse ah, e então assassinou a anciã enferma na rede para que ninguém mais conhecesse as circunstâncias de sua morte, estrangulou-a com a corrente da espora de ouro, sem dor, sem um suspiro, como um verdugo exímio, embora tenha sido ela o único ser deste mundo, humano ou animal, a quem concedeu a honra de matar com as próprias mãos na paz ou na guerra, pobre mulher. Tais evocações de seus fastos de infâmia não lhe perturbavam a consciência nas noites do outono, pelo contrário, serviam-lhe como fábulas exemplares do que devia ter sido mas não era, sobretudo quando Manuela Sánchez esfumou-se nas sombras do eclipse e ele queria sentir-se outra vez na flor de sua barbárie para arrancar a raiva da burla que lhe cozinhava as entranhas, deitava-se na rama sob os guizos do vento dos tamarindos a pensar em Manuela Sánchez com um ódio que lhe perturbava o sono enquanto as forças da terra, mar e ar buscavam-na sem encontrar rastro até nos confins ignotos dos desertos de salitre, onde porra você se meteu, perguntava-se, onde porra você pensa ficar que meu braço não a alcance para que saiba quem é o que manda, o chapéu no peito tremia com o ímpeto do coração, ficava extasiado de cólera sem se importar com a insistência de sua mãe que tentava saber por que você não fala desde a tarde do eclipse, por que olha para dentro, mas ele não respondia, saiu, merda mãe, arrastava suas patas de filho da mãe dessangrando-se em gotas de fel com o orgulho ferido pela amargura irremediável de que estas coisas só me acontecem pelo safado que eu fiquei, por já não ser mais o árbitro do meu destino como era antes, por haver entrado na casa de uma índia com a permissão de sua mãe e não como havia entrado na fazenda agradável e silente de Francisca Linero na vereda dos Santos Higuerones quando ainda era ele em pessoa e não Patrício Aragonés quem mostrava a cara visível do poder, havia entrado sem sequer bater as aldravas segundo o impulso de sua vontade ao compasso da batida das onze no relógio de pêndulo e eu ouvi o metal da espora de ouro desde o quintal e compreendi que aqueles passos de mão de pilão firmados com tanta autoridade nos ladrilhos do chão não podiam ser outros senão os seus, eu o pressenti de corpo inteiro antes de vê-lo aparecer no vão da porta do pátio interior onde o alcaravão cantava as onze entre os gerânios dourados, cantava o corrupião aturdido pela acetona flagrante dos cachos de uva de guiné pendurados no beiral, expandia-se a luz da aziaga terça-feira de agosto entre as folhas novas dos bananais do pátio e o corpo do veado novo que meu marido Poncio Daza tinha caçado ao amanhecer e pôs para dessangrar pendurado pelas patas junto aos cachos de uva mosqueados pelo mel interior, eu o vi maior e mais sombrio que em um sonho com as botas sujas de barro e a jaqueta cáqui ensopada de suor e sem armas mas amparado pela sombra do índio descalço que permaneceu imóvel atrás dele com a mão apoiada no cabo do facão, vi os olhos ineludíveis, a mão de donzela adormecida que arrancou uma uva do cacho mais próximo e a comeu com ansiedade e logo comeu outra e outra mais, mastigando-as ansiosamente com um ruído de pântano de toda a boca sem afastar a vista da provocante Francisca Linero que o olhava sem saber o que fazer com seu pudor de recém-casada porque ele viera para agradar a seus impulsos e não havia outro poder maior que o seu para impedi-lo, mal senti a respiração de medo do meu marido que se sentou a meu lado e ambos permanecemos imóveis com as mãos dadas e os dois corações de cartão-postal assustados sob o olhar tenaz do ancião insondável que continuava a dois passos da porta comendo uma uva depois da outra e atirando as cascas no pátio por cima do ombro sem haver piscado uma só vez desde que começou a me olhar, e só quando acabou de comer o cacho inteiro e ficou o galho pelado junto ao veado morto fez um sinal ao índio descalço e ordenou a Poncio Daza que fosse um momento com meu compadre o do facão que tem que acertar um negócio com você e embora eu estivesse agonizando de medo conservava bastante lucidez para entender que meu único recurso de salvação era deixar que ele fizesse comigo tudo o que quis sobre a mesa, e mais, ajudei-o a me encontrar entre as rendas da anágua depois que me deixou sem respiração com seu cheiro de amoníaco e arrancou minhas calcinhas com um puxão e me procurava com os dedos por onde não era enquanto eu pensava aturdida Santíssimo Sacramento que vergonha, falta de sorte, porque naquela manhã nem tivera tempo de me lavar por estar pendente do veado, assim que ele fez afinal sua vontade ao fim de tantos meses de assédio, mas o fez com pressa e mal, como se fosse mais velho do que era, ou muito mais jovem, estava tão aturdido que mal percebi quando cumpriu com seu dever como melhor pôde e se largou a chorar com umas lágrimas de urina quente de órfão grande e solitário, chorando com uma aflição tão profunda que não só senti pena por ele mas por todos os homens do mundo e comecei a esfregar sua cabeça com a ponta dos dedos e a consolá-lo com não é para tanto general, a vida é longa, enquanto o homem do facão levou Poncio Daza para o interior dos bananais e o retalhou em fatias tão finas que foi impossível recompor o corpo espalhado pelos porcos, pobre homem, mas não havia outro remédio, disse ele, porque seria um inimigo mortal para toda a vida. Eram imagens do seu poder que lhe chegavam de muito longe e exacerbavam-lhe a amargura do quanto lhe haviam aguado a salmoura do poder que nem sequer lhe valia para conjurar os malefícios de um eclipse, estremecia-o um fio de bílis negra na mesa de dominó ante o domínio frio do general Rodrigo de Aguilar que era o único homem de armas a quem havia confiado a vida desde que o ácido úrico cristalizou as articulações do anjo do facão, e entretanto perguntava-se se tanta confiança e tanta autoridade delegadas a uma só pessoa não haviam sido a causa de sua desventura, se não fosse meu compadre de toda vida que fizera dele um boi tentando tirar-lhe a casca natural de caudilho de esquina para transformá-lo em um inválido de palácio incapaz de conceber uma ordem que não estivesse cumprida de antemão, pela invenção doentia de mostrar em público uma cara que não era a sua quando o índio descalço dos bons tempos bastava e até sobrava para abrir um atalho a facadas através das multidões de gente gritando afastem-se cornos que aqui vem o que manda sem poder distinguir naquele matagal de ovações quais eram os bons patriotas da pátria e quais eram os matreiros porque ainda não havíamos descoberto que os mais tenebrosos eram os que mais gritavam que viva o macho, porra, que viva o general, e em vez disso agora a autoridade de suas armas não lhe chegava para encontrar a rainha da desgraçada da morte que havia burlado o cerco infranqueável de seus apetites senis, porra, atirou as pedras ao chão, abandonava as partidas sem motivo visível deprimido pela revelação instantânea de que tudo acabava por encontrar seu lugar no mundo, tudo menos ele, consciente pela primeira vez da camisa ensopada de suor a uma hora tão cedo, consciente do fedor de carniça que subia com os vapores do mar e do doce silvo de flauta da hérnia retorcida pela umidade do calor, é o bochorno, se disse sem convicção, tratando de decifrar da janela o estranho estado da luz da cidade imóvel cujos únicos seres vivos pareciam ser os bandos de urubus que fugiam espavoridos das cornijas do hospital dos pobres e o cego da Praça de Armas que pressentiu o ancião trêmulo na janela da casa civil e lhe acenou constrangido com o cajado e lhe gritava algo que ele não conseguiu entender e que interpretou como um sinal a mais naquele sentimento opressivo de que algo estava a ponto de acontecer, e entretanto repetiu que não pela segunda vez no final da longa segunda-feira de desalento, é o bochorno, se disse, e dormiu instantaneamente, embalado pelo roçar do chuvisqueiro nos vidros abrumados dos filtros afrodisíacos do cochilo, mas de súbito acordou assustado, quem é, gritou, era seu próprio coração oprimido pelo estranho silêncio dos gaios ao amanhecer, sentiu que o barco do universo havia chegado a um porto enquanto ele dormia, flutuava em um caldo de vapor, os animais da terra e do céu que tinham a faculdade de vislumbrar a morte mais além dos tardos presságios e das ciências melhor fundadas dos homens estavam mudos de horror, acabou-se o ar, o tempo mudava de rumo, e ele sentiu ao se levantar que seu coração se inchava aos poucos e os tímpanos se arrebentavam e uma matéria fervente escorreu pelas narinas, é a morte, pensou, com a túnica empapada de sangue, antes de tomar consciência de que não meu general, era o ciclone, o mais devastador de quantos fragmentaram em um regueiro de ilhas dispersas o antigo reino compacto do Caribe, uma catástrofe tão sigilosa que só ele a havia detectado com seu instinto premonitório muito antes que começasse o pânico de cachorros e galinhas, e tão intempestiva que mal teve tempo de encontrar-lhe um nome de mulher na desordem de oficiais aterrorizados que me vieram com a notícia de que agora é verdade meu general, este país foi à puta que o pariu, mas ele ordenou que firmassem portas e janelas com cavernas de navio, amarrassem as sentinelas nos corredores, guardassem galinhas e vacas nos escritórios do primeiro andar, cravassem cada coisa em seu lugar desde a Praça de Armas até o último lindeiro do seu aterrorizado reino de pesadelo, a pátria inteira ficou ancorada em seu lugar com a ordem inapelável de que ao primeiro sintoma de pânico atirem duas vezes para cima e na repetição atirem para matar, e apesar disso nada resistiu à passagem da tremenda espada de ventos giratórios que cortou de um talho certeiro os portões de aço blindado de entrada principal e levou as minhas vacas pelos ares, mas com o feitiço do impacto ele não percebeu de onde veio aquele estrondo de chuvas horizontais que dispersavam em seu âmbito uma granizada vulcânica de escombros de sacadas e bestas das selvas de fundo do mar, nem teve bastante lucidez para pensar nas tremendas proporções do cataclismo senão que andava no meio do dilúvio perguntando-se com o sabor do almíscar do rancor onde estará você Manuela Sánchez do meu mau humor, porra, onde estará metida você que este desastre da minha vingança não a alcance. Na rebalsada placidez que se sucedeu ao furacão viu-se só com seus ajudantes mais próximos navegando em uma barcaça a remo na sopa de destroços do salão de audiências, saíram pela porta da garagem remando sem obstáculos por entre os topos das palmeiras e os faróis arrasados da Praça de Armas, entraram na laguna morta da catedral e ele voltou a padecer por um instante o fulgor clarividente de que não havia sido nunca nem seria nunca o dono de todo o seu poder, continuou mortificado pela sornice daquela certeza amarga enquanto a barcaça encontrava-se com espaços de distinta densidade segundo as mudanças de cor da luz dos vitrais nos frisos de ouro maciço e nos racimos de esmeraldas do altar-mor e as lousas funerárias dos vice-reis enterrados vivos e arcebispos mortos de desencanto e o promontório de granito do mausoléu vazio do almirante do mar-oceano[21] com o perfil das três caravelas que ele fizera construir para o caso de que talvez quisesse que seus ossos repousassem entre nós, saímos pelo canal do presbitério para um pátio interior transformado em um aquário luminoso em cujo fundo de azulejos erravam os cardumes de *mojarras*[22] entre os ramos

---

21. Referência a Cristóvão Colombo.
22. *Mojarras*, peixe de mar acantopterígio; na América Mer., faca larga e curta.

de nardos e os girassóis, sulcamos os leitos tenebrosos da clausura do convento das biscainhas, vimos as celas abandonadas, vimos o clavicórdio à deriva no banheiro íntimo da sala de música, vimos no fundo das águas paradas do refeitório a comunidade completa de virgens afogadas nos seus lugares frente à longa mesa servida, e viu ao sair pelas sacadas o extenso espaço lacustre sob o céu radiante onde havia estado a cidade e só então acreditou que era verdade a notícia meu general de que este desastre havia acontecido no mundo inteiro só para me livrar do tormento de Manuela Sánchez, porra, como são bárbaros os métodos de Deus comparados com os nossos, pensava comprazido, contemplando o turvo lamaçal onde havia estado a cidade e em cuja superfície sem limites flutuava todo um mundo de galinhas afogadas e não se sobressaíam senão as torres da catedral, o foco do farol, os solários das mansões de cal e pedra do bairro dos vice-reis, as ilhas dispersas das colinas do antigo porto negreiro onde estavam acampados os náufragos do furacão, os últimos sobreviventes incrédulos que contemplamos à passagem silenciosa da barcaça pintada com as cores da bandeira por entre os sargaços dos corpos inertes das galinhas, vimos os olhos tristes, os lábios murchos, a mão pensativa que fazia sinais da cruz abençoando para que parassem as chuvas e brilhasse o sol, e devolveu a vida às galinhas afogadas, sinos de júbilo, aos foguetes de festa, às músicas de glória com que se comemorou a pedra inaugural da reconstrução, e em meio aos gritos da multidão que se concentrou na Praça de Armas para glorificar o benemérito que pôs em fuga o dragão do furacão, alguém o agarrou pelo braço para levá-lo à sacada pois agora mais que nunca o povo necessita de sua palavra de encorajamento, e antes que pudesse escapar sentiu o clamor unânime que lhe perfurou as entranhas como um vento de enjoo, que viva o macho, pois desde o primeiro dia de seu governo conheceu o desamparo de ser visto por toda uma cidade ao mesmo tempo, petrificaram-se nele as palavras, compreendeu em um clarão de mortal lucidez que não tinha coragem nem o teria jamais para assomar-se de corpo inteiro ao abismo das multidões, de modo que na Praça de Armas só percebemos a imagem efêmera de sempre, o presságio de um ancião inacessível vestido de linho que impôs uma silenciosa bênção da sacada presidencial e desapareceu imediatamente, mas aquela visão fugaz nos bastava para sustentar a confiança de que ele estava ali, velando nossa vigília e nosso sonho sob os tamarindos seculares da mansão suburbana, estava absorto na cadeira de balanço de vime, com o copo de limonada intacto na mão ouvindo o ruído dos grãos de milho que sua mãe Bendición Alvarado tirava de uma cabaça, vendo-a através da reverberação do calor das três quando agarrou uma galinha cinzenta e a enfiou debaixo do braço e lhe torcia o pescoço com uma certa ternura enquanto me dizia com uma voz de mãe olhando-me nos olhos que você está ficando tísico de tanto pensar sem se alimentar, fique para comer esta noite, eu lhe peço, tratando de seduzi-lo com a tentação da galinha estrangulada que sustentava com as duas mãos para que não lhe fugisse nos estertores da agonia, e ele disse que está bem, mãe, eu fico, ficava até o anoitecer com os olhos fechados na cadeira de balanço de vime sem dormir, embalado pelo suave cheiro da galinha fervendo na panela, ligado ao curso de nossas vidas, pois a única coisa que nos dava segurança era a certeza de que ele estava ali, invulnerável à peste e ao ciclone, invulnerável à burla de Manuela Sánchez, invulnerável ao tempo, consagrado à bem-aventurança messiânica de pensar por nós, sabendo que nós sabíamos que ele não havia de tomar por nós nenhuma determinação que não nos coubesse, pois ele não havia sobrevivido a tudo por seu valor inconcebível nem por sua infinita prudência mas porque era o único de nós que conhecia o tamanho real do nosso destino, e até ali havia chegado, mãe, sentara-se para descansar ao término de uma árdua viagem à última pedra histórica da remota fronteira oriental onde estavam esculpidos o nome e as datas de nascimento e morte do último soldado morto em defesa da integridade da pátria, havia visto a cidade lúgubre e glacial da nação contígua, viu o chuvisco eterno, a bruma matinal com cheiro de fuligem, os homens vestidos a rigor nos bondes elétricos, os enterros de nobres nas carruagens góticas de percherões brancos com morriões de plumas, as crianças dormindo enroladas em jornais no átrio da catedral, porra, que gente tão estranha, exclamou, parecem poetas, mas não eram, meu general, são os godos no poder, disseram-lhe, e havia regressado daquela viagem irritado pela revelação de que não há nada igual a este vento de goiabas podres e este fragor de mercado e este fundo sentimento de pesadelo ao entardecer desta pátria miserável cujos limites não havia de transpor jamais, e não porque tivesse medo de se mexer da cadeira em que estava sentado, segundo diziam seus inimigos, mas porque um homem é como uma árvore do mato, mãe, como os animais do mato que não saem da guarida senão para comer, dizia, evocando com a lucidez mortal do cochilo da sesta a soporífera quinta-feira de agosto de há tantos anos quando se atreveu a confessar que conhecia os limites de sua ambição; tinha-os revelado a um guerreiro de outras terras e outra época a quem recebeu a sós na penumbra ardente do gabinete, era um jovem tímido, aturdido pela soberba e marcado para sempre pelo estigma da solidão, que havia permanecido imóvel na porta sem se decidir a ultrapassá-la até que seus olhos se acostumaram à penumbra perfumada por um braseiro de glicínias no calor e pude distingui-lo sentado na poltrona giratória com o punho imóvel na mesa nua, tão cotidiano e descolorido que não tinha nada que ver com sua imagem pública, sem escolta e sem armas, com a camisa empapada por um suor de mortal e com folhas de salva grudadas nas fontes para a dor de cabeça, e só quando me convenci da verdade incrível de que aquele ancião enferrujado era o mesmo ídolo de nossa infância, a encarnação mais pura dos nossos sonhos de glória, só então entrou no gabinete e apresentou-se com seu nome falando com a voz clara e firme de quem espera ser reconhecido por seus atos, e ele me apertou a mão com uma mão doce e fria, uma mão de bispo, e prestou uma atenção espantada aos sonhos fabulosos do forasteiro que queria armas e solidariedade para uma causa que é também a sua, excelência, queria assistência logística e apoio político para uma guerra sem quartel que varresse de uma vez por todas os regimes conservadores do Alasca à Patagônia, e ele se sentiu tão comovido com sua veemência que lhe havia perguntado por que você anda com esta merda, porra, por que quer morrer, e o forasteiro lhe havia respondido sem o menor vestígio de pudor que não há glória mais alta que morrer pela pátria, excelência, e ele lhe replicou sorrindo de pena que não seja bobo, rapaz, a pátria é estar vivo, disse-lhe, é isto, disse-lhe, e abriu o punho que tinha apoiado na mesa e mostrou-lhe na palma da mão esta bolinha de vidro que é algo que se tem ou não se tem, mas que só aquele que tem a tem, rapaz, isto é a pátria, disse, enquanto o despedia com palmadinhas nas costas sem lhe dar nada, nem sequer o consolo de uma promessa, e ao ajudante de ordens que lhe fechou a porta ordenou que não voltassem a molestar a esse homem que acaba de sair, nem sequer percam tempo vigiando-o, disse, ele tem as pernas bambas, não serve. Nunca mais voltamos a ouvir dele frase igual àquela até depois do ciclone quando proclamou uma nova anistia para os presos políticos e autorizou a volta de todos os desterrados menos os homens de letras, naturalmente, esses nunca, disse, eles vivem com as pernas bambas como os maricas no tempo da muda, de modo que não servem para nada senão quando servem para alguma coisa, disse, são piores que os políticos, piores que os padres, imaginem, mas que venham os demais sem distinção de cor para que a reconstrução da pátria seja uma empresa de todos para que ninguém ficasse sem comprovar que ele era outra vez o dono de todo o seu poder com o apoio feroz de umas forças armadas que tinham voltado a ser como no passado desde que ele repartiu entre os membros do alto-comando os carregamentos de víveres e remédios e o material de assistência pública da ajuda exterior, desde que as famílias de seus ministros passavam os domingos na praia em hospitais móveis e nas barracas de campanha da Cruz Vermelha, vendiam ao ministério da saúde os carregamentos de plasma sanguíneo, as toneladas de leite em pó que o ministério da saúde voltava a vender pela segunda vez aos hospitais de beneficência, os oficiais do estado-maior trocaram suas ambições pelos contratos de obras públicas e os programas de reabilitação empreendidos com o empréstimo de emergência que o embaixador Warren concedeu em troca do direito de pesca ilimitado para os barcos do seu país em nossas águas territoriais, que porra, só aquele que a tem a tem, dizia-se, lembrando daquela bolinha de vidro que mostrou àquele sonhador de quem nunca mais se ouviu falar, tão entusiasmado com a tarefa da reconstrução que se ocupava de viva voz e de corpo presente até mesmo dos detalhes mais ínfimos como nos primeiros tempos do poder, chapinhar nas poças das ruas com um chapéu e umas botas de caçador de marrecões para que não se fizesse uma cidade diferente daquela que ele havia concebido para sua glória nos seus sonhos de afogado solitário, ordenava aos engenheiros que tirem essas casas daqui e coloquem-nas lá onde não estorvem, tiravam-nas, que levantem essa torre a dois metros mais para que se possa ver os navios no alto-mar, levantavam-na, que façam esse rio voltar para trás, faziam-no, sem vacilar, sem um vestígio de desânimo, e andava tão aturdido com aquela febril restauração, tão absorto em sua realização e tão desligado de outros assuntos menores do estado que levou um grande susto quando um ajudante de ordens distraído comentou com ele por engano o problema das crianças e ele perguntou do mais profundo da distração que crianças, as crianças meu general, mas quais porra, porque até então haviam-lhe ocultado que o exército mantinha sob custódia secreta as crianças que sorteavam os números da loteria por receio de que contassem por que o bilhete presidencial ganhava sempre, aos pais que reclamavam respondiam que não era verdade enquanto concebiam uma resposta melhor, diziam-lhes que eram mentiras de apátridas, calúnias da oposição, e aos que se amotinaram frente a um quartel rechaçaram com cargas de morteiro e houve uma matança pública que também lhe havíamos ocultado para não incomodá-lo meu general, pois a verdade é que as crianças estavam presas nos calabouços da fortaleza do porto, nas melhores condições, com um ânimo excelente e muito boa saúde, mas a merda é que agora não sabemos o que fazer com elas meu general, e eram assim como umas duas mil. O método infalível para ganhar a loteria havia-lhe ocorrido sem que o buscasse, observando os números incrustados das bolas de bilhar, e tinha sido uma ideia tão simples e deslumbrante que ele mesmo não podia acreditar quando viu a multidão ansiosa que enchia a Praça de Armas desde o meio-dia para comprovar o milagre sob o sol abrasante com clamores de gratidão e faixas pintadas de glória eterna ao magnânimo que reparte a felicidade, vieram músicos e acrobatas, cantinas e frituras, roletas anacrônicas e descoloridas loterias de bichos, escombros de outros mundos e outros tempos que zanzavam pelas proximidades da fortuna tratando de medrar com as migalhas de tantas ilusões, abriram o balcão às três, fizeram subir três crianças de menos de sete anos escolhidas ao azar pela própria multidão para que não houvesse dúvidas quanto à honradez do método, entregavam a cada criança um saco de cor diferente depois de comprovar ante testemunhas qualificadas que havia dez bolas de bilhar numeradas de um a zero dentro de cada saco, atenção senhoras e senhores, a multidão não respirava, cada criança com os olhos vendados vai tirar uma bola de cada saco, primeiro a criança do saco azul, em seguida a do vermelho e por último a do amarelo, uma depois da outra as três crianças metiam a mão em seu saco, sentiam no fundo nove bolas iguais e uma bola gelada, então cumprindo a ordem que lhes haviam dado em segredo apanhavam a bola gelada, mostravam-na à multidão, cantavam seu número, e assim tiravam as três bolas mantidas no gelo durante vários dias com os três números do bilhete que ele se havia reservado, mas nunca pensamos que as crianças podiam falar meu general, pensamos nisto tão tarde que não tivemos outro recurso senão escondê-las de três em três, e logo de cinco em cinco, e logo de vinte em vinte, imagine só meu general, puxando o fio da meada ele acabou por descobrir que todos os oficiais do alto-comando das forças de terra mar e ar estavam implicados na milagrosa pesca da loteria nacional, ficou sabendo que as primeiras crianças subiram ao balcão com a concordância de seus pais e inclusive por eles treinadas na ilusória ciência de conhecer pelo tato os números incrustados em marfim, mas que as seguintes só subiram à força porque havia corrido o rumor de que as crianças que subiam uma vez não voltavam a descer, seus pais as escondiam, enterravam-nas vivas enquanto passavam as patrulhas de choque que as procuravam à meia-noite, as tropas de emergência não isolavam a Praça de Armas para conter o delírio popular, como lhe diziam, senão que para manter nos limites convenientes as multidões que arriavam como récuas de gado sob ameaças de morte, os diplomatas que haviam solicitado audiência para mediar no conflito esbarraram com o absurdo de que os próprios funcionários lhes confirmavam os boatos de suas doenças estranhas, que ele não podia recebê-los porque tinham proliferado sapos na sua barriga, que não podia dormir senão de pé para não se ferir com as cristas de iguana que lhe cresciam nas vértebras, tinham escondido dele as mensagens de protesto e de súplica do mundo inteiro, tinham ocultado dele um telegrama do Sumo Pontífice no qual expressava nossa angústia apostólica pelo destino dos inocentes, não havia lugar nos cárceres para outros pais rebeldes meu general, não havia mais crianças para o sorteio da segunda-feira, porra, em que merda nos metemos. Apesar de tudo, ele não mediu a verdadeira profundidade do abismo enquanto não viu as crianças emboladas como gado no abatedouro do pátio interior da fortaleza do porto, viu-as sair dos calabouços como um estouro de cabras ofuscadas pelo deslumbramento solar depois de tantos meses de terror noturno, perderam-se na luz, eram tantas ao mesmo tempo que ele não as viu como a duas mil criaturas individualizadas mas como um imenso animal disforme que exalava um mau cheiro impessoal de pelame assoleado e fazia um rumor de águas profundas e cuja natureza múltipla colocava-o a salvo da destruição, porque não era possível acabar com tal quantidade de vida sem deixar um rastro de horror que havia de dar uma volta à terra, porra, não se podia fazer nada, e com aquela convicção reuniu o alto-comando, catorze trêmulos comandantes que nunca foram tão temíveis porque nunca estiveram tão assustados, gastou todo seu tempo para examinar os olhos de cada um, um por um, e então compreendeu que estava só contra todos, de modo que permaneceu com a cabeça erguida, endureceu a voz, exortou-os à unidade agora mais que nunca pelo bom nome e a honra das forças armadas, absolveu-os de toda culpa com o punho fechado sobre a mesa para que não vissem nele o tremor da incerteza e lhes ordenou em consequência que continuassem em seus postos cumprindo com seus deveres com iguais zelo e autoridade como sempre, porque minha decisão superior e irrevogável é que não houve nada, está suspensa a reunião, eu me responsabilizo. Como simples medida de precaução tirou as crianças da fortaleza e as enviou em furgões noturnos para regiões desabitadas do país enquanto ele enfrentava o temporal provocado pela declaração oficial e solene de que não era verdade, não apenas não havia crianças em poder das autoridades senão que não restava um só preso de qualquer tipo nos cárceres, o boato do sequestro maciço era uma infâmia de apátridas para perturbar os ânimos, as portas do país estão abertas para que se estabeleça a verdade, que venham buscá-la, vieram, veio uma comissão da Sociedade das Nações que removeu as pedras mais ocultas do país e interrogou como quis a quem quis com tanta minuciosidade que Bendición Alvarado havia de perguntar quem eram aqueles intrusos vestidos de espíritas que entraram em sua casa procurando duas mil crianças debaixo das camas, no cesto de costura, nos frascos de pincéis, e que afinal deram fé pública de que haviam encontrado os cárceres fechados, a pátria em paz, cada coisa em seu lugar, e não haviam achado nenhum indício para confirmar a suspeita popular de que se haja ou se houvesse violado por intenção ou obra por ação ou omissão os princípios dos direitos humanos, durma tranquilo, general, foram embora, ele se despediu deles da janela com um lenço bordado e com a sensação de alívio de algo que terminava para sempre, adeus, seus putos, mas tranquilo e boa viagem, suspirou, acabou-se esta merda, mas o general Rodrigo de Aguilar lembrou-lhe que não, que a merda não se tinha acabado porque ainda ficam as crianças meu general, e ele se deu um tapa na testa, porra, tinha esquecido disso por completo, que fazemos com as crianças. Tratando de se livrar daquele mau pensamento enquanto pensava em uma fórmula drástica tinha feito tirar as crianças do esconderijo na selva para levá-las em sentido contrário às províncias das chuvas perpétuas onde não houvesse ventos infindos que divulgassem suas vozes, onde os animais da terra apodreciam caminhando e cresciam lírios nas palavras e os polvos nadavam entre as árvores, haviam ordenado que as levassem às grutas andinas das névoas perpétuas para que ninguém soubesse onde estavam, que as mudassem dos turvos novembros de putrefação para os fevereiros de dias horizontais para que ninguém soubesse em que tempo estavam, mandou-lhes pérolas de quinino e cobertores de lã quando soube que tiritavam de febre porque estiveram dois dias escondidas nos arrozais com o lodo pelo pescoço para que não as descobrissem os aeroplanos da Cruz Vermelha, havia mandado tingir de vermelho a claridade do sol e o resplendor das estrelas para curar-lhes a escarlatina, havia mandado fumigá-las do ar com pós inseticidas para que o pulgão dos bananais não as comesse, mandava-lhes chuvas de caramelos e nevadas de sorvete de creme dos aviões e paraquedas carregados de brinquedos de Natal para mantê-las contentes enquanto pensava em uma solução mágica, e assim se foi pondo a salvo do malefício de sua memória, esqueceu-as, submergiu no triste lodaçal de incontáveis noites iguais de suas insônias domésticas, ouviu as batidas metálicas das nove, tirou as galinhas que dormiam nas cornijas da casa civil e levou-as para o galinheiro, não havia acabado de contar as aves adormecidas nos poleiros quando uma criada mulata entrou para recolher os ovos, sentiu o fogo de sua idade, o rumor de seus seios, atirou-se em cima dela, cuidado general, murmurou ela, tremendo, os ovos vão se quebrar, que se quebrem, que porra, disse ele, derrubou-a com um empurrão sem despi-la nem despir-se agitado pelas ânsias de fugir da glória inacessível desta terça-feira nevada de merdas verdes de aves adormecidas, escorregou, despenhou-se na vertigem ilusória de um precipício sulcado por lívidas franjas de evasão e eflúvios de suor e suspiros de mulher selvagem e enganosas ameaças de esquecimento, ia deixando na queda a curva do retintinar anelante da fugaz estrela da espora de ouro, o rastro de caliça do seu ressolho de marido apressado, seu chorinho de cachorro; seu terror de existir através da cintilação e o trovão silencioso da deflagração instantânea da centelha da morte, mas no fundo do precipício estavam outra vez os restolhos cagados, o sono insone das galinhas, a aflição da mulata que se levantou com o vestido embarrado pela gosma amarela das gemas lamentando-se que está vendo o que lhe disse general, os ovos se quebraram, e ele resmungou tratando de domar a raiva de outro amor sem amor, anote quantos foram, disse-lhe vou descontá-los do seu ordenado, foi embora, dez horas, examinou uma por uma as gengivas das vacas nos estábulos, viu uma de suas mulheres dobrada de dor no chão de sua barraca e viu a parteira que lhe tirou das entranhas uma cria fumegante com o cordão umbilical enrolado no pescoço, era um homem, que nome terá meu general, o que bem quiserem, respondeu, eram onze, como em todas as noites do seu governo contou as sentinelas, examinou as fechaduras, cobriu as gaiolas dos pássaros, apagou as luzes, eram doze, a pátria estava em paz, o mundo dormia, dirigiu-se ao quarto pela casa em trevas por entre as faixas de luz dos amanheceres fugazes dos giros do farol, pendurou o lampião de sair correndo, passou as três aldravas, os três ferrolhos, as três trancas, sentou-se na latrina portátil e enquanto espremia a urina exígua acariciava a criança inclemente do testículo herniado até que corrigiu o torcido, aliviou em sua mão, parou a dor, mas voltou imediatamente com um relâmpago de pânico quando entrou pela janela a lufada de um vento de muito além dos confins dos desertos de salitre e espalhou pelo quarto a serragem de uma canção de multidões ternas que perguntavam por um cavalheiro que foi à guerra que suspiravam quanta dor que pena que subiram em uma torre para ver que viera que o viram voltar que já voltou que bom em uma caixa de veludo quanta dor quanto luto, e era um coro de vozes tão numerosas e distantes que ele poderia ter dormido com a ilusão de que estavam cantando as estrelas, mas se levantou iracundo, agora chega, porra, gritou, ou elas ou eu, gritou, e foram elas, pois antes do amanhecer ordenou que jogassem as crianças em uma barcaça carregada de cimento, levaram-nas cantando até os limites das águas territoriais, fizeram-nas voar com uma carga de dinamite sem que tivessem tempo de sofrer enquanto continuavam cantando, e quando os três oficiais que executaram o crime se perfilaram diante dele com a notícia meu general de que a sua ordem tinha sido cumprida, promoveu-os dois postos e os condecorou com a medalha da lealdade, mas em seguida os fez fuzilar desonrados como a delinquentes comuns porque há ordens que podem ser dadas mas que não se podem cumprir, porra, pobres criaturas. Experiências tão duras como essa confirmavam sua muito antiga certeza de que o inimigo mais temível estava dentro da gente mesmo na confiança do coração, que os próprios homens que armava e engrandecia para que sustentassem o regime acabam cedo ou tarde por cuspir na mão que lhes dava de comer, ele os aniquilava com uma pancada, tirava outros do nada, elevava-os aos mais altos postos apontando-os com o dedo segundo os impulsos de sua inspiração, você a capitão, você a coronel, você a general, e todos os outros a tenente, que porra, via-os crescer dentro da farda até rebentar as costuras, perdia-os de vista, e um acaso como a descoberta de duas mil crianças sequestradas permitia-lhe descobrir que não era só um homem que havia falhado mas todo o alto-comando de umas forças armadas que para nada mais servem senão para aumentar a despesa do leite e na hora das complicações cagam no prato em que acabaram de comer, eu que os pari a todos, porra, que os arranquei das costelas, havia conseguido para eles respeito e pão, e apesar disso não tinha um instante de sossego tentando pôr-se a salvo de sua ambição, os mais perigosos ele mantinha mais perto para melhor vigiá-los, os menos audaciosos mandava para guarnições de fronteira, por causa deles havia concordado com a ocupação dos fuzileiros navais, mãe, e não para combater a febre amarela como o embaixador Thompson escrevera no comunicado oficial, nem para que o protegessem do desagrado popular, como diziam os políticos desterrados, mas para que ensinassem os nossos militares a ser gente decente, e assim foi, mãe, a cada qual o que lhe pertence, eles os ensinaram a caminhar com sapatos, a se limpar com papel, a usar camisa de vênus, foram eles que me ensinaram o segredo de manter serviços paralelos para fomentar rivalidades de passatempo entre o pessoal militar, inventaram o escritório de segurança do estado, a agência geral de investigação, o departamento nacional da ordem pública e tantas outras sacanagens que nem eu mesmo me lembrava, organismos iguais que ele fazia parecerem diferentes para reinar com maior sossego em meio à tormenta levando uns a acreditar que eram vigiados pelos outros, misturando com areia de praia a pólvora dos quartéis e embrulhando a verdade de suas intenções com simulacros da verdade contrária, e apesar disso se rebelavam, ele irrompia nos quartéis mastigando a baba da bílis, gritando que afastem-se cornos que aqui vem o que manda ante o espanto dos oficiais que treinavam a pontaria nos meus retratos, que os desarmem, ordenou sem parar mas com tanta autoridade de raiva na voz que eles mesmos se desarmaram, que tirem essa roupa de homem, ordenou, e a tiraram, rebelou-se a base de São Jerônimo meu general, ele entrou pela porta grande arrastando suas grandes patas de dolorido ancião por entre uma fila dupla de soldados insurretos que lhe renderam honras de general chefe supremo, apareceu na sala do comando rebelde, sem escolta, sem uma arma, mas gritando com uma explosão de poder que joguem-se de bruços no chão que aqui está o que tudo pode, no chão, filhos da mãe, dezenove oficiais de estado-maior atiraram-se ao chão, de bruços, e eles os passearam comendo terra pelos povoados do litoral para que vejam quanto vale um militar sem farda, filhos da puta, ouviu por cima dos outros gritos do quartel alvoroçado suas próprias ordens inapeláveis de que fuzilem pelas costas os responsáveis pela rebelião, exibiram os cadáveres pendurados pelos tornozelos debaixo de sol ou chuva para que ninguém ficasse sem saber como acabam aqueles que cospem em Deus, condenados, mas esta merda não se acaba com essas purgas sangrentas porque ao menor descuido voltava a enfrentar-se com a ameaça daquele parasita tentacular que pensava haver arrancado pela raiz e que voltava a proliferar nos galemos do seu poder à sombra dos privilégios forçosos e das migalhas de autoridade e o crédito de confiança que devia ter nos oficiais de mais valor embora contra a vontade porque lhe era impossível manter-se sem eles mas também com eles, condenado para sempre a viver respirando o mesmo ar que o asfixiava, porra, não era justo, como também não era possível viver com o sobressalto perpétuo da honradez do meu compadre o general Rodrigo Aguilar que havia entrado no meu gabinete com uma cara de morto ansioso por saber o que houve com aquelas duas mil crianças do meu grande prêmio que todo mundo diz que nós afogamos no mar, e ele disse sem se alterar que não acreditasse em mentiras de apátridas, compadre, as crianças estão crescendo na paz de Deus, disse-lhe, todas as noites eu as ouço cantar por aí, disse, apontando com um amplo círculo da mão um lugar indefinido do universo, e ao próprio embaixador Evans deixou envolto em uma aura de incerteza quando lhe respondeu impassível que não sei de que crianças está me falando se o próprio delegado de seu país à Sociedade das Nações dera fé pública de que as crianças estavam sãs e salvas nas escolas, que porra, e se acabou esta merda, mas apesar disso não pôde impedir que o despertassem à meia-noite com a notícia meu general de que se haviam rebelado as duas maiores guarnições do país e mais o quartel do Conde a duas quadras do palácio, uma insurreição das mais temíveis encabeçada pelo general Bonivento Barboza que se havia entrincheirado com mil e quinhentos homens de tropa muito bem armados e bem municiados com armamento comprado de contrabando através de cônsules partidários dos políticos de oposição, de modo que as coisas não estão para ficar chupando o dedo meu general, agora sim nos fodemos. Em outros tempos, aquela subversão vulcânica teria sido um estímulo à sua paixão pelo risco, mas ele sabia melhor que ninguém qual era o peso verdadeiro de sua idade, que mal lhe sobrava ânimo para resistir aos estragos do seu mundo secreto, que nas noites de inverno não conseguia dormir sem antes aplacar na palma da mão com um arrulho de ternura de durma meu céu à criança de gemidos de dor do testículo herniado, que se esvaziam seus ânimos sentado à latrina espremendo gota a gota como através de um filtro entorpecido pelo limo de tantas noites de urinar solitário, que se revolviam as lembranças, que não conseguia, com segurança, saber quem era quem, nem da parte de quem, à mercê de um destino inelutável naquela casa de aflições que faz tempo teria trocado por outra, longe daqui, em qualquer morredouro de índios onde ninguém soubesse que havia sido presidente único da pátria durante tantos e tão longos anos que nem ele mesmo contara, e entretanto, quando o general Rodrigo de Aguilar ofereceu-se como mediador para negociar um compromisso decoroso com a subversão não se encontrou com o tolo ancião que ficava dormindo nas audiências mas com o antigo caráter de bisão que sem pensar um só instante respondeu que nem de brincadeira, que não ia, embora não fosse questão de ir ou de não ir senão que tudo está contra nós meu general até a igreja, mas ele disse que não, a igreja está com quem manda, disse, os generais do alto-comando reunidos há 48 horas não haviam conseguido chegar a um acordo, não interessa disse ele, você logo vai ver como se decidem quando souberem quem lhes paga mais, os líderes da oposição civil tinham dado afinal as caras e conspiravam em plena rua, melhor, disse ele, pendure um em cada poste da Praça de Armas para que saibam quem é o que tudo pode, não é possível meu general, o povo está com eles, mentira, disse ele, o povo está comigo, de modo que daqui não me tiram senão morto, decidiu, esmurrando a mesa com sua rude mão de donzela como só o fazia nas decisões finais, e dormiu até a hora da ordenha quando encontrou o salão de audiências transformado em um muladar, pois os insurretos do quartel do Conde haviam catapultado pedras que não deixaram um vidro inteiro na ala oriental e bolas de fogo que entravam pelas janelas violadas e mantiveram o pessoal da casa em situação de pânico a noite inteira, se o senhor tivesse visto meu general, não fechamos um olho correndo de um lado para outro com cobertores e galões de água para sufocar as poças de fogo que se prendiam nos lugares mais incríveis, mas ele mal prestava atenção, já lhes disse que não se importem, dizia, arrastando suas patas de tumba pelos corredores de cinzas e farrapos de tapetes e gobelinos chamuscados, mas vão continuar, diziam-lhe, tinham mandado dizer que as bolas de fogo eram apenas uma advertência, que depois virão as explosões meu general, mas ele atravessou o jardim sem se importar com ninguém aspirou nas últimas sombras o rumor das rosas acabadas de nascer, a desordem dos gaios no vento do mar, que fazemos general, já lhes disse que não se importem, porra, e foi como todos os dias a essa hora cuidar da ordenha, de modo que os insurretos do quartel do Conde viram aparecer como todos os dias a essa hora a carreta de mulas com os seis tonéis de leite do estábulo presidencial, e estava na boleia o mesmo carreteiro de toda a vida com a mensagem falada de que aqui está o leite que meu general lhes manda embora continuem cuspindo na mão que lhes dá de comer, gritou isto com tanta inocência que o general Bonivento Barboza ordenou que se recebesse o leite sob a condição de que antes o carreteiro o provasse para estar certo de que não estava envenenado, e então se abriram os portões de ferro e os mil e quinhentos rebeldes que se aproximaram das sacadas interiores viram a carreta entrar até o centro do pátio empedrado, viram a ordenança que subiu à boleia com um jarro e uma concha para dar ao carreteiro a prova do leite, eles o viram destapar o primeiro tonel, eles o viram flutuando no remanso efêmero de uma descarga deslumbrante, e não viram mais nada pelos séculos dos séculos no calor vulcânico do lúgubre edifício de argamassa amarela em que não houve jamais uma flor, cujos escombros ficaram suspensos um instante no ar com a explosão tremenda dos seis tonéis de dinamite. Está pronto, suspirou ele no palácio, estremecido pelo suspiro sísmico que destroçou quatro outras casas à volta do quartel e estilhaçou os cristais de núpcias dos armários até nas cercanias da cidade, está pronto, suspirou, quando os furgões do lixo tiraram dos pátios da fortaleza do porto os cadáveres de dezoito oficiais que foram fuzilados a dois de fundo[23] para economizar munição, está pronto, suspirou quando o comandante Rodrigo de Aguilar perfilou-se diante dele com a notícia meu general de que não havia outra vez nos cárceres um espaço a mais para presos políticos, está pronto, suspirou, quando começaram os sinos de júbilo, os foguetes de festa, as músicas de glória que anunciaram o advento de outros cem anos de paz, está pronto, porra, acabou-se esta merda, disse, e ficou tão convencido, tão descuidado de si mesmo, tão negligente com sua segurança pessoal que uma manhã quando atravessava o pátio de volta da ordenha lhe falhou o instinto para ver a tempo o falso leproso de aparição que se levantou do meio dos rosais para cortar-lhe a

---

23. *Dois de fundo*, marchar a um de fundo, marchar um após outro, em cordão.

passagem na lenta chuvinha de outubro e só muito tarde viu o brilho instantâneo do revólver azulado, o trêmulo indicador que começou a apertar o gatilho quando ele gritou com os braços abertos oferecendo-lhe o peito, atreva-se corno, atreva-se, deslumbrado com a surpresa de que sua hora havia chegado contra as premonições mais lúcidas dos alguidares, atire se é que tem colhões, gritou, no instante imperceptível de vacilação em que se acendeu uma lívida estrela no céu dos olhos do agressor, emurcheceram os seus lábios, vacilou sua vontade, e então descarregou nele os dois punhos de maça nos ouvidos, derrubou-o inteiro, desacordou-o no chão com uma patada de mão de pilão na mandíbula, ouviu do outro mundo o alvoroço da guarda que acudiu a seus gritos, passou por entre a deflagração azul do estrondo contínuo das cinco explosões do falso leproso retorcido em um charco de sangue que havia disparado em sua barriga as cinco balas do revólver para que não o agarrassem vivo os temíveis interrogadores da guarda presidencial, ouviu acima dos outros gritos da casa alvoroçada suas próprias ordens inapeláveis de que esquartejassem o cadáver para escarmento, retalharam-no, exibiram a cabeça macerada com sal de pedra na Praça de Armas, a perna direita nos confins orientais de Santa Maria do Altar, a esquerda no ocidente sem limites dos desertos de salitre, um braço nos páramos, o outro na selva, os pedaços do tronco fritos em banha de porco e expostos ao sol e à chuva até que ficaram no osso limpo para todo o extenso e todo o infeliz e difícil deste bordel de negros para que ninguém ficasse sem saber como acabam os que levantam a mão contra seu pai, e ainda verde de raiva retirou-se por entre os rosais que a guarda presidencial expurgava de leprosos a ponta da baioneta para ver se afinal mostravam a cara, bandidos, subiu ao andar principal afastando a pontapés os paralíticos para ver se afinal aprendem quem foi o que fez suas mães parir, filhos da puta, atravessou os corredores gritando afastem-se, porra, que aqui vem o que manda por entre o pânico dos funcionários públicos e os aduladores impávidos que o proclamavam o eterno, deixou por toda a casa o rastro do regueiro de pedras do seu ressolho de forno, desapareceu no salão de audiências como um fugitivo relâmpago em direção aos aposentos privados, entrou no quarto, puxou as três aldravas, as três trancas, os três ferrolhos, e tirou com a ponta dos dedos a calça que vestia ensopada de merda. Não conheceu um instante de descanso farejando à sua volta para encontrar o inimigo oculto que havia armado o falso leproso, pois sentia que era alguém ao alcance de sua mão, alguém tão próximo de sua vida que conhecia os esconderijos do seu mel de abelhas, que tinha olhos nas fechaduras e ouvidos nas paredes a toda hora e em toda parte como meus retratos, uma presença volúvel que silvava nos alísios de janeiro e o reconhecia do rescaldo dos jasmins nas noites de calor, que o perseguiu durante meses e meses no espanto das insônias arrastando suas pavorosas patas de fantasma pelos quartos melhor guardados da casa em trevas, até uma noite de dominó em que viu o presságio materializado em uma mão pensativa que encerrou o jogo com o doble-cinco, e foi como se uma voz interior lhe tivesse revelado que aquela mão era a mão da traição, porra, é este, disse a si mesmo perplexo, e então levantou a vista através do jorro de luz do lampião pendurado sobre o centro da mesa e encontrou-se com os formosos olhos de artilheiro do meu compadre da minha alma o general Rodrigo de Aguilar, que merda, seu braço forte, seu cúmplice sagrado, não é possível, pensava, tanto mais magoado quanto mais a fundo decifrava a urdidura das falsas verdades com que o haviam distraído durante tantos anos para ocultar a verdade brutal de que meu compadre de toda a vida estava a serviço dos políticos de ocasião que ele havia tirado por conveniência dos becos mais escuros da guerra federal e os havia enriquecido e sobrecarregado de privilégios fabulosos, deixara-se usar por eles, havia tolerado que se servissem dele para se engrandecerem até onde não o sonhou a antiga aristocracia varrida pela lufada irresistível do capricho liberal, e ainda queriam mais, porra, queriam o lugar de eleito de Deus que ele se havia reservado, queriam ser eu, filhos da mãe, com o caminho iluminado pela lucidez glacial e a prudência infinita do homem que mais confiança e maior autoridade havia logrado acumular sob seu regime valendo-se da privança de ser a única pessoa de quem ele aceitava papéis para assinar, fazia-o ler em voz alta as ordens executivas e as leis ministeriais que só eu podia expedir, indicava-lhe as emendas, firmava com a impressão do polegar e punha embaixo o selo do anel que então aguardava numa caixa-forte cuja combinação apenas ele conhecia, à sua saúde, compadre, dizia sempre ao entregar-lhe os papéis assinados, aí está para que se lave, dizia-lhe rindo, e foi assim que o general Rodrigo de Aguilar conseguiu estabelecer outro sistema de poder dentro do poder tão dilatado e frutífero quanto o meu, e não contente com isso havia promovido à sombra a insurreição do quartel do Conde com a cumplicidade e a assistência sem reservas do embaixador Norton, seu cupincha de putas holandesas, seu professor de esgrima, que havia passado a munição de contrabando nos barris de bacalhau da Noruega pela franquia diplomática enquanto me engambelavam na mesa de dominó com as velas de incenso de que não há governo mais amigo, nem mais justo e exemplar que o meu, e foram também eles que puseram o revólver na mão do falso leproso junto com estes cinquenta mil pesos em notas cortadas pela metade que encontramos enterradas na casa do agressor, e cujas outras metades lhe seriam entregues depois do crime pelo meu próprio compadre de toda a vida, mãe, veja só que desgraça tão grande, e apesar disso não se conformavam com o fracasso senão que haviam terminado de conceber o golpe perfeito sem derramar uma gota de sangue, nem mesmo do seu general, pois o general Rodrigo de Aguilar havia acumulado testemunhos do mais alto crédito de que eu passava as noites sem dormir conversando com os vasos de flores e os quadros dos próceres e os arcebispos da casa em trevas, que punha o termômetro nas vacas e que lhes dava fenacetina para baixar sua febre, que havia feito construir uma tumba de honra para um almirante do mar-oceano que não existia senão na minha imaginação febril quando eu mesmo vi com estes meus olhos misericordiosos as três caravelas fundeadas diante da minha janela, que havia esfrangalhado os fundos públicos no vício irreprimível de comprar aparatos de engenho e até havia pretendido que os astrônomos perturbassem o sistema solar para comprazer a uma rainha de beleza que só havia existido nas visões do seu delírio, e que em um ataque de loucura senil havia ordenado pôr duas mil crianças em uma barcaça carregada de cimento que foi dinamitada no mar, mãe, imagine a senhora, que filhos da puta, e foi com base naqueles testemunhos solenes que o general Rodrigo de Aguilar e o estado-maior da guarda presidencial como um todo haviam decidido interná-lo no asilo de anciãos ilustres dos penhascos à meia-noite de primeiro de março próximo durante a ceia anual do Santo Anjo Custódio, padroeiro dos guarda-costas, ou seja, dentro de três dias meu general, imagine só, mas apesar da iminência e do vulto da conspiração ele não fez qualquer gesto que pudesse suscitar a suspeita de que a havia descoberto, senão que na hora revista recebeu como todos os anos os convidados de sua guarda pessoal e os fez sentar à mesa do banquete para tomar aperitivos enquanto esperavam pelo general Rodrigo de Aguilar para fazer o brinde de honra, discutiu com eles, riu com eles, um depois do outro, dissimuladamente, os oficiais olhavam seus relógios, punham-nos ao ouvido, davam-lhes corda, eram doze menos cinco mas o general Rodrigo de Aguilar não chegava, fazia um calor de caldeira de navio perfumado de flores, cheirava a gladíolos e a tulipas, cheirava forte a rosas na sala fechada, alguém abriu uma janela, respiramos, olhamos os relógios, sentimos uma rajada tênue do mar com um cheiro de guisado novo de prato nupcial, todos suavam menos ele, todos padecemos o bochorno do momento sob a luz intacta do animal vetusto que piscava com os olhos abertos em um espaço próprio reservado em outra idade do mundo, saúde, disse, a mão inapelável de lânguido lírio voltou a levantar a taça com que havia brindado toda a noite sem beber, ouviram os ruídos viscerais das máquinas dos relógios no silêncio de um abismo final, eram doze, mas o general Rodrigo de Aguilar não chegava, alguém tentou levantar-se, por favor, disse, ele o petrificou com o olhar mortal de que ninguém se mexa, ninguém respire, ninguém viva sem minha licença até que terminaram de soar as doze, e então abriram-se as cortinas e o egrégio general de divisão Rodrigo de Aguilar entrou em uma bandeja de prata posto de todo o comprimento sobre uma guarnição de couves-flores e louros, macerado em temperos, dourado ao forno, enfeitado com a farda de cinco amêndoas de ouro das ocasiões solenes e as passadeiras do valor inexcedível na manga do antebraço, catorze libras de medalhas no peito e um raminho de salsa na boca, pronto para ser servido em banquete de camaradas pelos retalhadores oficiais ante a petrificação de horror dos convidados que presenciamos sem respirar a extraordinária cerimônia do esquartejamento, e da divisão, e quando houve em cada prato uma ração igual de ministro da defesa com recheio de amêndoas e cheiro-verde, ele deu a ordem de começar, bom proveito senhores.

Havia se livrado de tantos escolhos de desordens telúricas, de tantos eclipses aziagos, tantas bolas de fogo no céu, que parecia impossível que alguém do nosso tempo confiasse ainda em prognósticos de baralhos referentes a seu destino. Apesar disso, enquanto se aceleravam os trâmites para vestir e embalsamar o corpo, até os menos cândidos esperávamos sem confessar o cumprimento de antigas predições, como a de que no dia de sua morte o lodo dos pantanais havia de voltar por seus afluentes até as cabeceiras, que havia de chover sangue, que as galinhas poriam ovos pentagonais, e que o silêncio e as trevas voltariam a reinar no universo porque aquele havia de ser o término da criação. Era impossível não acreditar nisso, se os poucos jornais que ainda se publicavam continuavam consagrados a proclamar sua eternidade e a falsificar seu esplendor com material de arquivo, mostravam-no a nós diariamente no tempo estático do primeiro plano com a farda apertada de cinco sóis tristes dos seus tempos de glória, com mais autoridade e diligência e melhor saúde que nunca embora fizesse muitos anos que havíamos perdido a conta de seus anos, voltava a inaugurar nos retratos de sempre os monumentos conhecidos ou as instalações de serviço público que ninguém conhecia na vida real, presidia atos solenes que se informava serem de ontem mas que na realidade se haviam celebrado no século anterior, embora soubéssemos que não era verdade, que ninguém o havia visto em público desde a morte atroz de Letícia Nazareno quando ficou só naquela casa de ninguém enquanto os assuntos do governo cotidiano continuavam andando sós e só por causa da inércia do seu poder imenso de tantos anos, encerrou-se até a morte no palácio desmantelado onde das janelas mais altas contemplávamos com o coração oprimido o mesmo anoitecer lúgubre que ele deve ter visto tantas vezes do seu trono de ilusões, víamos a luz intermitente do farol que inundava com suas águas verdes e lânguidas os salões em ruínas, víamos os lampiões de pobres dentro da abóbada do que foram antes os arrecifes de vidros solares dos ministérios que haviam sido invadidos por hordas de pobres quando as barracas coloridas das colinas do porto foram desbaratadas por outro dos nossos tantos ciclones, víamos abaixo a cidade dispersa e fumegante, o horizonte instantâneo de relâmpagos pálidos da cratera de cinza do mar vendido, a primeira noite sem ele, seu vasto império lacustre de anêmonas de paludismo, seus povoados de calor nos deltas dos afluentes de lodo, as ávidas cercas de arame farpado de suas províncias privadas onde proliferava desmesuradamente uma nova espécie de vacas magníficas que nasciam com a marca hereditária do ferro presidencial. Não apenas havíamos acabado de acreditar que de fato ele fora concebido para sobreviver ao terceiro cometa, mas essa convicção nos infundira uma segurança e um sossego que pensávamos disfarçar com todo tipo de piadas sobre a velhice, atribuíamos a ele as virtudes senis das tartarugas e os hábitos dos elefantes, contávamos nas cantinas que alguém havia anunciado ao conselho de governo que ele tinha morrido e que todos os ministros se olharam assustados e se perguntaram assustados e agora quem vai dizer isto a ele, ah!, ah!, ah!, quando a verdade era que a ele não teria importado saber nem teria estado muito seguro ele mesmo se aquela piada de rua era verdadeira ou falsa, pois então ninguém sabia senão ele que só lhe restavam nas torneiras da memória umas quantas migalhas soltas dos vestígios do passado, estava só no mundo, surdo como um espelho, arrastando suas densas patas decrépitas por sombrios gabinetes onde alguém de levita e colarinho engomado lhe havia feito um sinal enigmático com um lenço branco, adeus, disse ele, o equívoco se converteu em lei, os funcionários do palácio tinham que ficar em pé com um lenço branco, adeus meu general, adeus, mas ele não ouvia, não ouvia nada desde os lutos crepusculares de Letícia Nazareno quando pensava que a voz dos pássaros de suas gaiolas estava se gastando de tanto cantar e lhes dava de comer do seu próprio mel de abelhas para que cantassem mais alto, pingava-lhes gotas de cantorina no bico com um conta-gotas, cantava-lhes canções de outros tempos, fúlgida lua do mês de janeiro, cantava pois não percebia que não eram os pássaros que estavam perdendo a força da voz mas que era ele que ouvia cada vez menos, e uma noite o zumbido dos tímpanos rompeu-se em pedaços, acabou-se, transformou-se em um ar de argamassa por onde passavam apenas os lamentos de adeuses dos navios ilusórios das trevas do poder, passavam ventos, imaginários, barulhadas de pássaros interiores que acabaram por consolá-lo do abismo do silêncio dos pássaros da realidade. As poucas pessoas que então tinham acesso à casa civil viam-no na cadeira de balanço de vime suportando o bochorno das duas da tarde sob o caramanchão de amores-perfeitos, desabotoara a túnica, tirara o sabre com o cinturão das cores da pátria, tirava as botas mas deixava vestidas as meias de púrpura das doze dúzias que lhe mandou o Sumo Pontífice de seus privados, as meninas de um colégio vizinho que trepavam pelas taipas traseiras onde a guarda era menos rígida haviam-no surpreendido muitas vezes naquele torpor insone, pálido, com folhas medicinais grudadas nas fontes, mosqueado pelos charcos de luz do caramanchão em um êxtase de arraia-manta descansando no fundo de um lago, velho guanábano, gritavam-lhe ele as via distorcidas pela bruma da reverberação do calor, sorria-lhes, cumprimentava-as com a mão sem a luva de cetim, mas não as ouvia, sentia o bafo de lodo de camarões da brisa do mar, sentia a bicada das galinhas nos dedos dos pés, mas não sentia a tempestade luminosa das cigarras, não ouvia as meninas, não ouvia nada. Seus únicos contatos com a realidade deste mundo eram então umas quantas migalhas soltas de suas maiores lembranças, só elas o mantiveram vivo depois que se despojou dos assuntos do governo e ficou nadando no estado de inocência do limbo do poder, só com elas enfrentava o sopro devastador de seus anos excessivos quando deambulava ao anoitecer pela casa deserta, escondia-se nos gabinetes apagados, arrancava as margens dos processos e neles escrevia com sua letra floreada os resíduos restantes das últimas lembranças que o preservavam da morte, uma noite havia escrito que eu me chamo Zacarias, voltara a lê-lo sob o resplendor fugitivo do farol, lera-o outra vez muitas vezes e o nome tantas vezes repetido acabou por lhe parecer remoto e estranho, que porra, se disse, fazendo em tiras a tira de papel, eu sou eu, se disse, e escreveu em outra tira que havia completado cem anos pelos tempos em que o cometa voltou a passar embora então não estivesse certo de quantas vezes o tinha visto passar, e escreveu de memória em outra tira maior honra ao ferido e honra aos fiéis soldados que morte encontraram por mão estrangeira, pois houve épocas em que escrevia tudo o que pensava, tudo o que sabia, escreveu em um cartão e o prendeu com alfinetes na porta de um banheiro que estava proibido fazer porcarias nas latrinas porque havia aberto aquela porta por engano e havia surpreendido a um oficial de alta patente masturbando-se de cócoras sobre a latrina, escrevia as poucas coisas de que se recordava para ter a certeza de não esquecê-las nunca, Letícia Nazareno, escrevia, minha única e legítima esposa que o havia ensinado a ler e escrever na plenitude da velhice, fazia esforços para evocar sua imagem pública, queria voltar a vê-la com a sombrinha de tafetá com as cores da bandeira e sua pele de rabo de raposa prateada de primeira dama, mas só conseguia recordá-la nua, às duas da tarde sob a luz esfarinhada do mosquiteiro, lembrava-se do lento repouso do seu corpo manso e lívido no zumbido do ventilador elétrico, sentia suas tetas vivas, seu cheiro de cadela, o humor corrosivo de suas mãos ferozes de noviça que talhavam o leite e oxidavam o ouro e murchavam as flores, mas eram boas mãos para o amor, porque só ela havia conseguido o triunfo inconcebível do tire as botas que você suja meus lençóis de bramante, e ele as tirava, do tire os arneses que você me machuca o coração com as fivelas, e ele os tirava, do tire o sabre, abra a braguilha, tire as polainas, do tire tudo minha vida senão não o sinto, e ele tirava tudo para você como não o havia feito antes nem havia de fazê-lo nunca com nenhuma mulher depois de Letícia Nazareno, meu único e legítimo amor, suspirava, escrevia os suspiros nas tiras amarelecidas dos processos que enrolava como cigarros para esconder nos resquícios mais improváveis da casa onde só ele pudesse encontrar para lembrar-se de quem era ele mesmo quando já não pudesse lembrar-se de nada, onde ninguém os encontrou jamais quando inclusive a imagem de Letícia Nazareno terminou de deslizar pelos desaguadouros da memória e só restou a lembrança indestrutível de sua mãe Bendición Alvarado nas tardes de adeuses da mansão suburbana, a mãe moribunda que chamava as galinhas fazendo soar os grãos de milho em uma peneira para que ele não percebesse que estava morrendo, que lhe continuava levando os sucos de fruta à rede pendurada nos tamarindos para que ele não suspeitasse que mal podia respirar de dor, sua mãe que o havia concebido sozinha, que o havia parido sozinha, que esteve apodrecendo sozinha até que o sofrimento solitário se fez tão intenso que foi mais forte que o orgulho e teve que pedir ao filho que olhe minhas costas para ver por que sinto este fulgor de brasas que não me deixa viver, e despiu a camisola, virou-se, e ele contemplou com um horror mudo as costas maceradas pelas úlceras fumegantes em cuja pestilência de polpa de goiaba rebentavam as borbulhas minúsculas das primeiras larvas dos vermes. Maus tempos aqueles meu general, não havia segredos de estado que não fossem de domínio público, não havia ordem que se cumprisse com toda a segurança desde que o cadáver saboroso do general Rodrigo de Aguilar foi servido em mesa de rigor, mas ele não se importava, não lhe importaram as dificuldades do poder durante os amargos meses em que sua mãe apodreceu em fogo lento em um quarto contíguo ao seu depois que os médicos mais entendidos em flagelos asiáticos diagnosticaram que sua enfermidade não era a peste, nem a sarna, nem o eczema, nem nenhuma outra praga do Oriente mas algum malefício de índios que só podia ser curado por quem o houvesse infundido, e ele compreendeu que era a morte e encerrou-se para tratar de sua mãe com uma abnegação de mãe, ficou a apodrecer com ela para que ninguém a visse cozinhando no seu caldo de larvas, ordenou que levassem suas galinhas à casa civil, levaram-lhe os pavões-reais, os pássaros pintados que andavam livremente por salões e gabinetes para que sua mãe não fosse sentir falta da lida campestre da mansão suburbana, ele próprio queimava os troncos de urucuzeiro no quarto para que ninguém percebesse o bafo de morte da mãe moribunda, ele próprio consolava com manteigas germicidas o corpo vermelho do mercurocromo, amarelo do ácido pícrico, azul de metileno, ele mesmo lambuzava de bálsamos turcos as úlceras fumegantes contra o critério do ministro da saúde que tinha horror aos malefícios, que porra, mãe, melhor se nós morrermos juntos, dizia, mas Bendición Alvarado tinha consciência de que era a única que estava morrendo e tratava de revelar ao filho os segredos de família que não queria levar para o túmulo, contava-lhe como jogaram sua placenta aos porcos, senhor, como foi que nunca pode estabelecer qual entre tantos fugitivos de edital havia sido seu pai, tratava de dizer-lhe para a história que o havia engendrado de pé e sem tirar o chapéu por causa do tormento das moscas-varejeiras dos odres de melaço fermentado de um fundo de cantina, havia-o abortado em um amanhecer de agosto no saguão de um monastério, havia-o reconhecido à luz das harpas melancólicas dos gerânios porque tinha o testículo direito do tamanho de um figo e se esvaziava como um fole e exalava um suspiro de gaita com a respiração, desenrolava-o dos trapos que as noviças lhe deram e mostrava nas praças de feira para ver se por acaso encontrava alguém que conhecesse algum remédio melhor e depois mais barato que o mel de abelha que era a única coisa que lhe recomendavam para seu aleijume, engambelavam-na com fórmulas de alívio, que não se deve antecipar-se ao destino, diziam-lhe, que no final das contas o menino era bom para tudo menos para tocar instrumentos de sopro, diziam-lhe, e apenas uma adivinha de circo se deu conta de que o recém-nascido não tinha linhas na palma da mão e isso queria dizer que havia nascido para rei, e assim era, mas ele não lhe dava atenção, suplicava-lhe que dormisse sem remexer o passado porque para ele ficava mais cômodo acreditar que aqueles tropeços da história pátria eram delírios da febre, durma, mãe, suplicava-lhe, cobria-a dos pés à cabeça com um lençol de linho dos muitos que fizera fabricar a propósito para não machucar suas chagas, colocava-a para dormir de lado com a mão no coração, consolava-a que não se lembre de pesadelos tristes, mãe, de todos os modos eu sou eu, durma tranquila. Haviam sido inúteis as muitas e árduas diligências oficiais para aplacar o rumor público de que a matriarca da pátria estava apodrecendo em vida, divulgavam boletins médicos inventados, mas os próprios estafetas dos bandos confirmavam que era verdade o que eles mesmos desmentiam que os vapores da corrupção eram tão intensos no quarto da moribunda que até haviam espantado os leprosos, que degolavam carneiros para banhá-la no sangue vivo, que tiravam lençóis ensopados de uma matéria de tornassol que fluía de suas chagas e por muito que os lavassem não conseguiam devolver-lhe o esplendor original, que ninguém havia voltado a vê-lo nos estábulos de ordenha nem nos quartos das concubinas onde sempre o haviam visto ao amanhecer mesmo nos piores tempos, o próprio arcebispo-primaz se oferecera para administrar os últimos sacramentos à moribunda mas ele o havia deixado plantado na porta, ninguém está morrendo, padre, não acredite em rumores, disse-lhe, compartilhava da comida com a mãe no mesmo prato com a mesma colher apesar do ar de dispensário de peste que se respirava no quarto, lavava-a antes de deitá-la com o sabonete do cachorro agradecido enquanto o coração sofria de pena pelas instruções que ela distribuía com seus últimos fiapos de voz sobre o cuidado com os animais depois de sua morte, que não desplumassem os pavões-reais para fazer chapéus, sim mãe, dizia ele, e lhe passava uma mão de creolina por todo o corpo, que não obriguem os pássaros a cantar nas festas, sim mãe, e a cobria com o lençol, que tirem as galinhas dos ninhos quando estiver trovejando para que não choquem basiliscos, sim mãe, e a deitava com a mão no coração, sim mãe, durma tranquila, beijava-a na testa, dormia as poucas horas que lhe restavam atirado de bruços junto à cama, dependente das derivas do seu sonho, dependente dos delírios intermináveis que se iam fazendo mais lúcidos à medida que se aproximavam da morte, aprendendo com suas raivas acumuladas de cada noite a suportar a raiva imensa da segunda-feira de dor em que o despertou o silêncio terrível do mundo ao amanhecer e era que sua mãe de minha vida Bendición Alvarado havia acabado de respirar, e então desembrulhou o corpo nauseabundo e viu no resplendor tênue dos primeiros gaios que havia outro corpo idêntico com a mão no coração pintado de perfil no lençol, e viu que o corpo pintado não tinha gretas de peste nem estragos de velhice mas que era firme e terso como que pintado a óleo de ambos os lados do sudário e exalava uma fragrância natural de flores novas que purificou o ambiente de hospital do quarto e por muito que os esfregassem com sapólio e o fervessem em lixívia não conseguiram apagá-lo do lençol porque estava integrado pelo direito e pelo avesso à própria matéria do linho, e era linho eterno, mas ele não havia tido serenidade para medir o tamanho daquele prodígio senão que abandonou o quarto batendo a porta de raiva que soou como um disparo no ambiente da casa, e então começaram os sinos de luto na catedral e depois os de todas as igrejas e depois os de toda a nação que dobraram sem pausas durante cem dias, e os que acordaram pelos sinos compreenderam sem ilusões que ele era outra vez o dono de todo o seu poder e que o enigma do seu coração oprimido pela raiva da morte levantava-se com mais força que nunca contra as veleidades da razão e da dignidade e da indulgência, porque sua mãe da minha vida Bendición Alvarado havia morrido naquela madrugada da segunda-feira vinte e três de fevereiro e um novo século de confusão e de escândalo começava no mundo. Nenhum de nós era bastante velho para dar testemunho daquela morte, mas o estrondo dos funerais havia chegado até nosso tempo e tínhamos notícias verídicas de que ele não voltou a ser o mesmo de antes pelo resto de sua vida, ninguém teve o direito de perturbar suas insônias de órfão durante muito mais que os cem dias do luto oficial, não se voltou a vê-lo na casa enlutada cujo ambiente havia transbordado pelas ressonâncias imensas dos sinos fúnebres, não se davam mais horas senão as do seu luto, falava-se com suspiros, a guarda doméstica andava descalça como nos anos primeiros do seu regime e só as galinhas puderam fazer o que quiseram na casa proibida cujo monarca se tornara invisível, acabava-se de raiva na cadeira de balanço de vime enquanto sua mãe de minha alma Bendición Alvarado andava por esses campos pelados de calor e miséria dentro de um ataúde cheio de serragem e gelo picado para que não apodrecesse mais do que esteve em vida, pois haviam levado o corpo em procissão solene até os confins menos explorados do seu reino para que ninguém ficasse sem o privilégio de honrar sua memória, levaram-no com hinos de ventos de crepes escuros até as estações dos páramos onde o receberam com as mesmas músicas lúgubres as mesmas multidões taciturnas que em outros tempos de glória tinham vindo conhecer o poder oculto na penumbra do vagão presidencial, exibiram o corpo no mosteiro de caridade onde uma passarinheira nômade no princípio dos tempos havia abortado a um filho de ninguém que chegou a ser rei, abriram os portões do santuário pela primeira vez em um século, soldados a cavalo arrebanhavam índios nos povoados, baixavam-nos amarrados, metiam-nos a coronhaços na vasta nave afligida pelos sóis gelados dos vitrais onde nove bispos de pontificial cantavam ofícios de cinzas, dorme em paz em tua glória, cantavam os diáconos, os acólitos, descansa em tuas cinzas, cantavam, fora chovia nos gerânios, as noviças repartiram garapa com pães de defuntos, venderam costeletas de porco, camândulas, frascos de água benta sob as arcadas de pedra dos pátios, havia música nas cantinas das esquinas, havia pólvora, dançava-se nos saguões, era domingo, agora e sempre, eram anos de festa nas veredas de fugitivos e nos desfiladeiros de névoa por onde sua mãe da minha morte Bendición Alvarado havia passado em vida perseguindo o filho alvoroçado com o capricho da federação, pois ela o havia cuidado na guerra, havia impedido que lhe passassem por cima as mulas da tropa quando desabava no chão enrolado em um cobertor, sem sentidos, dizendo disparates por causa da febre das terças, ela havia tratado de lhe inculcar seu medo ancestral pelos perigos que espreitam a gente dos páramos nas cidades do mar tenebroso, tinha medo dos vice-reis, das estátuas, dos caranguejos que bebiam as lágrimas do recém-nascido, havia tremido de pavor ante a majestade da casa do poder que conheceu através da chuva na noite do ataque sem haver imaginado então que era a casa onde havia de morrer, a casa de solidão onde ele estava, onde se perguntava com o calor da raiva atirado de bruços no chão onde porra você se meteu, mãe, em que mangue se terá enredado seu corpo, quem espanta as mariposas do seu rosto, suspirava, prostrado de dor, enquanto sua mãe Bendición Alvarado navegava sob um pálio de folhas de bananeira entre os vapores nauseabundos dos lamaçais para ser exibida nas escolas públicas dos caminhos, nos quartéis dos desertos de salitre, nos currais de índios, mostravam-na nas casas principais junto com um retrato de quando era jovem, era lânguida, era formosa, pusera um diadema na testa, pusera uma gola de rendas contra sua vontade, deixara pôr talco no rosto e batom nos lábios por essa única vez, puseram na sua mão uma tulipa de seda para que a segurasse assim, assim não, senhora, assim, descuidada no regaço, quando o fotógrafo veneziano dos monarcas europeus tirou o seu retrato de primeira dama que mostravam junto com o cadáver como uma prova final contra qualquer suspeita de substituição, e eram idênticos, pois não se havia deixado nada ao acaso, o corpo ia sendo reconstruído em secretas diligências à medida que se desfazia a maquilagem e o véu de noiva virgem que nunca teve em vida, para que ninguém neste bordel de idólatras se atrevesse a repetir nunca que você é diferente do seu retrato, mãe, para que ninguém esqueça quem é o que manda pelos séculos dos séculos até nos casarios mais indigentes das dunas da selva onde ao cabo de tantos anos de olvido viram voltar à meia-noite o vetusto navio fluvial de roda de madeira com todas as luzes acesas e o receberam com tambores pascoais pensando que haviam voltado os tempos de glória, que viva o macho, gritavam, bendito o que vem em nome da verdade, gritavam, atiravam-se à água com os tatus cevados, com um melão do tamanho de um boi, encarapitavam-se nos corrimões de juntas de madeira para brindar tributos de submissão ao poder invisível cujos dados decidiam o azar da pátria e ficavam sem respiração ante o catafalco de gelo picado e sal de pedra repetido nas luas atônitas dos espelhos da sala de jantar presidencial, exposto ao juízo público sob os ventiladores de pás do arcaico navio do prazer que andou meses e meses por entre as ilhas efêmeras dos afluentes equatoriais até que se extraviou em uma idade de pesadelo em que as gardênias tinham o uso da razão e os iguanas voavam nas trevas, acabou-se o mundo, a roda de madeira encalhou nos areais de ouro, quebrou-se, afundou-se o gelo, corrompeu-se o sal, o corpo tumefacto ficou flutuando à deriva em uma sopa de serragem e apesar disso não apodreceu, mas bem ao contrário meu general, pois então a vimos abrir os olhos e vimos que suas pupilas eram diáfanas e tinham a cor do acônito em janeiro e sua mesma virtude de pedra lunar, e até os mais incrédulos havíamos visto empanar-se a coberta de vidro do catafalco com o vapor de sua respiração e havíamos visto que de seus poros manava um suor vivo e flagrante, e a vimos sorrir. O senhor não pode imaginar como foi aquilo meu general, aconteceu de tudo, vimos as mulas parindo, vimos crescer flores no salitre, vimos os surdos-mudos aturdidos pelo prodígio de seus próprios gritos de milagre, milagre, milagre, fizeram pó dos vidros do ataúde meu general e por pouco não retalharam o cadáver para repartir as relíquias, de modo que tivemos que contar com um batalhão de granadeiros contra o fervor das multidões frenéticas que estavam chegando em tumulto desde o viveiro de ilhas do Caribe cativadas pela notícia de que a alma de sua mãe Bendición Alvarado havia obtido de Deus a faculdade de contrariar as leis da natureza, vendiam pedaços da mortalha, vendiam escapulários, águas de suas costas, santinhos com seu retrato de rainha, mas era uma turbamulta tão descomunal e desorientada que mais parecia uma torrente de bois indômitos cujas pezunhas devastavam à sua passagem quanto encontrassem e faziam um estrondo de tremor de terra que até o senhor mesmo pode ouvir daqui se prestar atenção meu general, ouça-o, e ele pôs a mão em concha atrás da orelha que zumbia menos, escutou com atenção, e então ouviu, mãe minha Bendición Alvarado, ouviu o troar sem fim, viu a lameira em ebulição da vasta multidão dilatada até o horizonte do mar, viu a torrente de velas acesas que arrastavam outro dia ainda mais radiante dentro da claridade radiante do meio-dia, pois sua mãe da minha alma Bendición Alvarado regressava à cidade de seus antigos terrores como havia chegado na primeira vez com a batedeira da guerra, com o cheiro a carne crua da guerra, mas liberada para sempre dos riscos do mundo porque ele havia feito arrancar das cartilhas das escolas as páginas sobre os vice-reis para que não existissem na história, havia proibido as estátuas que perturbavam o sono, mãe, de modo que agora regressava sem seus medos congênitos nos ombros de uma multidão de paz, regressava sem ataúde, a céu aberto, em um ar vedado às mariposas, oprimida pelo peso do ouro dos ex-votos que lhe haviam posto na viagem interminável dos confins da selva através do seu vasto e convulsionado reino de pesadelo, escondida sob o montão de muletinhas de ouro que lhe colocavam os paralíticos restaurados, as estrelas de ouro dos náufragos, as crianças de ouro das estéreis incrédulas que tiveram que parir de urgência atrás das macegas, como na guerra, meu general, navegando à deriva no centro da torrente arrasadora da mudança bíblica de toda uma nação que não encontrava onde pôr seus trastes de cozinha, seus animais, os restos de uma vida sem mais esperanças de redenção que as mesmas orações secretas que Bendición Alvarado rezava durante os combates para torcer o rumo das balas que disparavam contra seu filho, como viera ele no tumulto da guerra com pano vermelho na cabeça gritando nas tréguas dos delírios das febres que viva o partido liberal porra, viva o federalismo triunfante, godos de merda, embora arrastado na verdade pela curiosidade atávica de conhecer o mar, só que a multidão de miséria que havia invadido a cidade com o corpo de sua mãe era muito mais turbulenta e frenética que quantas devastaram o país na aventura da guerra federal, mais voraz que a batedeira, mais terrível que o pânico, a mais tremenda que haviam visto meus olhos em todos os dias dos anos inumeráveis do seu poder, o mundo inteiro meu general, olhe, que maravilha. Convencido pela evidência, ele saiu afinal das brumas do seu luto, saiu pálido, duro, com uma banda no braço, resolvido a utilizar todos os recursos de sua autoridade para conseguir a canonização de sua mãe Bendición Alvarado com base nas provas abrumadoras de suas virtudes de santa, mandou a Roma seus ministros letrados, voltou a convidar o núncio apostólico para tomar chocolate com bolachinhas nas poças de luz do caramanchão de amores-perfeitos, recebeu-o em família, ele recostado na rede, sem camisa, abanando-se com o chapéu branco, e o núncio sentado frente a ele com a xícara de chocolate queimando, imune ao calor e ao pó dentro da aura de alfazema da batina dominical, imune ao desânimo do trópico, imune às cagadas dos pássaros da mãe morta que voavam soltos nas poças de água solar do caramanchão, tomava a goles pequenos o chocolate de baunilha, mastigava as bolachinhas com um pudor de noiva tratando de demorar o veneno iniludível do último gole, rígido na poltrona de vi-me que ele não cedia a ninguém, só ao senhor, padre, como naquelas tardes malvas dos tempos de glória em que outro núncio velho e cândido tentava convertê-lo à fé de Cristo com adivinhações escolásticas de Tomás de Aquino, só que agora sou eu o que chama o senhor para convertê-lo, padre, as voltas que o mundo dá, porque creio, disse, e o repetiu sem pestanejar, agora creio, embora na verdade não acreditasse em nada deste mundo nem de nenhum outro salvo que sua mãe da minha vida tinha direito à glória dos altares pelos méritos próprios de sua vocação de sacrifício e sua modéstia exemplar, tanto que ele não fundava sua solicitação nos exageros da admiração pública que dizia ter a estrela polar caminhado no sentido do cortejo fúnebre e de que os instrumentos de corda tocavam sozinhos dentro dos armários quando sentiam passar o cadáver senão que a fundava na virtude deste lençol que desdobrou inteiro no esplendor de agosto para que o núncio visse o que de fato viu impresso na textura do linho, viu a imagem de sua mãe Bendición Alvarado sem traços de velhice nem estragos de peste deitada de perfil com a mão no coração, sentiu nos dedos a umidade do suor eterno, aspirou a fragrância de flores vivas em meio ao escândalo dos pássaros alvoroçados pela aura do prodígio, está vendo que maravilha, padre, dizia ele, mostrando o lençol pelo direito e pelo avesso, até os pássaros a conhecem, mas o núncio estava absorto no pano com uma atenção incisiva que teria sido capaz de descobrir impurezas de cinza vulcânica na matéria trabalhada pelos grandes mestres da cristandade, teria conhecido as falhas de um caráter e até as dúvidas de uma fé pela intensidade de uma cor, teria padecido o êxtase da redondez da terra estendido de boca para cima sob a cúpula de uma capela solitária de uma cidade irreal onde o tempo não transcorria mas flutuava, até que teve coragem para afastar os olhos do lençol ao final de uma profunda contemplação e informou com um tom doce mas irreparável que o corpo estampado no linho não era um recurso da Divina Providência para nos dar mais uma prova de sua misericórdia infinita, nem isso nem muito menos, excelência, era a obra de um pintor muito hábil nas artes boas e nas más que havia abusado da grandeza de coração de sua excelência, porque aquilo não era óleo mas pintura doméstica da mais inferior, sapolim de pintar janelas, excelência, sob o aroma das resinas naturais que se haviam dissolvido na pintura permanecia ainda o relento bastardo da terebintina, permaneciam crostas de gesso, permanecia uma umidade persistente que não era o suor do último calafrio da morte como haviam feito ele acreditar mas a umidade artificial do linho saturado de óleo de linhaça e escondido em lugares escuros, acredite-me que o lamento, concluiu o núncio com um pesar legítimo, mas não conseguiu dizer mais nada ante o ancião granítico que o observava sem piscar da rede, que o havia escutado do limo de seus lúgubres silêncios asiáticos sem sequer mexer a boca para contradizê-lo embora ninguém conhecesse melhor que ele a verdade do milagre secreto do lençol em que eu mesmo a envolvi com minhas próprias mãos, mãe, eu me assustei com o primeiro silêncio de sua morte que foi como se o mundo houvesse amanhecido no fundo do mar, eu vi o milagre, porra, mas apesar de sua certeza não interrompeu o veredicto do núncio, apenas piscou duas vezes sem fechar os olhos como os iguanas, mal sorriu, está bem, padre, suspirou por fim, será como o senhor quer, mas advirto-o de que o senhor será responsabilizado pelo que diz, eu repito letra por letra para que não o esqueça pelo resto de sua longa vida que o senhor será responsabilizado pelo que diz, padre, eu não me responsabilizo. O mundo permaneceu modorrento durante aquela semana de maus presságios em que ele não se levantou da rede nem para comer, espantava com o leque os pássaros amestrados que pousavam no seu corpo, espantava as manchas de luz dos amores-perfeitos pensando que eram pássaros amestrados, não recebeu a ninguém, não deu uma ordem, mas a força pública manteve-se impassível quando as turbas de fanáticos mercenários assaltaram o palácio da Nunciatura Apostólica, saquearam o museu de relíquias históricas, surpreenderam o núncio fazendo a sesta ao ar livre, no remanso do jardim interior, tiraram-no nu à rua, cagaram em cima dele meu general, imagine só, mas ele não se mexeu da rede, nem sequer piscou quando lhe vieram com a notícia meu general de que estavam passeando o núncio em um burro pelas ruas do comércio sob um aguaceiro de restos de cozinha que lhe jogavam das sacadas, gritavam-lhe irmão pançudo, *miss* vaticano, deixai que venham a mim as criancinhas, e só quando o abandonaram meio morto no muladar do mercado público ele se levantou da rede afastando os pássaros a safanões, apareceu no salão de audiências afastando a safanões as teias do luto com a braçadeira negra e os olhos inchados do mau dormir, e então deu a ordem para que pusessem o núncio em uma balsa de náufrago com provisões para três dias e o deixaram à deriva na rota dos cruzeiros de Europa para que todo o mundo saiba como acabam os forasteiros que levantam a mão contra a majestade da pátria, e que até o papa aprenda desde agora e para sempre que poderá ser muito papa em Roma com seu anel no dedo na sua poltrona de ouro, mas que aqui eu sou o que sou eu, porra, padrecos de merda. Foi um recurso eficaz, pois antes do fim daquele ano instaurou-se o processo de canonização de sua mãe Bendición Alvarado cujo corpo incorrupto foi exposto à veneração pública na nave maior da basílica-primaz, cantaram glória nos altares, derrogou-se o estado de guerra que ele havia proclamado contra a Santa Sé, viva a paz, gritavam, enquanto ele recebia em audiência solene o auditor da Sagrada Congregação dos Ritos e promotor e postulador da fé, monsenhor Demétrio Aldous, conhecido como o vermelho, a quem fora encomendada a missão de investigar a vida de Bendición Alvarado até que não restasse nem o menor rastro de dúvida na evidência de sua santidade, até onde o senhor queira, padre, disse-lhe, retendo a mão dele na sua, pois havia experimentado uma confiança imediata naquele abissínio citrino que amava a vida acima de todas as coisas, comia ovos de iguana, meu general, encantava-se com as brigas de galo, o cheiro das mulatas, a cumbia, como nós, meu general, a mesma coisa, de modo que as portas melhor guardadas abriram-se sem reservas por ordem sua para que a investigação do advogado do diabo não encontrasse obstáculos de nenhuma índole, porque nada havia oculto como nada havia invisível em seu desmesurado reino de pesadelo que não fosse uma prova irrefutável de que sua mãe da minha alma Bendición Alvarado estava predestinada à glória dos altares, a pátria é sua, padre, aí a tem, e aí a teve, naturalmente, a tropa armada impôs a ordem no palácio da Nunciatura Apostólica em frente do qual amanheciam incontáveis filas de lazarentos restaurados que vinham mostrar a pele recém-nascida sobre as chagas, os antigos inválidos de São Vito vieram enfiar linhas em agulhas ante os incrédulos, vieram mostrar sua fortuna os que haviam enriquecido na roleta porque Bendición Alvarado lhes revelava os números em sonho, os que tiveram notícia de seus perdidos, os que encontraram os seus afogados, os que nada haviam tido e que agora tinham tudo, vieram, desfilaram sem parar no abrasante salão decorado com os arcabuzes de matar canibais e tartarugas pré-históricas de Sir Walter Raleigh onde o vermelho incansável escutava a todos sem perguntar, sem intervir, ensopado em suor, alheio à peste da humanidade em decomposição que se ia acumulando no salão enrarecido pela fumaça de seus charutos dos mais ordinários, tomava notas minuciosas das declarações das testemunhas e as fazia assinar aqui, com o nome completo, ou com uma cruz, ou como o senhor meu general com a impressão do dedo, como fosse, mas assinavam, entrava o seguinte, a mesma coisa que o anterior, eu estava tísico, padre, dizia, eu estava tísico, escrevia o vermelho, e agora ouça como canto, eu era impotente, padre, e agora olhe como ando todo o dia, eu era impotente, escrevia com tinta indelével para que sua rigorosa escritura estivesse a salvo de emendas até o fim da humanidade, eu tinha um animal vivo dentro da barriga, padre, eu tinha um animal vivo, escrevia sem piedade, intoxicado de café amargo, envenenado pelo tabaco rançoso do charuto que acendia com a ponta do anterior, de peito aberto como um voga meu general, que padreco tão macho, sim senhor, dizia ele, muito macho, a cada qual o seu, trabalhando sem parar, sem comer nada para não perder o tempo até alta noite, mas ainda então não se entregava ao descanso mas aparecia recém-banhado na hospedaria do molhe com a batina de linho remendada com remendos quadrados, chegava morto de fome, sentava-se na comprida mesa de tábuas para compartilhar do sopão de bocachico[24] com os estivadores, despedaçava o peixe com os dedos, triturava até as espinhas com aqueles dentes luciferinos que tinham sua própria luz na escuridão, tomava a sopa pela borda do prato como os selvagens meu general, se o senhor o visse, confundido com a brisa humana dos sujos veleiros que zarpavam carregados de marimondas e uvas verdes, carregados de putas novas para os hotéis envidraçados de Curaçao, para Guantánamo, padre, para Santiago dos Cavalheiros que nem sequer tem mar para se chegar, padre, para as ilhas mais belas e mais tristes do mundo comas quais continuávamos sonhando até os primeiros resplendores da alba, padre, lembre-se que

---

24. *Bocachico*, Colômbia, peixe de focinho em forma de bico, abunda nos afluentes do Cauca.

admirados ficávamos quando as escunas se iam, lembre-se do louro que adivinhava o futuro na casa de Matilde Arenales, os caranguejos que saíam caminhando dos pratos de sopa, o vento dos tubarões, os tambores remotos, a vida, padre, a puta vida, rapazes, porque fala como nós meu general, como se houvesse nascido no bairro das brigas de cachorro, jogava bola na praia, aprendeu a tocar acordeom melhor que os *vallenatos*[25] cantava melhor que eles, aprendeu a língua florida dos contrabandistas, enganava-os em latim, embriagava-se com eles nos tugúrios de maricas do mercado, brigou com um deles que falou mal de Deus, se golpearam a socos meu general, que fazemos, e ele ordenou que ninguém os separe, fizeram uma roda, ganhou, ganhou o padreco meu general, eu sabia, disse ele, comprazido, você é um macho, e menos frívolo do que todo mundo imaginava, pois naquelas noites turbulentas averiguou tantas verdades como nas esgotantes jornadas do palácio da Nunciatura Apostólica, muitas mais que na tenebrosa mansão suburbana que havia explorado sem licença uma tarde de chuvas grandes em que pensou burlar a vigilância insone dos serviços de segurança presidencial, esquadrinhou-a até o último resquício ensopado pela chuva interior das goteiras do teto, enganado pelos brejos de palma e de camélias venenosas dos quartos esplêndidos que Bendición Alvarado abandonava à felicidade de suas criadas, porque era boa, padre, era humilde, fazia-as dormir em lençóis de percal enquanto ela dormia sobre a esteira nua em um catre de quartel, deixava-as vestir suas roupas de domingo de primeira dama, perfumavam-se com seus sais de banho, retocavam-se nuas com as ordenanças nas espumas colori-

---

25. *Vallenatos*, tema musical do Caribe colombiano, e, também, aqueles que o executam.

das das banheiras de estanho com patas de leão, viviam como rainhas enquanto ela passava a vida lambuzando pássaros, cozinhando suas papas de legumes no fogão a lenha e cultivando plantas de botica para as emergências dos vizinhos que a despertavam à meia-noite com tenho uma dor de barriga, senhora, e ela lhes dava para mastigar sementes de brócolis, que o afilhado está com um olho torto, e ela lhe dava um vermífugo de girassol, que estou morrendo, senhora, mas não morriam porque ela tinha a saúde na mão, era uma santa em vida, padre, andava em seu próprio espaço de pureza por aquela mansão de prazer onde havia chovido sem piedade desde que a levaram à força para o palácio, chovia sobre os lótus do piano, sobre a mesa de alabastro da sala de jantar suntuosa que Bendición Alvarado não utilizou nunca porque é como sentar-se para comer em um altar, imagine só, padre, que pressentimento de santa, mas apesar dos testemunhos entusiasmados dos vizinhos o advogado do diabo encontrou mais vestígios de timidez que de humildade entre os escombros, encontrou mais provas de pobreza de espírito que de abnegação entre os Netunos de ébano e os pedaços de demônios nativos e anjos militares que flutuavam no mangue das antigas salas de baile, e em troca não encontrou o menor rastro desse outro deus difícil, uno e trino, que o havia mandado das ardentes planícies da Abissínia para buscar a verdade onde nunca estivera, porque não encontrou nada meu general, mas nada mesmo, que merda. Apesar disso, monsenhor Demétrio Aldous não se conformou com a investigação na cidade mas trepou no lombo de uma mula e se foi pelos limbos glaciais do páramo tratando de encontrar as sementes da santidade de Bendición Alvarado onde sua imagem não estivesse ainda pervertida pelo resplendor do poder, surgia do fundo da névoa envolto em uma manta de salteador e com umas botas de sete-léguas como uma aparição satânica que no começo suscitava o medo e depois o assombro e por último a curiosidade dos policiais que nunca haviam visto um ser humano daquela cor, mas o astuto vermelho incitava-os a que o tocassem para convencê-los de que não soltava alcatrão, mostrava-lhes os dentes nas trevas, embriagava-se com eles comendo queijo e bebendo chicha[26] na mesma cumbuca para ganhar sua confiança nos botecos lúgubres das veredas onde nos alvores de outros séculos haviam conhecido uma passarinheira famosa curvada pela carga despropositada dos cestos de franguinhos pintados de rouxinóis, tucanos de ouro, galinhas disfarçadas de pavões-reais para enganar caipiras nos domingos fúnebres das feiras do páramo, sentava-se ali, padre, na soalheira dos fogões, esperando que alguém lhe fizesse a caridade de deitar-se com ela nos pelegos melados dos fundos de cantina, para comer, padre, só para comer, porque ninguém era tão caipira para lhe comprar aqueles mamarrachos de merda que desbotavam com as primeiras chuvas e se desfaziam ao caminhar, só ela era tão ingênua, padre, santa bendición dos pássaros, ou dos páramos, como queira, pois ninguém sabia com certeza qual era o seu nome de então nem quando começou a se chamar Bendición Alvarado que não devia ser seu nome de origem porque não é nome destas regiões mas de gente do mar, que merda, até isso havia averiguado o escorregadio fiscal de Satanás que tudo descobria e desentranhava apesar dos sicários da segurança presidencial que lhe enredavam os fios da verdade e criavam obstáculos invisíveis, não acha, meu general, teremos que empurrá-lo de um despenhadeiro, teremos que fazer despencar a mula, mas ele impediu isto com a ordem

---

26. *Chicha*, bebida alcoólica feita de milho.

pessoal de vigiá-lo mas preservando sua integridade física permitindo absoluta liberdade todas facilidades cumprimento sua missão por mandato inapelável desta autoridade máxima obedeça-se cumpra-se, assinado,eu, e insistiu, eu mesmo, consciente de que com aquela determinação assumia o terrível risco de conhecer a verdadeira imagem de sua mãe Bendición Alvarado dos tempos proibidos em que ainda era jovem, era lânguida, andava envolta em farrapos, descalça, e tinha que comer pelo baixo-ventre, mas era bela, padre, e era tão ingênua que completava os louros mais baratos com rabos de gaios finos para fazê-los passar por papagaios, reparava galinhas entrevadas com plumas de leques de pavões para vendê-las como aves-do-paraíso, ninguém acreditava, naturalmente, ninguém caía de inocente nas armadilhas da passarinheira solitária que sussurrava entre a névoa dos mercados dominicais para ver quem disse uma e a leva grátis, pois todo mundo lembrava dela no páramo por sua ingenuidade e sua pobreza, e entretanto, parecia impossível verificar sua identidade porque nos arquivos do mosteiro onde a haviam batizado não se encontrou a folha do seu registro de nascimento e em vez disso encontraram três diferentes do filho e em todas ele era três vezes diferente, três vezes concebido em três ocasiões diferentes, três vezes abortado graças aos artífices da história pátria que haviam emaranhado os fios da realidade para que ninguém pudesse decifrar o segredo de sua origem, o mistério oculto que só o vermelho conseguiu rastrear afastando os numerosos enganos superpostos, pois o havia deslumbrado meu general, tinha-o ao alcance da mão quando soou o disparo imenso que continuava repercutindo nos espinhaços cinzentos e nas canhadas profundas da cordilheira e se ouviu o interminável berro de pavor da mula desbarrancada que ia caindo em uma vertigem sem fundo do cume de neves perpétuas através dos climas sucessivos e instantâneos das fotografias de ciências naturais do precipício e o nascimento exíguo das grandes águas navegáveis e as cornijas escarpadas por onde trepavam em lombo de índio com seus herbários secretos os doutores sábios da expedição botânica, e as mesetas de magnólias silvestres onde passeiam as ovelhas de morna lã que nos proporcionavam sustento generoso e abrigo e bom exemplo e as mansões dos cafezais com suas grinaldas de papel nas sacadas solitárias e seus enfermos incuráveis e o fragor perpétuo dos rios turbulentos dos limites arcifínios onde começava o calor e havia ao entardecer umas lufadas pestilentas de morto velho morto a traição morto abandonado nas plantações de cacau de grandes folhas duradouras e flores encarnadas e frutos de baga cujas sementes se usava como principal ingrediente do chocolate e o sol imóvel e o pó ardente e a abóbora-moranga e a abóbora-melão e as vacas magras e tristes do estado do atlântico na única escola pública a duzentas léguas nas redondezas e a exalação da mula ainda viva que se estripou com a explosão de guanábano suculento entre os matos de uva e as franguinhas espantadas do fundo do abismo, porra, foi empurrado, meu general, tinha sido caçado com um rifle de tigre no desfiladeiro do Anima Sola apesar de amparado pela minha autoridade, filhos da puta, apesar dos meus telegramas terminantes, porra, mas agora vão saber quem é quem, roncava, mastigava espuma de fel não tanto pela raiva da desobediência como pela certeza de que alguma coisa grande estavam ocultando dele se se haviam atrevido a contrariar as centelhas do seu poder, vigiava a respiração de quem o informava porque sabia que só o que conhecesse a verdade teria coragem para mentir-lhe, examinava as intenções secretas do alto-comando para ver qual deles era o traidor, você a quem tirei do nada, você a quem pus a dormir em cama de ouro depois de o haver encontrado na miséria, você a quem salvei a vida, você a quem comprei por mais dinheiro que a qualquer outro, todos vocês, filhos de uma boa puta, pois só um deles podia atrever-se a não honrar um telegrama assinado com meu nome e referendado com o lacre do anel do seu poder, de modo que assumiu o comando pessoal da operação de resgate com a ordem irrepetível de que em um prazo máximo de quarenta e oito horas o encontrem vivo e o tragam a mim e se o encontrarem morto tragam-no vivo e se não o encontrarem me tragam do mesmo jeito, uma ordem tão inequívoca e temível que antes do prazo previsto voltaram com a notícia meu general de que o haviam encontrado nos matagais do precipício com as feridas cauterizadas pelas flores de ouro dos frailejones,[27] mais vivo que nós, meu general, são e salvo pela virtude de sua mãe Bendición Alvarado que uma vez mais dava mostras de sua clemência e seu poder na própria pessoa de quem havia tratado de prejudicar sua memória, desceram-no por atalhos de índio em uma rede pendurada de um pau com uma escolta de granadeiros e precedido por um aguazil a cavalo que tocava um cincerro de missa campal para que todo mundo soubesse que isto é assunto daquele que manda, eles o puseram no quarto dos convidados de honra do palácio sob a responsabilidade imediata do ministro da saúde até que pôde pôr um ponto final ao terrível processo escrito de seu próprio punho e letra e referendado com suas iniciais na margem direita de cada uma das trezentas e cinquenta folhas de cada um destes sete volumes que assino

---

27. *Frailejones* — Colômbia, Equador, Venezuela: planta que alcança dois metros de altura, cresce nos páramos, de folhas largas, espessas e aveludadas; sua flor é amarelo-ouro.

com meu nome e minha rubrica e certifico com meu selo aos catorze dias do mês de abril deste ano da graça de Nosso Senhor, eu Demétrio Aldous, auditor da Sagrada Congregação dos Ritos, postulador e promotor da fé, por mandato da Constituição Imensa e para esplendor da justiça dos homens na terra e maior glória de Deus nos céus afirmo e demonstro que esta é a única verdade, toda a verdade e nada mais que a verdade, excelência, aqui a tem. Ali estava, de fato, cativa em sete bíblias lacradas, tão iniludível e brutal que só um homem imune aos feitiços da glória e estranho aos interesses do seu poder atreveu-se a expô-la em carne viva ante o ancião impassível que o escutou sem piscar abandonando-se na cadeira de balanço de vime, que apenas suspirava depois de cada revelação mortal, que apenas dizia ah a cada vez que via acender-se a luz da verdade, ah, repetia, espantando com o chapéu as moscas de abril alvoroçadas pelas sobras do almoço, engolindo verdades inteiras, amargas, verdades como brasas que ficavam ardendo nas trevas do seu coração, pois tudo havia sido uma farsa, excelência, um aparato de comédia que ele mesmo montou sem desejar quando decidiu que o cadáver de sua mãe fosse exposto à veneração pública em um catafalco de gelo muito antes que alguém pensasse nos fundamentos de sua santidade, mãe, e só para desmentir a maledicência de que você estava podre antes de morrer, um engano de circo no qual ele mesmo havia incorrido sem saber desde que lhe vieram com a notícia meu general de que sua mãe Bendición Alvarado estava fazendo milagres e havia ordenado que levassem o corpo em procissão magnífica até os rincões mais escondidos do seu vasto país indeciso para que ninguém ficasse sem conhecer o prêmio de suas virtudes depois de tantos anos de mortificações estéreis, depois de tantos pássaros pintados sem nenhum benefício, mãe, depois de tanto amor sem paga, embora nunca me houvesse ocorrido pensar que aquela ordem haveria de se transformar em uma farsa dos falsos incontinentes a quem pagam para que mijem em público, haviam pago duzentos pesos a um falso morto que saiu da sepultura e apareceu caminhando de joelhos entre a multidão espantada com o sudário em frangalhos e a boca cheia de terra, haviam pago oitenta pesos a uma cigana que fingiu parir em plena rua um feto de duas cabeças como castigo por haver dito que os milagres eram um negócio do governo, e eram, não havia um só testemunho que não fosse pago com dinheiro, um conluio de ignomínia que entretanto não havia sido tramado por seus aduladores com o propósito inocente de comprazê-lo como o supôs monsenhor Demétrio Aldous em suas primeiras pesquisas, não, excelência, era um sujo negócio de seus prosélitos, o mais escandaloso e sacrílego de quantos haviam proliferado à sombra de seu poder, pois quem inventava os milagres e comprava os testemunhos de mentiras eram os mesmos sequazes do seu regime que fabricavam e vendiam as relíquias do vestido de noiva morta de sua mãe Bendición Alvarado, ah, os mesmos que imprimiam os santinhos e cunhavam medalhas com seu retrato de rainha, ah, os que haviam enriquecido com os cachinhos do seu cabelo, ah, com os frasquinhos de água de suas costas, ah, com os sudários de diagonal onde pintavam com sapolim de portas o terno corpo de donzela adormecida de perfil com a mão no coração e que eram vendidos por jarda nos fundos dos bazares dos hindus, uma mentira descomunal sustentada na suposição de que o cadáver continuava incorrupto ante os ávidos olhos da multidão interminável que desfilava pela nave maior da catedral, quando a verdade era bem diferente, excelência, era que o corpo de sua mãe não estava conservado por suas virtudes nem pelos remendos de parafina e os artifícios dos cosméticos que ele havia ordenado por simples soberba filial mas dissecado mediante as piores artes da taxidermia igual aos animais póstumos dos museus de ciências como ele comprovou com minhas próprias mãos, mãe, destapei a urna de cristal cujos emblemas funerários se desfaziam com a respiração, tirei sua coroa de flor de laranjeira do crânio embolorado cujos duros cabelos de crina de potranca haviam sido arrancados da raiz fio por fio para vendê-los como relíquias, tirei você de entre os filamentos de consumidos farrapos de noiva e os resíduos áridos e os entardeceres difíceis do salitre da morte e você mal pesava mais que um porongo ao sol e tinha um cheiro antigo de fundo de baú e se sentia dentro de você um desassossego febril que parecia o rumor de sua alma e era o tesourar dos vermes que a carcomeram por dentro, seus membros se desfizeram sozinhos quando quis sustentá-la nos meus braços porque haviam desocupado suas entranhas de tudo o que sustentou seu corpo vivo de mãe feliz adormecida com a mão no coração e haviam voltado a rechear com buchas de modo que não sobrava de quanto você foi mais que um cascarão folhado e poeirento que se esfarelou logo que eu o levantei no ar fosforescente dos vaga-lumes dos seus ossos e mal se ouviu o ruído dos saltos de traça dos olhos de vidro nas lousas da igreja crepuscular, virou nada, era um regueiro de escombros de mãe demolida que os aguazis recolheram do chão com uma pá para jogá-los outra vez de qualquer modo dentro do caixão ante a impavidez do sátrapa indecifrável cujos olhos de iguana não deixaram transparecer a menor emoção nem sequer quando ficou só na berlinda sem insígnias com o único homem deste mundo que se havia atrevido a pô-lo frente ao espelho da verdade, ambos contemplavam através da bruma das cortinas as hordas de mendigos que descansavam da tarde cálida na sornice dos portais onde antes se vendia folhetins de crimes atrozes e amores sem fortuna e flores carnívoras e frutos inconcebíveis que comprometiam a vontade e onde agora só se sentia a barulhada ensurdecedora do baratilho de relíquias falsas das vestes e do corpo de sua mãe Bendición Alvarado, enquanto ele tinha a impressão nítida de que monsenhor Demétrio Aldous havia se intrometido em seu pensamento quando afastou a vista das turbas de inválidos e murmurou que afinal de contas algo de bom ficava do rigor de sua investigação que era a certeza de que esta pobre gente ama a sua excelência como à sua própria vida, pois monsenhor Demétrio Aldous havia vislumbrado a perfídia dentro do próprio palácio, havia visto a cobiça na adulação e o servilismo safado entre os que medravam ao amparo do poder, e havia conhecido em troca uma nova forma de amor nas récuas de mendigos que não esperavam nada dele porque não esperavam nada de ninguém e lhe professavam uma devoção terrestre que se podia pegar com as mãos e uma fidelidade sem ilusões que então quiséramos nós para Deus, excelência, mas ele nem sequer piscou ante o assombro daquela revelação que em outro tempo lhe haveria apertado as entranhas, nem sequer suspirou senão que meditou, para si mesmo com uma inquietação recôndita que era só o que faltava, padre, só faltava que ninguém me quisesse agora que o senhor vai desfrutar da glória do meu infortúnio sob as cúpulas de ouro do seu mundo falaz enquanto ele ficava com o peso imerecido da verdade sem uma mãe solícita que o ajudasse a carregá-lo, mais só que a mão esquerda nesta pátria que não escolhi por minha vontade senão que foi dada pronta como o senhor viu que é como tem sido desde sempre com este sentimento de irrealidade, com este cheiro de merda, com esta gente sem história que não acredita em outra coisa senão na vida, esta é a pátria que me impuseram sem perguntar, padre, com quarenta graus de calor e noventa e oito de umidade na sombra capitonada[28] da berlinda presidencial, respirando pó, atormentado pela perfídia da hérnia que fazia um tênue assobio de cafeteira durante as audiências, sem ninguém para quem perder uma partida de dominó, nem ninguém em quem creditar a verdade, padre, vista a minha pele, mas não o disse, apenas suspirou, apenas piscou instantaneamente e suplicou a monsenhor Demétrio Aldous que a brutal conversação daquela tarde ficasse entre nós, o senhor não me disse nada, padre, eu não sei a verdade, prometa-me, e monsenhor Demétrio Aldous prometeu-lhe que naturalmente sua excelência não conhece a verdade, palavra de honra. A causa de Bendición Alvarado foi suspensa por insuficiência de provas, o édito de Roma foi divulgado dos púlpitos com licença oficial com a determinação do governo de reprimir qualquer protesto ou tentativa de desordem, mas a força pública não interveio quando as hordas de peregrinos indignados fizeram fogueiras na Praça de Armas com os portões da basílica-primaz e destruíram a pedradas os vitrais de anjos e gladiadores da Nunciatura Apostólica, acabaram com tudo, meu general, mas ele não se mexeu da rede, assediaram o convento das biscainhas para deixá-las perecer sem recursos, saquearam as igrejas, as casas missionárias, quebraram tudo o que tivesse alguma coisa que ver com os padrecos, meu general, mas ele permaneceu imóvel na rede sob a fresca penumbra dos amores-perfeitos até que os comandantes do seu estado-maior como um todo se declararam incapazes de pacificar os ânimos e de restabelecer a ordem sem derramamento de sangue como se havia determinado, e só

---

28. *Capitonada* — certamente do francês *capitonner*, acolchoar.

então ele se levantou, apareceu no gabinete ao fim de tantos meses de desídia e assumiu de viva voz e de corpo presente a responsabilidade solene de interpretar a vontade popular mediante um decreto que concebeu por inspiração própria e editou por conta e risco sem prevenir as forças armadas nem consultar a seus ministros, e em cujo artigo primeiro proclamou a santidade civil de Bendición Alvarado por decisão suprema do povo livre e soberano, nomeou-a padroeira da nação, advogada dos enfermos e professora dos pássaros e declarou feriado nacional o dia do seu nascimento, e no artigo segundo que a partir da promulgação do presente decreto declarava-se o estado de guerra entre esta nação e as potências da Santa Sé com todas as consequências que para tais casos estabelecem o direito das gentes e os tratados internacionais em vigor, e no artigo terceiro ordenava-se a expulsão imediata, pública e solene do senhor arcebispo-primaz e a conseguinte dos bispos, os prefeitos apostólicos, os padres e as monjas e quanta gente nativa ou forasteira tivesse algo que ver com os assuntos de Deus em qualquer condição e sob qualquer título dentro dos limites do país e até cinquenta léguas marinhas dentro de águas territoriais, e ordenava-se no artigo quarto e último a expropriação dos bens da igreja, seus templos, seus conventos, seus colégios, suas terras de produção com a guarnição de ferramentas e animais, os engenhos de açúcar, as fábricas e oficinas bem como tudo quanto lhe pertencesse na verdade embora estivesse registrado em nome de terceiros, os quais bens passavam a fazer parte do patrimônio póstumo de santa Bendición Alvarado dos pássaros para esplendor do seu culto e grandeza de sua memória desde a data do presente decreto ditado de viva voz e assinado com o selo do anel desta autoridade máxima e inapelável do poder supremo, obedeça-se e cumpra-se. Em meio aos foguetes de júbilo, aos sinos de glória e as músicas de regozijo com que se celebrou o acontecimento da canonização civil, ele se ocupou de corpo presente de que o decreto fosse cumprido sem manobras equívocas para estar certo de que não o fariam vítima de novos enganos, voltou a colher as rédeas da realidade com suas firmes luvas de cetim como nos tempos da grande glória em que as gentes fechavam-lhe a passagem nas escadas para pedir-lhe que liberasse as corridas de cavalo na rua e ele mandava, de acordo, que liberasse as corridas de sacos e ele mandava, de acordo, e aparecia nos ranchos mais miseráveis para explicar como deviam pôr as galinhas a chocar e como se castrava os terneiros, pois não se havia conformado com a comprovação pessoal das minuciosas atas de inventários dos bens da igreja senão que dirigiu as cerimônias formais de expropriação para que não restasse nenhum resquício entre sua vontade e os atos cumpridos, cotejou as verdades dos papéis com as verdades enganosas da vida real, vigiou a expulsão das comunidades maiores às quais se atribuía o propósito de tirar escondidos em taleigos de fundo duplo e corpetes amanhados os tesouros secretos do último vice-rei que permaneciam sepultados em cemitérios de pobres apesar do encarniçamento com que os caudilhos federais os haviam buscado nos longos anos de guerra, e não apenas ordenou que nenhum membro da igreja levasse consigo mais bagagem que uma muda de roupa senão que decidiu sem apelação que fossem embarcados nus como suas mães os pariram, os rudes padres de povoado a quem dava no mesmo andar vestido ou pelado desde que lhes mudassem o destino, os prefeitos de terras missioneiras devastadas pela malária, os bispos lustrosos e dignos, e atrás deles as mulheres, as tímidas irmãs de caridade, as missionárias dos matos acostumadas a desbravar a natureza e a fazer brotar legumes no deserto, e as biscainhas esbeltas tocadoras de clavicórdio e as salesianas de mãos finas e corpos intactos, pois mesmo nos couros crus com que tinham sido jogadas no mundo era possível distinguir suas origens de classe, a diversidade de sua condição e a desigualdade de seu ofício à medida que desfilavam por entre volumes de cacau e fardos de bagre salgado em um imenso galpão da alfândega, passavam em um tumulto giratório de ovelhas atordoadas com os braços cruzados sobre o peito tratando de esconder a vergonha de umas com a de outras ante o ancião que parecia de pedra sob os ventiladores de pás, que as olhava sem respirar, sem mexer os olhos do espaço fixo por onde tinha que passar sem remédio a torrente de mulheres nuas, contemplou-as impassível, sem piscar, até que não ficou uma só no território da nação, pois estas foram as últimas meu general, e entretanto ele só lembrava de uma que havia separado com um simples golpe de vista do tropel de noviças assustadas, distinguiu-a entre as outras embora não fosse diferente, era pequena e maciça, robusta, de nádegas opulentas, de tetas grandes e firmes, de mãos rudes, de sexo abrupto, de cabelos cortados com tesouras de podar, de dentes separados e firmes como achas de lenha, de nariz escasso, de pés chatos, uma noviça comum, como todas, mas ele sentiu que era a única mulher naquela piara de mulheres nuas, a única que ao passar frente a ele sem olhá-lo deixou um rastro obscuro de animal selvagem que levou meu ar de viver e mal teve tempo de mudar o olhar imperceptível para vê-la pela segunda vez para sempre jamais quando o oficial dos serviços de identificação encontrou o nome pela ordem alfabética da relação e gritou Nazareno Letícia, e ela respondeu com voz de homem, presente. Assim a teve pelo resto de sua vida, presente, até que as últimas saudades escorreram-lhe pelas gretas da memória e só permaneceu a imagem dela na tira de papel em que havia escrito Letícia Nazareno da minha alma no que eu me tornei sem você escondeu-a no resquício onde guardava o mel de abelha, relia-a quando sabia que não era visto, voltava a enrolá-la depois de reviver por um instante fugaz a tarde imemorial de chuvas radiantes em que o surpreenderam com a notícia meu general de que haviam repatriado você em cumprimento de uma ordem que ele não deu, pois não havia feito mais que murmurar Letícia Nazareno enquanto contemplava o último cargueiro de cinzas que afundou no horizonte, Letícia Nazareno, repetiu em voz alta para não esquecer o nome, e isso havia bastado para que os serviços da segurança presidencial a sequestrassem do convento na Jamaica e a atirassem amordaçada e com uma camisa de força dentro de um caixote de pinhas com aros lacrados e avisos pichados de frágil *do not drop this side up* e uma licença de exportação em dia com a devida franquia consular de duas mil e oitocentas taças de champanha de cristal legítimo para a adega presidencial, embarcaram-na de regresso na adega de um navio carvoeiro e a puseram nua e narcotizada na capa de capitéis do quarto de convidados de honra como ele havia de recordá-la às três da tarde sob a luz esfarinhada do mosquiteiro, tinha o mesmo sossego do sono natural de outras tantas mulheres inertes que lhe haviam dado sem que solicitasse e que ele havia feito suas naquele quarto sem sequer acordá-las do letargo de luminal e atormentado por um terrível sentimento de desamparo e de derrota, só que não tocou em Letícia Nazareno, contemplou-a adormecida com uma espécie de espanto infantil surpreendido com quanto havia mudado sua nudez desde que a viu nos galpões do porto, haviam encrespado seu cabelo, haviam-na depilado inteira até os resquícios mais íntimos e lhe haviam esmaltado de vermelho as unhas das mãos e dos pés e lhe haviam posto batom nos lábios e ruge nas faces e almíscar nas pálpebras e exalava uma fragrância doce que acabou com seu rastro escondido de animal selvagem, que merda, haviam-na estragado tentando enfeitá-la, haviam-na tornado tão diferente que ele não conseguia vê-la nua sob os horríveis emplastos enquanto a contemplava submersa no êxtase de luminal, viu-a sair flutuando, viu-a despertar, viu-a vê-lo, mãe, era ela, Letícia Nazareno da minha loucura petrificada de horror ante o pétreo ancião que a contemplava sem clemência através dos vapores tênues do mosquiteiro, assustada com os propósitos imprevisíveis do seu silêncio porque não se podia imaginar que apesar de seus anos incontáveis e seu poder desmedido ele estava mais assustado que ela, mais só, mais sem saber que fazer, tão aturdido e inerme como na primeira vez em que foi homem com uma mulher de soldados a quem surpreendeu à meia-noite banhando-se nua em um rio e cuja força e tamanho havia imaginado por seus ressolhos de égua depois de cada mergulho, ouvia seu riso escuro e solitário na escuridão, sentia o regozijo de seu corpo na escuridão mas estava paralisado de medo porque continuava sendo virgem embora já fosse tenente de artilharia na terceira guerra civil, até que o medo de perder a ocasião foi mais decisivo que o medo do ataque, e então se meteu na água com tudo o que levava vestido, as polainas, a mochila, a correia de munições, o sabre, a escopeta de ouvido, ofuscado por tantos estorvos de guerra e tantos terrores secretos que a mulher pensou a princípio que era alguém que se metera a cavalo na água, mas em seguida percebeu que não era mais que um pobre homem assustado e o acolheu no remanso de sua misericórdia, levou-o pela mão na escuridão do seu aturdimento porque ele não conseguia encontrar os caminhos na escuridão do remanso, indicava-lhe com voz de mãe na escuridão que agarre-se firme nos meus ombros para que a corrente não o derrube, que não se agache na água mas se ajoelhe firme no fundo respirando com calma para que não lhe falte ar, e ele fazia o que ela lhe dizia com uma obediência pueril pensando mãe minha Bendición Alvarado como porra fazem as mulheres para fazer as coisas como se as tivessem inventado, como fazem para ser tão homens, pensava, à medida que ela o ia despojando da parafernália inútil de outras guerras menos temíveis e desoladas que aquela guerra solitária com água pelo pescoço, havia morrido de terror ao amparo daquele corpo cheirando a sabonete de pinho quando ela acabou de abrir-lhe as fivelas das correias e lhe desabotoei a braguilha e fiquei crispada de horror porque não encontrei o que procurava mas o testículo enorme nadando como um sapo na escuridão, soltou-o assustada, afastou-se, vá com sua mamãe para que o troque por outro, disse-lhe, você não serve, pois o havia derrotado o mesmo medo ancestral que o manteve imóvel ante a nudez de Letícia Nazareno em cujo rio de águas imprevisíveis não havia de se meter nem com tudo o que levava vestido enquanto ela não lhe prestasse o auxílio de sua misericórdia, ele mesmo a cobriu com um lençol, tocava para ela o gramofone até que se gastou o disco a canção da pobre Delgadina prejudicada pelo amor de seu pai, fez com que pusessem flores de feltro nos vasos para que não emurchecessem como as naturais com o mau-olhado de suas mãos, fez tudo o que lhe ocorreu para fazê-la feliz mas manteve intacto o rigor do cativeiro e o castigo da nudez para que ela entendesse que seria bem servida e bem-amada mas que não tinha nenhuma possibilidade de fugir daquele destino, e ela o compreendeu tão bem que na primeira trégua do medo lhe havia ordenado sem pedir por favor general que me abra a janela, para que entre um pouco de ar fresco, e ele a abriu, que voltasse a fechá-la porque a lua me bate no rosto, fechou-a, cumpria suas ordens como se fossem de amor tanto mais obediente e seguro de si mesmo quanto mais perto se sabia da tarde de chuvas radiantes em que deslizou para dentro do mosquiteiro e se deitou vestido junto a ela sem acordá-la, participou sozinho durante noites inteiras dos eflúvios secretos do seu corpo, respirava seu bafo de cadela vadia que se foi fazendo mais vivo com a passagem dos meses, brotou de novo o musgo do seu ventre, despertou sobressaltada gritando que saia daqui, general, e ele se levantou com sua parcimônia densa mas voltou a deitar-se junto a ela enquanto dormia e assim a desfrutou sem tocá-la durante o primeiro ano de cativeiro até que ela se acostumou a despertar a seu lado sem entender para onde corriam os leitos ocultos daquele ancião indecifrável que havia abandonado as atrações do poder e os encantos do mundo para consagrar-se à sua contemplação e a seu serviço, tanto mais perturbada quanto mais perto se sabia ele da tarde de chuvas radiantes em que se deitou sobre ela enquanto dormia como se havia metido na água com tudo o que levava vestido, a farda sem insígnias, as correias do sabre, o molho de chaves, as polainas, as botas de montar com a espora de ouro, um ataque de pesadelo que a acordou aterrorizada tratando de tirar de cima aquele cavalo guarnecido de petrechos de guerra, mas ele estava tão resolvido que ela decidiu ganhar tempo com um último recurso de que tire os arneses general que me machuca o coração com as argolas, e ele os tirou, que tirasse a espora general que está me maltratando os tornozelos com a estrela de ouro, que tirasse o molho de chaves do cinturão que me arranha o osso do quadril, e ele acabava por fazer o que ela lhe ordenava embora precisasse de três meses para fazer-lhe tirar as correias do sabre que me estorvam para respirar direito e outro mês para as polainas que me arrebentam a alma com as fivelas, era uma luta lenta e difícil na qual ela o retardava sem exasperá-lo e ele terminava por ceder para satisfazê-la, de modo que nenhum dos dois soube nunca como foi que ocorreu o cataclismo final pouco depois do segundo aniversário do sequestro quando suas mornas e ternas mãos sem destino tropeçaram por acaso com as pedras ocultas da noviça adormecida que acordou perturbada por um suor pálido e um tremor de morte e não tentou afastar nem por bem nem por mal o animal selvagem que tinha por cima senão que acabou de perturbá-lo com a súplica de tire as botas que você está sujando meus lençóis de bramante e ele as tirou como pôde, que tire as polainas, e as calças, e abra a braguilha, tire tudo minha vida que não o sinto, até que ele mesmo não soube quando ficou como só sua mãe o havia conhecido à luz das harpas melancólicas dos gerânios, liberado do medo, livre, transformado em um bisão de toureio que na primeira investida demoliu tudo quanto encontrou no caminho e mergulhou de bruços em um abismo de silêncio onde só se ouvia o ranger do madeirame de navios dos dentes apertados de Nazareno Letícia, presente, se havia agarrado no meu cabelo com todos os dedos para não morrer sozinha na vertigem sem fundo em que eu morria exigido ao mesmo tempo e com o mesmo ímpeto por todas as necessidades do corpo, e apesar disso esqueceu-a, ficou só nas trevas procurando-se a si mesmo na água salobra de suas lágrimas general, no fio manso de sua baba de boi, general, no espanto do seu espanto de mãe minha Bendición Alvarado como foi possível haver vivido tantos anos sem conhecer este tormento, chorava, aturdido pelas ânsias dos seus rins, a enfiada de petardos de suas tripas, o dilaceramento de morte do tentáculo mole que lhe arrancou pela raiz as entranhas e o transformou em um animal degolado cujos estertores agônicos salpicavam os lençóis nevados com uma matéria ardente e acre que perverteu em sua memória o ar de vidro líquido da tarde de chuvas radiantes do mosquiteiro, pois era merda general, sua própria merda.

Pouco antes do anoitecer, quando acabamos de tirar a courama apodrecida das vacas e arrumamos um pouco aquela desordem de fábula, ainda não havíamos conseguido que o cadáver se parecesse à imagem de sua lenda. Nós o havíamos raspado com ferros de descarnar peixes para tirar-lhe a rêmora de fundo do mar, nós o lavamos com creolina e sal de pedra para apagar as marcas da putrefação, nós empoamos sua cara com amido para esconder os remendos de talagarça e os buracos de parafina com que tivemos de restaurar-lhe a cara picotada de pássaros de muladar, nós lhe devolvemos a cor da vida com camadas de ruge, e batom de mulher nos lábios, mas nem mesmo os olhos de vidro incrustados nas covas vazias conseguiram impor a ele o semblante de autoridade que seria necessário para expô-lo à contemplação das multidões. Enquanto isso, no salão do conselho de governo invocávamos a união de todos contra o despotismo de séculos para repartir em partes iguais o espólio do seu poder, pois todos haviam voltado ao exorcismo da notícia sigilosa mas incontível de sua morte, haviam voltado os liberais e os conservadores reconciliados no remorso de tantos anos de ambições postergadas, os generais do alto-comando que haviam perdido o rumo da autoridade, os três últimos ministros civis, o arcebispo-primaz, todos os que ele não teria querido que estivessem estavam sentados à volta da longa mesa de nogueira tentando pôr-se de acordo sobre a forma como se devia divulgar a notícia daquela morte enorme para impedir a explosão prematura das multidões na rua, primeiro um boletim número um do correr da primeira noite sobre um ligeiro percalço de saúde que havia obrigado a cancelar os compromissos públicos e audiências civis e militares de sua excelência, em seguida um segundo boletim médico no qual se anunciava que o ilustre enfermo se havia visto obrigado a permanecer em suas habitações privadas em consequência de uma indisposição própria de sua idade, e por último, sem nenhum aviso, os dobres rotundos dos sinos da catedral no amanhecer radiante da cálida terça-feira de agosto de uma morte oficial que ninguém havia de saber nunca com toda certeza se em realidade era a sua. Nós nos encontrávamos inermes ante essa evidência, comprometidos com um corpo pestilento que não éramos capazes de substituir no mundo porque ele se havia negado em suas exigências senis a tomar qualquer determinação sobre o destino da pátria depois dele, havia resistido com uma invencível teimosia de velho a quantas sugestões lhe foram feitas desde que o governo se mudou para os edifícios de vidros solares dos ministérios e ele ficou vivendo só na casa deserta do seu poder absoluto, nós o encontrávamos caminhando em sonhos, bracejando entre os destroços das vacas sem ninguém a quem mandar que não fossem os cegos, os leprosos e os paralíticos que não estavam morrendo de enfermos mas de antigos nos matos de roseiras, e apesar disse era tão lúcido e obstinado que não havíamos conseguido dele nada mais que evasivas e adiamentos cada vez que lhe mencionávamos a urgência de ordenar sua herança, pois dizia que pensar no mundo depois da gente mesmo era algo tão cinzento como a própria morte, que porra, se no final das contas quando eu morrer voltarão os políticos para repartir esta merda como nos tempos dos godos, vocês vão ver, dizia, voltarão para repartir tudo entre os padrecos, os gringos e os ricos, e nada para os pobres, naturalmente, porque estes estarão sempre tão fodidos que no dia em que a merda tiver algum valor os pobres nascerão sem o cu, vocês vão ver, dizia, citando alguém dos seus tempos de glória, zombando inclusive de si mesmo quando nos disse afogando-se de tanto rir que só pelos três dias em que estaria morto não valia a pena levá-lo até Jerusalém para enterrá-lo no Santo Sepulcro, e pondo termo a toda divergência com o argumento final de que não interessava que uma coisa de então não fosse verdade, que porra, com o tempo será. Teve razão, pois em nossa época não havia ninguém que pusesse em dúvida a legitimidade de sua história, nem ninguém que houvesse podido demonstrá-la nem desmenti-la nem sequer éramos capazes de estabelecer a identidade do seu corpo, não havia outra pátria senão a feita por ele à sua imagem e semelhança com o espaço mudado e o tempo corrigido pelos desígnios de sua vontade absoluta, reconstruída por ele desde as origens mais incertas de sua memória enquanto vagava sem rumo pela casa de infâmias na qual nunca dormiu uma pessoa feliz, enquanto jogava grãos de milho às galinhas que bicavam em volta da sua rede e desesperava a criadagem com as ordens deixadas de véspera que me tragam uma limonada com gelo picado que abandonava intacta ao alcance da mão, que tirassem essa cadeira daqui e a pusessem lá e voltassem a pô-la outra vez no seu lugar para satisfazer desta forma minúscula os tíbios rescaldos do seu imenso vício de mandar, distraindo os ócios cotidianos do seu poder com o rastejar paciente dos instantes efêmeros de sua infância remota enquanto cabeceava de sono sob a corticeira do pátio, acordava de súbito quando conseguia agarrar uma lembrança como se fosse uma peça do desmesurado quebra-cabeças da pátria antes dele, a pátria grande, quimérica, sem limites, um reino de mangues com balsas lentas e precipícios anteriores a ele quando os homens eram tão bravos que caçavam jacarés com as mãos atravessando uma estaca em sua boca, assim, explicava-nos com o indicador no céu da boca, contava-nos que numa sexta-feira santa havia sentido o estropício do vento e o cheiro de escama do vento e viu as nuvens de lagostas que turvaram o céu do meio-dia e iam tesourando tudo quanto encontravam no caminho e deixaram o mundo desordenado e a luz em frangalhos como às vésperas da criação, pois ele havia vivido aquele desastre, havia visto uma fileira de gaios sem cabeça pendurados pelas pernas dessangrando gota a gota na beira do telhado de uma casa de calçada grande e desproporcionada onde acabava de morrer uma mulher, havia ido pela mão de sua mãe, descalço, atrás do cadáver esfarrapado que levaram para enterrar sem caixão sobre uma padiola de carga açoitada pelo ventisco de lagosta, pois assim era a pátria de então, não tínhamos nem caixões de morto, nada, ele havia visto um homem que tentou enforcar-se com uma corda já usada por outro enforcado na árvore de uma praça de povoado e a corda apodrecida arrebentou antes do tempo e o pobre homem ficou agonizando na praça para horror das senhoras que saíram da missa, mas não morreu, reanimaram-no a pauladas sem se dar o trabalho de averiguar quem era pois naquela época ninguém sabia quem era quem se não o conheciam na igreja, enfiaram-no pelos tornozelos entre os dois paus do cepo chinês e o deixaram exposto a sol e chuva com outros companheiros de penas pois assim eram aqueles tempos de godos em que Deus mandava mais que o governo, os maus tempos da pátria antes que ele desse a ordem de cortar as árvores das praças dos povoados para evitar o terrível espetáculo dos enforcados dominicais, havia proibido o cepo público, os enterros sem caixão, tudo quanto pudesse despertar na memória as leis ignominiosas anteriores ao seu poder, havia construído a estrada de ferro dos páramos para acabar com a infâmia das mulas aterrorizadas nas cornijas dos precipícios levando às costas os pianos de cauda para os bailes de máscaras das fazendas de café, pois ele havia visto também o desastre dos trinta pianos de cauda destroçados em um abismo e dos quais se havia falado e escrito tanto até no exterior embora só ele pudesse dar um testemunho verídico, havia aparecido à janela por acaso no instante preciso em que a última mula resvalou e arrastou as demais ao abismo, de modo que ninguém senão ele havia ouvido o berro de terror da récua desbarrancada e o acorde sem fim dos pianos que caíram com ela soando solos no vazio, precipitando-se até o fundo de uma pátria que então era como tudo antes dele, vasta e incerta, até o extremo de que era impossível saber se era noite ou dia naquela espécie de crepúsculo eterno da neblina de vapor cálido das canhadas profundas onde se despedaçaram os pianos importados da Áustria, ele havia visto isso e muitas outras coisas daquele mundo remoto embora nem ele mesmo tivesse podido precisar sem deixar margem a dúvidas se de fato eram lembranças próprias ou se as havia ouvido contar nas horríveis noites de febres das guerras ou se talvez não as havia visto nas gravuras dos livros de viagem ante cujas estampas permaneceu em êxtase durante as muitas horas vazias das sossegadas chichas do poder, mas nada disso importava, que porra, vocês logo verão que com o tempo será verdade, dizia, consciente de que sua infância real não era esse lodo de evocações incertas que sozinho lembrava quando começava a fumaça das bostas e esquecia para sempre mas que na verdade a havia vivido no remanso da minha única e legítima esposa Letícia Nazareno que o sentava todas as tardes das duas as quatro em um banquinho escolar sob a pérgola de amores-perfeitos para ensiná-lo a ler e escrever, ela havia posto sua tenacidade de noviça nessa empresa heroica e ele lhe correspondeu com sua terrível paciência de velho, com a terrível vontade do seu poder sem limites, com todo meu coração, de modo que cantava com toda a alma a tília na tuna o lírio na tina o boné bonito, cantava sem se ouvir ou que alguém pudesse ouvi-lo em meio à bulha dos pássaros alvoroçados da mãe morta que o índio enlatava a untadura na lata, papai põe tabaco na pipa, Cecília vende cera, cerveja, cebola, cerejas, charque e toucinho, Cecília vende tudo, ria, repetindo em meio ao fragor das cigarras a lição de leitura que Letícia Nazareno cantava ao compasso do seu metrônomo de noviça, até que todo mundo ficou saturado das criações da voz dele e não houve em seu vasto reino de pesadelo outra verdade que as verdades exemplares da cartilha, não houve nada mais que a lua na nuvem, a bola e a banana, o boi de seu Elói, a bonita bata de Otília, as lições de leitura que ele repetia a toda hora e em toda parte como seus retratos até mesmo na presença do ministro do tesouro da Holanda que ficou desorientado durante uma visita oficial quando o ancião sombrio levantou a mão com a luva de cetim nas trevas do seu poder insondável e interrompeu a audiência para convidá-lo a cantar comigo minha mamãe me ama, Ismael ficou seis dias na ilha, a dama come tomate, imitando com o indicador o compasso do metrônomo e repetindo de memória a lição da terça-feira com uma dicção perfeita mas com tal falta de oportunidade que a entrevista terminou como ele havia querido com o adiamento das dívidas holandesas para uma ocasião mais propícia, para quando houver tempo, decidiu, ante o espanto dos leprosos, dos cegos, dos paralíticos que se levantaram ao amanhecer entre as brenhas nevadas das roseiras e viram o ancião de trevas que dava uma bênção silenciosa e cantou três vezes com acordes de missa campal eu sou o rei e amo a lei, cantou, o adivinho se dedica à bebida, cantou, o farol é uma torre muito alta com um foco luminoso que dirige na noite o que navega, cantou, consciente de que nas sobras de sua felicidade senil não havia mais tempo que o de Letícia Nazareno da minha vida no caldo de camarões das brincadeiras sufocantes da sesta, não havia outros desejos que os de estar nu com você na esteira empapada de suor sob o morcego cativo do ventilador elétrico, não havia outra luz que a de suas nádegas, Letícia, nada senão suas tetas totêmicas, seus pés chatos, seu raminho de arruda para remédio, os janeiros opressivos da remota ilha de Antígua onde você veio ao mundo em uma madrugada de solidão sulcada por um vento ardente de lodaçais apodrecidos, haviam se encerrado no aposento de convidados de honra com a ordem pessoal de que ninguém se aproxime a cinco metros dessa porta que vou estar muito ocupado aprendendo a ler e a escrever, de modo que ninguém o interrompeu nem mesmo com a novidade meu general de que o vômito negro estava fazendo estragos na população rural enquanto o compasso do meu coração se adiantava ao metrônomo pela força invisível do seu cheiro de animal selvagem, cantando que o anão dança com um pé só, a mula vai ao moinho, Otília lava a tina, babá se escreve com b de burro, cantava, enquanto Letícia Nazareno separava o testículo herniado para limpá-lo dos restos da caça do último amor, afundava-o nas águas lustrais da banheira de estanho com patas de leão e o ensaboava com sabonete reuter e o lustrava com buchas e o enxaguava com água de ervas fervidas cantando a duas vozes com g se escreve gengibre, gerânio e ginete, lambuzava as dobras de suas pernas com manteiga de cacau para aliviar as queimaduras da funda, empoava com ácido bórico a estrela murcha do seu cu e lhe dava palmadas de mão carinhosa nas nádegas pelo seu mau comportamento com o ministro da Holanda, piá, piá, lhe pediu como penitência que permitisse o regresso ao país das comunidades de pobres para que voltassem a se encarregar de orfanatos e hospitais e outras casas de caridade, mas ele a envolveu na aura lúgubre do seu rancor implacável, nem de brincadeira, suspirou, não havia um poder neste mundo nem no outro que o fizesse contrariar uma determinação tomada por ele mesmo de viva voz, ela lhe pediu nos arrancos do amor das duas da tarde que me conceda uma coisa, minha vida, só uma que retornem as comunidades dos territórios missionários que trabalhavam à margem das veleidades do poder, mas ele lhe respondeu nas aflições de seus gemidos de marido apressado que nem de brincadeira meu amor, antes morte que humilhado por essa cáfila de padrecos que ensilham índios em vez de mulas e distribuem colares de contas de vidro colorido em troca de narigueiras e brincos de ouro, nem de brincadeira, protestou, insensível às súplicas de Letícia Nazareno da minha desventura que havia cruzado as pernas para pedir-lhe a restituição dos colégios confessionais expropriados pelo governo, a desamortização dos bens de mãos mortas, os engenhos de açúcar, os templos transformados em quartéis, mas ele virou a cara para a parede disposto a renunciar ao tormento insaciável de seus amores lentos e abismais para não ter que dar meu braço a torcer em favor desses bandoleiros de Deus que durante séculos têm se alimentado dos fígados da pátria, nem de brincadeira, decidiu, e apesar disso voltaram meu general, regressaram ao país pelas frestas mais apertadas as comunidades de pobres de acordo com sua ordem confidencial de que desembarquem sem ruído em enseadas secretas, pagaram-lhes indenizações excessivas, restituíram-lhes com juros os bens expropriados e foram abolidas as leis recentes do casamento civil, o divórcio vincular, a educação leiga, tudo quanto ele havia determinado de viva voz na ira da festa de enganos do processo de santificação de sua mãe Bendición Alvarado a quem Deus tenha em seu santo reino, que porra, mas Letícia Nazareno não se conformou com tanto mas pediu mais, pediu-lhe que ponha a orelha na minha barriga para ouvir cantar a criatura que está crescendo lá dentro, pois ela havia acordado na metade da noite sobressaltada por aquela voz profunda que descrevia o paraíso aquático de suas entranhas sulcadas de entardeceres malva e ventos de alcatrão, aquela voz interior que lhe falava dos pólipos dos seus rins, o aço terno de suas tripas, o âmbar morno de sua urina adormecida em seus mananciais, e ele pôs no ventre dela o ouvido que zumbia menos e ouviu o borbulhar secreto da criatura viva do seu pecado mortal, um filho dos nossos ventres obscenos que vai se chamar Emanuel, que é o nome com que os outros deuses conhecem Deus, e há de ter na testa o luzeiro branco de sua origem egrégia e há de herdar o espírito de sacrifício da mãe e a grandeza do pai e seu próprio destino de condutor invisível, mas havia de ser a vergonha do céu e o estigma da pátria por sua natureza ilícita enquanto ele não se decidisse a consagrar nos altares o que havia aviltado na cama durante tantos e tantos anos de contubérnio sacrilégio, e então abriu caminho por entre as espumas do antigo mosquiteiro de casal com aquele ressolho de caldeira de navio que lhe saía do fundo das terríveis raivas reprimidas gritando nem de brincadeira, antes morto que casado, arrastando suas grandes patas de noivo escondido pelos salões de uma casa estranha cujo esplendor de outra época havia sido restaurado depois de longo tempo de trevas do luto oficial, os apodrecidos crepes de semana santa haviam sido arrancados das cornijas, havia luz de mar nos aposentos, flores nas sacadas, músicas marciais, e tudo isso em cumprimento de uma ordem que ele não dera mas que foi uma ordem sua sem a menor dúvida meu general pois tinha a decisão tranquila de sua voz e o estilo inapelável de sua autoridade, e ele aprovou, de acordo, e voltaram a se abrir os templos clausurados, e os claustros e cemitérios haviam sido devolvidos a suas antigas congregações por outra ordem sua que tampouco havia sido dada mas que aprovou, de acordo, haviam restabelecido os antigos dias santos de guarda e os costumes da quaresma e entravam pelas sacadas abertas os hinos de júbilo das multidões que antes cantavam para exaltar sua glória e agora cantavam ajoelhadas sob o sol ardente para celebrar a boanova de que haviam trazido Deus em um navio meu general, de verdade, que o haviam trazido por sua ordem, Letícia, por uma lei de alcova como tantas outras que ela expedia em segredo sem consultar a ninguém e que ele aprovava em público para que não parecesse ante os olhos de alguém que havia perdido os oráculos de sua autoridade, pois você era a potência oculta daquelas procissões sem fim que ele contemplava espantado das janelas do seu quarto até mais além onde não chegaram as hordas fanáticas de sua mãe Bendición Alvarado cuja memória havia sido exterminada do tempo dos homens, haviam espalhado ao vento os trapos do vestido de noiva e o amido dos seus ossos e haviam voltado a pôr a lápide ao contrário na cripta com as letras para dentro para que não perdurasse nem a lembrança de seu nome de passarinheira em repouso pintora de bem-te-vis até o fim dos tempos, e tudo isso por sua ordem, porque era você quem havia ordenado para que nenhuma outra memória fizesse sombra à sua memória, Letícia Nazareno da minha desgraça, filha da puta. Ela o havia mudado em uma idade em que ninguém muda a não ser para morrer, havia conseguido aniquilar com recursos de cama sua resistência pueril que nem de brincadeira, antes morto que casado, obrigara-o a pôr sua funda nova veja como soa como um cincerro de ovelha extraviada na escuridão, obrigou-o a pôr suas botas de verniz de quando dançou a primeira valsa com a rainha, a espora de ouro do tornozelo esquerdo que lhe havia presenteado o almirante do mar-oceano para que a levasse até a morte em sinal da mais alta autoridade, sua túnica de canutilhos e borlas de passamanaria e charlateiras de estátua que ele não voltara a vestir desde os tempos em que ainda se podia vislumbrar os olhos tristes, o queixo pensativo, a mão taciturna com a luva de cetim atrás das cortinas da carruagem presidencial, obrigou-o a pôr seu sabre de guerra, seu perfume de homem, suas medalhas com o cordão da ordem dos cavaleiros do Santo Sepulcro que o Sumo Pontífice mandou a você por haver devolvido à igreja os bens expropriados, você me vestiu como um altar de festa e me levou de madrugada por meus próprios pés ao sombrio salão de audiências cheirando a velas de morto pelos galhos das laranjeiras nas janelas e os símbolos da pátria pendurados nas paredes, sem testemunhas, ungido ao jugo da noviça escaiolada com a saia curta de linho debaixo das auras de musselina para sufocar a vergonha de sete meses de desatinos ocultos, suavam no sopor do mar invisível que farejava sem sossego em volta do tétrico salão de festas cujos acessos haviam sido proibidos por ordem sua, as janelas haviam sido muradas, haviam exterminado todo rastro de vida na casa para que o mundo não percebesse nem o rumor mais ínfimo da enorme boda escondida, mal podia você respirar de calor por causa da premência do varão prematuro que nadava entre os liquens de trevas das dunas de suas entranhas, pois ele havia resolvido que seria varão, e o era, cantava no subsolo do seu ser com a mesma voz de manancial invisível com que o arcebispo-primaz vestido de pontificai cantava glória a Deus nas alturas para que não o ouvissem nem as sentinelas que cochilavam, com o mesmo terror de mergulhador perdido com que o arcebispo-primaz encomendou sua alma ao Senhor para perguntar ao ancião inescrutável o que ninguém até então nem depois até a consumação dos séculos se atrevera a perguntar-lhe se aceita por esposa a Letícia Mercedes Maria Nazareno, e ele quase nem piscou, de acordo, soaram de leve em seu peito as medalhas de guerra pela pressão oculta do coração, mas havia tanta autoridade em sua voz que a terrível criatura das entranhas dela mexeu-se muito no seu equinócio de águas densas e corrigiu o seu oriente e encontrou o rumo da luz, e então Letícia Nazareno curvou-se sobre si mesma soluçando meu pai e senhor compadece-te desta tua serva que muito tem se comprazido na desobediência de tuas santas leis e aceita com resignação este castigo terrível, mas mordendo ao mesmo tempo a mitene de rendas para que o ruído dos ossos desarticulados de sua cintura não fosse delatar a desonra oprimida pela saia de linho, ficou de cócoras, despedaçou-se no charco fumegante de suas próprias águas e puxou de dentro do enredo de musselina o feto prematuro que tinha o mesmo tamanho e o mesmo ar de desamparo de animal sem vida de um terneiro nonato, levantou-o com as mãos tentando reconhecê-lo à luz turva das velas do altar improvisado, e viu que era um varão, tal como o havia determinado meu general, um varão frágil e tímido que havia de levar sem honra o nome de Emanuel, como estava previsto, e o nomearam general de divisão com jurisdição e comando efetivos desde o momento em que ele o pôs sobre a pedra dos sacrifícios e lhe cortou o umbigo com o sabre e o reconheceu como meu único e legítimo filho, padre, batize-o. Aquela decisão sem precedentes havia de ser o prelúdio de uma nova época, o primeiro anúncio dos maus tempos em que o exército isolava as ruas antes do alvorecer e fazia fechar as janelas das sacadas e desocupava o mercado a coronhaços de rifle para que ninguém visse a passagem fugitiva do automóvel flamante de aço blindado e frisos de ouro da escuderia presidencial, e quem se atrevesse a espreitar das soteias proibidas não viam como em outro tempo o militar milenário com o queixo apoiado na mão pensativa da luva de cetim através das cortinas bordadas com as cores da bandeira mas a antiga noviça rechonchuda com o chapéu de palha de flores de feltro e a pele de raposa azul que pendurava no pescoço apesar do calor, nós a víamos descer diante do mercado público nas quartas-feiras pela manhã escoltada por uma patrulha de choque levando pela mão o minúsculo general de divisão de uns três anos e de quem era impossível pensar por sua graça e sua languidez que não fosse uma menina disfarçada de militar com o uniforme de gala de canutilhos de ouro que parecia crescer-lhe no corpo, pois Letícia Nazareno vestia-o nele desde antes da primeira dentição quando o levava no berço de rodas para presidir os atos oficiais na representação do pai, levava-o nos braços quando passava em revista seus exércitos, levantava-o por cima de sua cabeça para que recebesse a ovação das multidões no estádio de futebol, amamentava-o no automóvel conversível durante os desfiles dos feriados nacionais sem pensar nas brincadeiras íntimas que suscitava o espetáculo público de um general de cinco sóis agarrado com um êxtase de terneiro órfão ao mamilo de sua mãe, assistiu a recepções diplomáticas desde que ficou em condições de se manter de pé, e então usava além do uniforme as medalhas de guerra que escolhia a seu gosto no estojo de condecorações que seu pai lhe emprestava para brincar, e era um menino sério, estranho, sabia portar-se em público desde os seis anos segurando na mão a taça com suco de frutas em vez de champanha enquanto falava de assuntos de gente grande com uma propriedade e uma graça naturais que não havia herdado de ninguém, embora mais de uma vez acontecesse que uma nuvem escura atravessasse o salão de festas, o tempo parou, o delfim pálido investido dos mais altos poderes havia sucumbido no sopor, silêncio, sussurravam, o general pequenino está dormindo, tiraram-no nos braços dos seus ajudantes de ordens através dos diálogos trancados e os gestos petrificados da audiência de sicários de luxo e senhoras pudicas que mal se atreviam a murmurar reprimido o riso do rubor atrás dos leques de pluma, que horror, se o general soubesse, porque ele deixava prosperar a crença que ele mesmo inventara de que não se importava com tudo quanto acontecia no mundo que não estivesse à altura de sua grandeza como por exemplo as ousadias públicas do único filho que havia aceitado como seu entre os incontáveis que havia engendrado, ou as atribuições exorbitantes da minha única e legítima esposa Letícia Nazareno que chegava ao mercado nas quartas-feiras pela manhã levando pela mão o seu general de brinquedo em meio à buliçosa escolta de criadas de quartel e ordenanças de choque transfigurados por esse raro resplendor visível da consciência que precede a saída iminente do sol no Caribe, afundavam-se até a cintura na água pestilenta da baía para saquear os veleiros de panos remendados que atracavam no antigo porto negreiro estivados com flores da Martinica e talos de gengibre de Paramaribo, arrasavam de passagem com as bancas de peixe em uma arrebatinha de guerra, disputavam-na aos porcos com coronhaços de rifle à volta da antiga báscula de escravos ainda em serviço onde em outra quarta-feira de outra época da pátria antes dele haviam arrematado em hasta pública uma senegalesa cativa que custou mais que o seu próprio peso em ouro por sua formosura de sonho ruim, acabaram com tudo meu general, foi pior que a lagosta, pior que o ciclone, mas ele permanecia impassível ante o escândalo crescente porque Letícia Nazareno irrompia como ele mesmo não se teria atrevido na galeria de confusões do mercado de aves e legumes perseguida pelo alvoroço dos vira-latas que latiam assustados para os olhos de vidro atônitos das raposas azuis, movimentava-se com a segurança insolente de sua autoridade entre as esbeltas colunas de ferro bordado sob a galharia de ferro com grandes lâminas de vidros amarelos, com balcões de vidros rosados, com cornucópias de fabulosas riquezas da flora de vidros azuis da gigantesca abóboda de luzes onde escolhia as frutas mais apetitosas e os legumes mais frescos que entretanto murchavam no instante em que ela os tocava, inconsciente dos maus eflúvios de suas mãos que faziam crescer musgo no pão ainda quente e havia pretejado o ouro de sua aliança, desandava em impropérios contra as quitandeiras que haviam escondido o melhor sortimento e só haviam deixado para a casa do poder esta miséria de mangas para os porcos, gatunas, esta melancia que soa por dentro como uma calabresa de músico,[29] desgraçadas, esta merda de costela com a sangueira bichada que se conhece a léguas que não é de

---

29. No original, *calabazo de músico*: calabazo, em sentido figurado, é melão insípido; em Cuba, instrumento musical.

boi mas de burro morto de peste, filhas de uma puta, esganiçava-se, enquanto as criadas com seus cestos e as ordenanças com suas tinas de bebedouro arrasavam com tudo o que fosse de comer que encontrassem pela frente, seus gritos de patife eram mais estridentes que o fragor dos cães enlouquecidos pela sorna de esconderijos nevados dos rabos das raposas azuis que ela recebia vivas da ilha do príncipe Eduardo, mais ofensivos que a réplica sangrenta dos papagaios desbocados cujas donas ensinavam em segredo o que elas mesmas não se podiam dar o prazer de gritar Letícia ladrona, freira puta, berravam empoleirados na galharia de ferro da folhagem de vidros de cor empoeirados do domo do mercado onde sabiam estar a salvo do sopro de devastação daquele zambapalo[30] de bucaneiros que se repetiu todas as quartas-feiras pela manhã durante a infância buliçosa do minúsculo general de embuste cuja voz se tornava mais afetuosa e suas maneiras mais doces quanto mais homem tentava parecer com o sabre de rei do baralho que ainda arrastava ao caminhar, mantinha-se imperturbável em meio à rapina, mantinha-se sereno, altivo, com o decoro inflexível que a mãe lhe havia inculcado para que merecesse a flor da estirpe que ela mesma esfrangalhava no mercado com seus ímpetos de cadela furiosa e seus impropérios de bêbado sob o olhar incólume das velhas negras de turbantes de trapos de cores brilhantes que suportavam os insultos e contemplavam o saque abanando-se sem piscar com uma calma abismal de ídolos sentados, sem respirar, ruminando bolas de tabaco, bolas de coca, tranquilizantes que lhes permitiam sobreviver a tanta ignomínia enquanto passava o feroz assalto da batedeira e

---

30. *Zambapalo*, antiga dança grotesca levada das Américas (Índias Ocidentais) para a Espanha, que esteve em moda nos séculos XVI e XVII.

Letícia Nazareno abria caminho com seu militar de brincadeira, por entre as espinhas eriçadas de cães frenéticos e gritava da porta que apresentassem a conta ao governo, com sempre, e elas apenas suspiravam, meu Deus, se o general soubesse, se houvesse alguém capaz de contar a ele, enganadas com a ilusão de que ele continuou ignorando até a hora de sua morte o que todo mundo sabia para vergonha de sua memória que a minha única e legítima esposa Letícia Nazareno havia desguarnecido os bazares dos hindus dos seus horríveis cisnes de vidro e espelhos com marcas de caracóis e cinzeiros de coral, despojava de tafetás mortuários as lojas dos sírios e levava aos punhados os colares de peixinhos de ouro e as figas de proteção dos ourives ambulantes da rua do comércio que lhe gritavam na cara que você é mais raposa que as letícias azuis que levava penduradas ao pescoço, carregava com tudo quanto encontrasse pela frente para satisfazer a única coisa que lhe restava de sua antiga condição de noviça que era o seu mau gosto pueril e o vício de pedir sem necessidade, só que então não tinha que mendigar pelo amor de Deus nos saguões perfumados de jasmins do bairro dos vice-reis senão que carregava em furgões militares quanto comprazia a sua vontade sem mais sacrifícios de sua parte que a ordem peremptória de que apresentem a conta ao governo. Era o mesmo que dizer que cobrassem de Deus, porque ninguém sabia desde então se ele existia com certeza, fizera-se invisível, víamos os muros fortificados na colina da Praça de Armas, a casa do poder com a sacada dos discursos lendários e as janelas de cortinas de renda e vasos de flores nas cornijas que à noite parecia um navio de vapor navegando no céu, não apenas de qualquer lugar da cidade mas também de sete léguas no mar depois que a pintaram de branco e a iluminaram com lampiões de vidro para celebrar a visita do conhecido poeta Rubén Darío, embora nenhum desses sinais demonstrasse com certeza que ele estivesse ali, pelo contrário, pensávamos com boas razões que aquelas ostentações de vida eram artifícios militares para tratar de desmentir a versão generalizada de que ele havia sucumbido a uma crise de misticismo senil, que havia renunciado aos faustos e vaidades do poder e havia imposto a si mesmo a penitência de viver o resto de seus anos em um tremendo estado de prostração com cilícios de privações na alma e todo tipo de ferretes para mortificar o corpo, sem outra coisa que pão de centeio para comer e água do poço para beber, nem outra coisa para dormir que as lajes do chão puro de uma célula de clausura do convento das biscainhas até expiar o horror de haver possuído contra sua vontade e haver fecundado de varão a uma mulher proibida que só porque Deus é grande não havia recebido ainda as ordens maiores, e entretanto nada havia mudado em seu vasto reino de pesadelo porque Letícia Nazareno tinha as chaves do seu poder e bastava-lhe dizer que ele mandava que dissesse que apresentem a conta ao governo, uma fórmula antiga que no princípio parecia muito fácil de se livrar mas que se foi fazendo cada vez mais temível, até que um grupo de credores decididos atreveu-se a se apresentar depois de muitos anos com uma maleta de faturas pendentes no depósito do palácio e nos surpreendemos que ninguém nos dissesse que sim nem que não mas que nos mandassem com um soldado de serviço até uma discreta sala de espera onde fomos recebidos por um oficial de marinha muito amável, muito jovem, de voz repousada e jeito alegre que nos ofereceu uma xícara de café fraco e cheiroso das safras presidenciais, mostrou-nos os escritórios brancos e bem iluminados com telas nas janelas e ventiladores de pás no teto, e tudo era tão diáfano e humano que agente se perguntava perplexo onde estava o poder daquele ar cheirando a remédio perfumado, onde estava a mesquinhez e a inclemência do poder da consciência daqueles escriturários de camisas de seda que governavam sem pressa e no silêncio, mostrou-nos o patiozinho interior cujas roseiras haviam sido podadas por Letícia Nazareno para purificar o sereno da madrugada na má lembrança dos leprosos e dos cegos e dos paralíticos que foram mandados morrer de esquecimento em asilos de caridade, mostrou-nos o antigo galpão das concubinas, as máquinas de costura enferrujadas, os catres de quartéis onde as escravas do serralho haviam dormido até em grupos de três em celas de opróbrio que seriam demolidas para construir em seu lugar a capela privada, mostrou-nos de uma janela interior a galeria mais íntima da casa civil, o caramanchão de amor-perfeito dourado pelo sol das quatro no biombo de aljôfares de listras verdes onde ele acabava de almoçar com Letícia Nazareno e o menino que eram as únicas pessoas com franquia para sentar à sua mesa, mostrou-nos a paineira lendária à cuja sombra penduravam a rede de linho com as cores da bandeira onde ele fazia a sesta nas tardes de mais calor, mostrou-nos estábulos de ordenha, as queijeiras, os favos, e ao voltar pelo caminho que ele percorria ao amanhecer para assistir à ordenha pareceu fulminado pela centelha da revelação e apontou com o dedo a marca de uma bota no barro, olhem, disse, é a marca dele, ficamos petrificados contemplando aquela reprodução de uma sola grande e grosseira que tinha o esplendor e o domínio em repouso e o bafo de sarna velha do rastro de um tigre acostumado à solidão, e nessa marca vimos o poder, sentimos o contato do seu mistério com muito mais força revelador a que da vez que um de nós foi escolhido para vê-lo de corpo presente porque os maiorais do exército começavam a rebelar-se contra a adventícia que havia conseguido acumular mais poder que o alto-comando, mais que o governo, mais que ele, pois Letícia Nazareno havia chegado tão longe com suas presunções de rainha que o próprio estado-maior presidencial assumiu o risco de permitir a entrada a um de vocês, só a um, para tentar dar a ele pelo menos uma ideia ínfima de como a pátria andava às suas costas meu general, e foi assim que eu o vi, estava só no calorento gabinete de paredes brancas com gravuras de cavalos ingleses, estava atirado para trás em uma cadeira de molas, debaixo do ventilador de pás, com o uniforme de linho inglês branco e amarrotado com botões de cobre e sem insígnias de nenhum tipo, tinha a mão direita com a luva de cetim sobre a escrivaninha de madeira onde não havia nada mais que três pares iguais de óculos muito pequenos com aros de ouro, tinha a suas costas um armário de livros empoeirados que mais pareciam livros-caixa encadernados em couro humano, tinha à direita uma janela grande e aberta, também com telas, através da qual se via a cidade inteira e todo o céu sem nuvens nem pássaros até o outro lado do mar, e eu senti um grande alívio porque ele se mostrava menos consciente do seu poder que qualquer de seus partidários e era mais doméstico que em suas fotografias e também mais digno de compaixão pois tudo nele era velho e árduo e parecia minado por uma enfermidade insaciável, tanto que não teve fôlego para dizer que me sentasse mas o indicou com um gesto triste de luva de cetim, ouviu minhas razões sem me olhar, respirando com um assobio tênue e difícil, um assobio recôndito que deixava no aposento um relento de creosoto, concentrado inteiro ao exame das contas que eu ilustrava com exemplos de escola porque ele não conseguia conceber noções abstratas, de modo que comecei por demonstrar a ele que Letícia Nazareno estava nos devendo uma quantidade de tafetá igual a duas vezes a distância marítima de Santa Maria do Altar, isto é, 190 léguas, e ele disse ah como para si mesmo, e terminei por demonstrar que o total da dívida com o desconto especial para sua excelência era igual a seis vezes o prêmio maior da loteria em dez anos, e ele voltou a dizer ah e só então me olhou de frente sem os óculos e pude ver que seus olhos eram tímidos e indulgentes, e só então me disse com uma estranha voz de harmônio que nossas razões eram claras e justas, a cada qual o seu, disse, que apresentem a conta ao governo. Assim era, na realidade, pela época em que Letícia Nazareno o havia tornado a fazer desde o começo sem os escolhos selvagens de sua mãe Bendición Alvarado, tirou-lhe o costume de comer caminhando com o prato em uma mão e a colher na outra então comiam os três em uma mesinha de praia sob o caramanchão de amor-perfeito, ele diante do menino e Letícia Nazareno entre os dois ensinando-lhes as regras de sociedade e de boa saúde no comer, ensinou-lhes a se manter com a espinha dorsal apoiada no espaldar da cadeira, o garfo na mão esquerda, a faca na direita, mastigando cada porção quinze vezes de um lado e quinze vezes do outro com a boca fechada e a cabeça reta sem se importar com seus protestos de que tantos requisitos pareciam coisa de quartel, ensinou-lhe a ler depois do almoço o diário oficial no qual figurava ele mesmo como patrono e diretor honorário, ela o colocava nas mãos quando o via recostado na rede à sombra da paineira gigantesca do pátio familiar dizendo-lhe que não era concebível que um chefe de estado não estivesse ao corrente do que se passava no mundo, punha-lhe os óculos de ouro e o deixava chapinhando na leitura de suas próprias notícias enquanto ela treinava o filho no esporte das noviças de atirar e receber uma bola de borracha, enquanto ele encontrava a si mesmo em fotografias, tão antigas que muitas delas não eram suas mas de um antigo sósia que havia morrido por ele e cujo nome não lembrava, encontrava-se presidindo os conselhos de ministros das terças-feiras aos quais não assistia desde os tempos do cometa, inteirava-se de frases históricas que lhe atribuíam seus ministros letrados, lia cabeceando no bochorno das grandes nuvens errantes das tardes de agosto, afundava pouco a pouco na papa de suor da sesta murmurando que merda de jornal, porra, não entendo como essa gente o aguenta, murmurava, mas algo devia assimilar daquelas leituras sem graça porque acordava do sono curto e tênue com alguma ideia nova inspirada nas notícias, mandava ordens a seus ministros por Letícia Nazareno, eles respondiam por ela tentando vislumbrar seu pensamento através do pensamento dela, porque você era o que eu havia querido que fosse a intérprete dos meus mais altos desígnios, você era a minha voz, era a minha razão e a minha força, era o seu ouvido mais fiel e mais atento ao rumor de lavas perpétuas do mundo inacessível que o assediava, embora na verdade os últimos oráculos que regiam seu destino fossem as frases anônimas nas paredes dos mictórios do pessoal de serviço, nos quais decifrava as verdades recônditas que ninguém se teria atrevido a lhe revelar, nem mesmo você, Letícia, lia-os ao amanhecer de volta da ordenha antes que o pessoal da limpeza os apagasse e havia ordenado caiar todo dia as paredes dos banheiros para que ninguém resistisse à tentação de desafogar os seus rancores ocultos, ah conheceu as amarguras do mando supremo, as intenções reprimidas daqueles que medravam à sua sombra e o repudiavam pelas costas, sentia-se dono de todo o seu poder quando conseguia penetrar um enigma do coração humano no espelho revelador do papel da canalha, voltou a cantar depois de tantos anos contemplando através das brumas do mosquiteiro o sono matinal de baleia encalhada de sua única e legítima esposa Letícia Nazareno, levante-se, cantava, são seis horas meu coração, o mar está em seu posto, a vida continua, Letícia, a vida imprevisível da única de suas tantas mulheres que havia conseguido tudo dele menos o privilégio de amanhecer com ela na cama, pois ele saía depois do último amor, pendurava o lampião de sair correndo no dintel do seu quarto de velho solteiro, passava as três aldravas, os três ferrolhos, as três trancas, atirava-se de bruços no chão, só e vestido, como o havia feito todas as noites antes de você, como o fez sem você até a última noite de seus sonos de afogado solitário, voltava depois da ordenha a seu quarto cheirando a fera da escuridão para continuar dando a você tudo quanto quiser, muito mais que a herança desmedida de sua mãe Bendición Alvarado, muito mais do que nenhum ser humano havia sonhado sobre a terra, não apenas para ela mas também para seus parentes inesgotáveis que chegavam de cachopos incógnitos das Antilhas sem outra fortuna que os trapos que vestiam nem mais títulos que os de sua identidade de Nazarenos, uma família escabrosa de varões intrépidos e mulheres abrasadas pela febre da cobiça que haviam tomado à força os monopólios do sal, do fumo, da água potável, os antigos privilégios com que ele havia favorecido aos comandantes das diferentes armas para mantê-los afastados de outro tipo de ambições e que Letícia Nazareno lhes ia arrebatando pouco a pouco por ordens suas que ele não dava mas aprovou, de acordo, havia abolido o bárbaro sistema de execução por esquartejamento com cavalos e havia tentado pôr em seu lugar a cadeira elétrica que lhe havia presenteado o comandante do desembarque para que também nós desfrutássemos do mais civilizado método de matar, havia visitado o laboratório de horror da fortaleza do porto onde escolhiam os presos políticos mais exaustos para treinar no manejo do trono da morte cujas descargas absorviam toda a potência elétrica da cidade, sabíamos a hora exata do experimento mortal porque ficávamos um instante nas trevas com a respiração truncada pelo horror, guardávamos um minuto de silêncio nos bordéis do porto e bebíamos um trago pela alma do sentenciado, não uma vez mas muitas, pois a maior parte das vítimas ficava pendurada das correias da cadeira com o corpo amorcilhado e expelindo fumaça de carne assada mas ainda berrando de dor até que alguém tivesse a piedade de acabar de matá-los a tiros depois das várias tentativas frustradas, tudo para agradar você, Letícia, por você havia desocupado os calabouços e autorizou de novo a repatriação de seus inimigos e promulgou um bando de páscoa para que ninguém fosse castigado por divergências de opinião nem perseguido por assuntos de foro íntimo, convencido de coração na plenitude do seu outono de que até seus adversários mais encarniçados tinham direito de compartilhar da placidez que ele gozava nas noites absortas de janeiro com a única mulher que mereceu a glória de vê-lo sem camisa e de cuecão e a enorme hérnia dourada pela lua no terraço da casa civil, contemplavam juntos os salgueiros misteriosos que por aqueles Natais lhes mandaram os reis de Babilônia para que os semeassem no jardim da chuva, desfrutavam do sol estilhaçado através das águas perpétuas, deliciavam-se com a estrela polar enredada em suas frondes, esquadrinhavam o universo nos números da radiola interferida pela zoeira de burla dos planetas fugitivos, escutavam juntos o capítulo diário das novelas irradiadas de Santiago de Cuba que deixava na alma deles o sentimento de angústia de se ainda amanhã estaremos vivos para saber como se resolve esta desgraça, ele brincava com o menino antes de deitá-lo para ensinar-lhe tudo o que era possível saber sobre o uso e a manutenção das armas de guerra que era a ciência humana que ele conhecia melhor que ninguém, mas o único conselho que lhe deu foi que nunca desse uma ordem se não está certo de que a vão cumprir, e o fez repeti-la tantas vezes quantas pensou necessárias para que o menino não esquecesse nunca que o único erro que não pode cometer nem uma só vez em toda a sua vida um homem investido de autoridade e mando é dar uma ordem se não estiver certo de que será cumprida, um conselho que ficaria melhor em um avô escaldado que em um pai sábio e que o menino não teria esquecido jamais embora houvesse vivido tanto quanto ele porque isso o ensinou quando o preparava para disparar pela primeira vez aos seis anos de idade um canhão de recuo a cujos estampidos de catástrofes atribuímos a pavorosa tormenta seca de relâmpagos e trovões vulcânicos e o tremendo vento polar de Comodoro Rivadávia que revirou as entranhas do mar e levou pelos ares um circo de animais acampado na praça do antigo porto negreiro, tirávamos elefantes em tarrafas, palhaços afogados, girafas subidas nos trapézios pela fúria do temporal que por milagre não pôs a pique o navio bananeiro em que chegou poucas horas depois o jovem poeta Felix Rubén Garcia Sarmiento que havia de se fazer famoso com o nome de Rubén Darío, felizmente o mar se aplacou às quatro, o ar úmido encheu-se de formigas voadoras e ele apareceu à janela do quarto e viu ao socairo das colinas do porto o naviozinho branco escorado a estibordo e com a mastreação desmantelada navegando sem riscos no remanso da tarde purificada pelo enxofre da tormenta, viu o capitão no castelo de proa dirigindo a manobra difícil em honra do passageiro ilustre de casaca de tecido escuro e colete trespassado de quem ele não ouviu falar até a noite do domingo seguinte quando Letícia Nazareno lhe pediu a graça inconcebível de que a acompanhasse à noitada lírica do Teatro Nacional e ele aceitou sem piscar, de acordo. Havíamos esperado três horas de pé na atmosfera pesada da plateia sufocados pelos trajes de gala que nos exigiram à última hora, quando afinal teve início o hino nacional e nos voltamos para o palco assinalado com o escudo da pátria onde apareceu a noviça gorducha do chapéu de plumas encaracoladas e os rabos de raposas noturnas sobre o vestido de tafetá, sentou-se sem cumprimentar junto ao infante em uniforme de noite que havia respondido aos aplausos com o lírio de dedos vazios da luva de cetim apertada no punho como a mãe lhe havia dito que faziam os príncipes de outra época, não vimos a ninguém mais no palco presidencial, mas durante as duas horas do recital suportamos a certeza de que ele estava ali, sentíamos a presença invisível que vigiava nosso destino para que não fosse alterado pela desordem da poesia, ele regulava o amor, decidia a intensidade e o limite da morte em um canto do palco em penumbra de onde viu sem ser visto o minotauro chato cuja voz de centelha marinha tirou-o suspenso do seu lugar e do seu instante e o deixou flutuando sem sua licença no trono de ouro dos claros clarins dos arcos triunfais de Martes e Minervas de uma glória que não era sua meu general, viu os atletas heroicos dos estandartes os negros mastins de caça os possantes cavalos de guerra de cascos de ferro as garruchas e as lanças dos paladinos de rudes penachos que levavam cativa a estranha bandeira para honra de umas armas que não eram as suas, viu a tropa de jovens ferozes que haviam desafiado os sóis do vermelho verão as neves e ventos do gélido inverno a noite e a escarcha e o ódio e a morte para esplendor eterno de uma pátria imortal maior e mais gloriosa de quantas ele havia sonhado nos longos delírios de suas febres de guerreiro descalço, sentiu-se pobre e minúsculo no estrondo sísmico dos aplausos que ele aprovava na sombra pensando minha mãe Bendición Alvarado isso sim é um desfile, não as merdas que essa gente me organiza, sentindo-se diminuído e só, oprimido pelo sopor e os mosquitos e as colunas de sapolim de ouro e o veludo amarrotado do palco de honra, porra, como é possível que este índio possa escrever uma coisa tão bela com a mesma mão com que limpa o cu, dizia-se, tão exaltado pela revelação da beleza escrita que arrastava suas grandes patas de elefante cativo ao compasso dos golpes marciais dos timbaleiros, cochilava ao ritmo das vozes de glória do canto sonoro do cálido couro que Letícia Nazareno recitava para ele à sombra dos arcos triunfais da paineira do pátio, escrevia os versos nas paredes dos banheiros, estava tentando recitar de memória o poema completo no olimpo tíbio de merda de vaca dos estábulos de ordenha quando a terra tremeu com a carga de dinamite que explodiu antes do tempo na mala do automóvel presidencial estacionado na garagem foi horrível meu general, uma detonação tão potente que muitos meses depois ainda encontrávamos por toda a cidade as peças retorcidas do carro blindado que Letícia Nazareno e o menino deviam usar uma hora mais tarde para fazer o mercado da quarta-feira, pois o atentado era contra ela meu general, sem dúvida nenhuma, e então ele se deu uma palmada na testa, porra, como é possível que não o houvesse previsto, que havia sido de sua lendária clarividência se há tantos meses que as frases nos mictórios não eram dirigidas contra ele, como sempre, ou contra algum dos seus ministros civis, mas que eram inspiradas pela audácia dos Nazarenos que havia chegado ao ponto de mordiscar as prebendas reservadas ao comando supremo, ou pelas ambições dos homens de igreja que obtinham do poder temporal favores excessivos e eternos, ele havia observado que as diatribes inocentes contra sua mãe Bendición Alvarado haviam se tornado impropérios de papagaia, pasquins de rancores ocultos que amadureciam na impunidade tíbia dos banheiros e acabavam por ganhar as ruas como havia ocorrido tantas vezes com outros escândalos menores que ele mesmo se encarregava de precipitar, embora nunca pensasse nem teria podido pensar que fossem tão ferozes a ponto de pôr dois quintais de dinamite dentro dos próprios limites da casa civil, bandidos, como é possível que ele andasse tão absorto no êxtase dos bronzes triunfais que seu olfato refinado de tigre cevado não houvesse reconhecido a tempo o velho e doce cheiro do perigo, que merda, reuniu com urgência o comando supremo, catorze militares trêmulos que ao cabo de tantos anos de via ordinária e ordens de segunda mão voltávamos a ver a duas braças de distância o ancião incerto cuja existência real era o mais simples de seus enigmas, recebeu-nos sentado na cadeira principal do salão de audiências com o uniforme de soldado raso cheirando a mijadinhas de zorrilho e uns óculos muito finos de ouro puro que não conhecíamos nem em seus retratos mais recentes, e era mais velho e mais remoto do que ninguém houvera podido imaginar, salvo as mãos lânguidas sem as luvas de cetim que não pareciam suas mãos naturais de militar mas as de alguém muito mais jovem e compassivo, tudo o mais era denso e sombrio, e quanto mais o reconhecíamos era mais evidente que apenas lhe restava um último sopro para viver, mas era o sopro de uma autoridade inapelável e devastadora que a ele mesmo custava manter nos limites como a um cavalo selvagem na feira, sem falar, sem sequer mexer a cabeça enquanto lhe rendíamos honras de general chefe supremo e nos sentamos em frente dele nas poltronas dispostas em círculo, e só então tirou os óculos e começou a nos examinar com aqueles olhos meticulosos que conheciam os esconderijos de mexeriqueiros de nossas segundas intenções, examinou-os sem clemência, um por um, gastando todo o tempo que lhe fazia falta para estabelecer com precisão quanto havia mudado cada um de nós desde a tarde de brumas da memória em que os havia promovido aos mais altos postos apontando-os com o dedo segundo os impulsos de sua inspiração, e à medida que os examinava sentia crescer a certeza de que entre aqueles catorze inimigos recônditos estavam os autores do atentado, mas ao mesmo tempo sentiu-se tão só e indefeso em frente deles que mal piscou, mal levantou a cabeça para exortá-los à unidade agora mais que nunca pelo bem da pátria e a honra das forças armadas, recomendou-lhes energia e prudência e impôs-lhes a honrosa missão de descobrir sem contemplações os autores do atentado para submetê-los ao rigor sereno da justiça marcial, isso é tudo, senhores, concluiu, a sabendas de que o autor era um deles, ou eram todos, ferido de morte pela convicção iniludível de que a vida de Letícia Nazareno não dependia então da vontade de Deus senão da sabedoria com que ele lograva preservá-la de uma ameaça que cedo ou tarde se havia de cumprir sem remédio, desgraçada. Obrigou-a a cancelar seus compromissos públicos, obrigou seus parentes mais vorazes a se despojarem de quanto privilégio pudesse se opor aos das forças armadas, os mais compreensivos ele nomeou caudilhos todo-poderosos e os mais encarniçados nós encontrávamos boiando nos mangues de plantas aquáticas do mercado, apareceu sem avisar depois de tantos anos na sua poltrona vazia do conselho de ministros disposto a pôr um limite à infiltração do clero nos negócios do estado para manter você a salvo de seus inimigos, Letícia, e entretanto havia voltado a lançar sondas mais profundas no alto-comando depois das primeiras decisões drásticas e estava convencido de que sete dos comandantes lhe eram leais sem reservas além do general em chefe que era o mais antigo dos seus compadres, mas ainda carecia de poder contra os outros seis enigmas que lhe encompridavam as noites com a impressão iniludível de que Letícia Nazareno estava já marcada pela morte, e a estavam matando por entre suas mãos apesar do rigor com que fazia provar sua comida desde que encontraram uma espinha de peixe dentro do pão, verificavam a pureza do ar que respirava porque ele temia que pusessem veneno na bomba de inseticida, via-a pálida à mesa, sentia-a ficar sem voz na metade do amor, atormentava-o a ideia de que pusessem micróbios do vômito negro na água de beber, vitríolo no colírio, sutis engenhos de morte que lhe amargavam cada instante daqueles dias e o despertavam à meia-noite com o pesadelo vivido de que Letícia Nazareno se dessangrava durante o sono por um feitiço de índios, aturdido por tantos riscos imaginários e ameaças verídicas que lhe proibia sair à rua sem a escolta feroz de guardas presidenciais instruídos para matar sem motivo, mas ela saía meu general, levava o menino, ele desprezava o mau presságio para vê-los subir no novo automóvel blindado, despedia-se deles com sinais de esconjuro da sacada interior rogando minha mãe Bendición Alvarado proteja-os, faça com que as balas rebotem no seu corpinho, amanse o drogado, mãe, endireite os pensamentos tortos, sem um instante de sossego enquanto não voltasse a ouvir as sirenes da escolta da Praça de Armas e via Letícia Nazareno e o menino atravessando o pátio com as primeiras luzes do farol, ela voltava agitada, feliz no meio da custódia de guerreiros carregados de perus vivos, orquídeas de Envigado, fieiras de pequenos focos para as noites de Natal que já se anunciavam na rua com letreiros de estrelas luminosas ordenados por ele para disfarçar a opressão, recebia-a na escada para sentir que você ainda está viva no relento de naftalina dos rabos de raposas azuis, no suor acre dos seus agasalhos de inválida, ajudava você a levar os presentes ao quarto com estranha certeza de estar consumindo as últimas migalhas de um alvoroço condenado que teria preferido não conhecer, tanto mais desolado quanto mais convencido estava que cada recurso que concebia para aliviar aquela ansiedade insuportável, cada passo que dava para conjurá-la aproximava-o sem piedade da pavorosa quarta-feira da minha desgraça em que tomou a tremenda decisão de que agora chega, porra, o que tem que ser que seja logo, decidiu, e foi como uma ordem fulminante que não havia acabado de conceber quando dois de seus ajudantes de ordens irromperam no gabinete com a notícia terrível de que Letícia Nazareno e o menino haviam sido esquartejados e comidos aos pedaços pelos vira-latas do mercado público, comidos vivos meu general, mas não eram os mesmos vira-latas de sempre mas uns animais de guarda com uns olhos amarelos atônitos e uma pele lisa de tubarão que alguém havia atiçado contra as raposas azuis, sessenta cães iguais que ninguém soube quando saltaram de entre os balcões de legumes e caíram em cima de Letícia Nazareno e do menino sem nos dar tempo de atirar por medo de matá-los e parecia que estavam se afogando junto com os cães em um torvelinho dos infernos, só víamos o cariz instantâneo de umas mãos efêmeras tendidas para nós enquanto o resto do corpo ia desaparecendo aos pedaços, víamos umas expressões fugazes e indescritíveis que às vezes eram de terror, às vezes eram de dor, às vezes eram de júbilo, até que acabaram de se afundar no redemoinho da rebatinha e só ficou flutuando o chapéu de violetas de feltro de Letícia Nazareno ante o horror impassível das verdureiras totêmicas salpicadas de sangue quente que rezavam meu Deus, isto não seria possível se o general não o quisesse, ou pelo menos se não o soubesse, para desonra eterna da guarda presidencial que só pôde resgatar sem disparar um só tiro os ossos pelados dispersos entre os legumes ensanguentados, nada mais meu general, a única coisa que encontramos foram estas medalhas do menino, o sabre sem as borlas, os sapatos de cordovão de Letícia Nazareno que ninguém sabe como apareceram boiando na baía mais ou menos a uma légua do mercado, o colar de contas coloridas, o moedeiro de malha de coifa que aqui lhe entregamos em sua própria mão meu general, junto com estas três chaves, a aliança de ouro enegrecida e estes cinquenta centavos em moedas de dez que puseram sobre a escrivaninha para que ele as contasse, e nada mais meu general, era tudo quanto restava deles. Para ele teria dado no mesmo, se houvesse sabido então que não eram muitos nem muito difíceis os anos que lhe fariam falta para exterminar até o último vestígio da lembrança aquela quarta-feira inevitável, chorou de raiva, acordou gritando de raiva atormentado pelos latidos dos cães que passaram a noite nas correntes do pátio enquanto ele decidia que fazemos com eles meu general, perguntando-se aturdido se matar os cães não seria outra maneira de matar de novo em suas entranhas Letícia Nazareno e o menino, ordenou que derrubassem a cúpula de ferro do mercado de legumes e construíssem em seu lugar um jardim de magnólias e codornizes com uma cruz de mármore com uma luz mais alta e mais intensa que a do farol para perpetuar na memória das gerações futuras até o fim dos séculos a lembrança de uma mulher histórica que ele mesmo havia esquecido muito antes que o monumento fosse demolido por uma explosão noturna que ninguém reivindicou, e as magnólias foram comidas pelos porcos e o jardim memorial foi transformado em um muladar de lodo pestilento que ele não conheceu, não apenas porque havia ordenado ao chofer presidencial que evitasse passar pelo antigo mercado de legumes ainda que tenha de dar a volta ao mundo, mas porque não voltou a sair à rua desde que transferiu as repartições para os edifícios de vidros solares dos ministérios e ficou só com o pessoal mínimo para viver na casa desmantelada onde não restava então por ordem sua nem o vestígio menos visível de suas necessidades de rainha, Letícia, ficou vagando pela casa vazia sem outro ofício sabido que as consultas eventuais dos altos-comandos ou a decisão final de um conselho de ministros relutantes ou as visitas perniciosas do embaixador Wilson que costumava acompanhá-lo até quase ao anoitecer sob a fronda da paineira e levava balas de Baltimore e revistas com fotografias de mulheres despidas para tentar convencê-lo de que lhe desse as águas territoriais por conta das obrigações descomunais da dívida externa, e ele o deixava falar, aparentava ouvir menos ou mais do que podia ouvir na verdade segundo sua conveniência, defendia-se de sua lábia ouvindo o coro da passarinha pinta paradinha no verde limão na vizinha escola de meninas, acompanhava-o até as escadas com as primeiras sombras tratando de explicar-lhe que podia levar tudo o que quisesse menos o mar das minhas janelas, imagine só, que faria eu sozinho nesta casa tão grande se não pudesse vê-lo como sempre a esta hora como um lodaçal em chamas, que faria sem os ventos de dezembro que se enfiam latindo pelos vidros quebrados, como poderia viver sem as rajadas verdes do farol, eu que abandonei meus páramos de névoa e me enrolei agonizando de febres no tumulto da guerra federal, e não pense que o fiz pelo patriotismo que está no livro, nem por espírito de aventura, muito menos porque me importassem um pito os princípios federalistas que Deus tenha em seu santo reino, não meu querido Wilson, fiz tudo isso para conhecer o mar, de modo que pense em outra sacanagem, dizia, despedia-o na escada com uma palmadinha no ombro, retornava acendendo as lâmpadas dos salões desertos das antigas repartições onde em uma dessas tardes encontrou uma vaca extraviada, espantou-a até as escadas e o animal tropeçou nos remendos dos tapetes e se foi de bruços e caiu picando e se desnucou nas escadas para glória e sustento dos leprosos que se precipitaram a retalhá-la, pois os leprosos haviam voltado depois da morte de Letícia Nazareno e estavam outra vez com os cegos e os paralíticos esperando de suas mãos o sal da saúde nas roseiras silvestres do pátio, ele os ouvia cantar em noites de estrelas, cantava com eles a canção de Susana vem Susana dos seus tempos de glória, aparecia pelas claraboias do celeiro às cinco da tarde para ver a saída das meninas da escola e ficava extasiado com os aventais azuis, as meias soquetes, as tranças, mãe, corríamos assustadas dos olhos de tísico do fantasma que nos chamava entre os barrotes de ferro com os dedos furados da luva de pano, menina, menina, chamava-nos, vem que te pego, ele as via fugir espavoridas pensando minha mãe Bendición Alvarado que jovens que são as jovens de agora, ria de si mesmo, mas voltava a se reconciliar consigo mesmo quando seu médico pessoal o ministro da saúde examinava sua retina com uma lente toda vez que o convidava a almoçar, tirava-lhe o pulso, queria obrigá-lo a tomar colheradas de *ceregén*[31] para tapar os buracos de minha memória, que besteira, colheradas para mim que não tive mais problemas nesta vida que as terças da guerra, vá à merda doutor, ficou

---

31. *Ceregén*, remédio para o cérebro.

comendo sozinho na solitária mesa com as costas voltadas para o mundo como o erudito embaixador Maryland lhe havia dito que comiam os reis de Marrocos, comia com garfo e faca e a cabeça erguida de acordo com as normas severas de uma professora esquecida, percorria a casa inteira procurando os frascos de mel cujos esconderijos esquecia poucas horas depois e encontrava por engano os rolinhos de margens de memoriais que ele escrevia em outra época para não esquecer nada quando já não pudesse lembrar de nada, leu em um que amanhã é terça-feira, leu que havia um monograma no seu lenço vermelho monograma de um nome que não era o seu meu dono, leu intrigado Letícia Nazareno da minha alma olhe como fiquei sem você, lia Letícia Nazareno por toda parte sem poder entender que alguém fosse tão infeliz para deixar aquele rastro de suspiros escritos, e entretanto era minha letra, a única caligrafia de mão esquerda que se encontrava então nas paredes dos mictórios onde escrevia para consolar-se que viva o general, que viva, porra, curado inteiramente da raiva de haver sido o mais fraco dos militares de terra e mar e ar por uma prófuga de claustro da qual não restava senão o nome escrito a lápis em tiras de papel como ele o havia resolvido quando nem sequer quis tocar nas coisas que os ajudantes de ordens puseram sobre a escrivaninha e ordenou sem olhá-las que levem esses sapatos, essas chaves, tudo quanto pudesse evocar a imagem de seus mortos, que pusessem tudo o que foi deles dentro do quarto de suas sestas desaforadas e muraram as portas e as janelas com a ordem terminante de não entrar nesse quarto nem por ordem minha, porra, sobreviveu ao calafrio noturno dos uivos de pavor dos cães acorrentados no pátio durante muitos meses porque pensava que qualquer dano que lhes fizesse podia magoar seus mortos, abandonou-se na rede, tremendo pela raiva de saber quem eram os assassinos do seu sangue e ter que suportar a humilhação de vê-los em sua própria casa porque naquele momento carecia de poder contra eles, opusera-se a qualquer tipo de honras póstumas, havia proibido as visitas de pêsames, o luto, esperava sua hora balançando-se de raiva na rede à sombra da paineira tutelar onde meu último compadre havia lhe comunicado o orgulho do comando pela serenidade e a ordem com que o povo suportou a tragédia, e ele mal sorriu, não seja besta compadre, que serenidade nem que ordem, o que acontece é que o povo não deu a menor importância a esta desgraça, repassava o jornal de cabo a rabo procurando algo mais que as notícias inventadas por seus próprios serviços de imprensa, fez pôr ao alcance de sua mão a radiola para escutar a mesma notícia de Veracruz a Riobamba que as forças da ordem estavam na pista segura dos autores do atentado, e ele murmurava como não, filhos da puta, que os haviam identificado sem a menor dúvida, como não, que os tinham encurralado com fogo de morteiro em uma casa de tolerância nos subúrbios, aí está, suspirou, pobre gente, mas permaneceu na rede sem transparecer nem uma só luz de sua malícia rogando minha mãe Bendición Alvarado dê-me vida para este desquite, não me solte de sua mão, mãe, inspire-me, tão certo da eficácia da súplica que o encontramos refeito de sua dor quando os comandantes do estado-maior responsáveis pela ordem pública e a segurança do estado vimos comunicar-lhe a notícia de que três dos autores do crime haviam sido mortos em combate com a força pública e os outros dois estavam à disposição do meu general nos calabouços de São Jerônimo, e ele disse ah, sentado na rede com a jarra de sucos de fruta da qual nos serviu um copo para cada um com pulso sereno de bom atirador, mais sábio e mais solícito que nunca, até o ponto em que adivinhou minha vontade de acender um cigarro e me concedeu a licença que não havia concedido até então a nenhum militar em serviço, sob esta árvore somos todos iguais, disse, e escutou sem rancor o informe minucioso do crime do mercado, como haviam sido trazidos da Escócia em remessas separadas oitenta e dois cães de guarda recém-nascidos dos quais haviam morrido vinte e dois no curso da criação e sessenta haviam sido mal-educados para matar por um professor escocês que incutiu neles um ódio criminoso não só contra as raposas azuis mas contra a própria pessoa de Letícia Nazareno e o menino valendo-se destas peças que haviam subtraído pouco a pouco dos serviços de lavanderia da casa civil, valendo-se deste corpete de Letícia Nazareno, deste lenço, destas meias, deste uniforme completo do menino que exibimos ante ele para que os reconhecesse, mas só disse ah, sem olhá-los, explicamos a ele como os sessenta cães haviam sido treinados inclusive para não latir quando não deviam, eles os acostumaram ao gosto da carne humana, mantiveram-nos encerrados sem nenhum contato com o mundo durante os anos difíceis do treinamento em uma antiga granja de chineses a sete léguas desta cidade capital onde guardavam imagens de tamanho humano com vestidos de Letícia Nazareno e do menino a quem os cães conheciam também por estes retratos originais e estes recortes de jornais que mostramos a ele grudados em um álbum para que meu general aprecie melhor a perfeição do trabalho que haviam realizado aqueles bastardos, o seu a seu dono, mas ele só disse ah, sem olhá-los, explicamos a ele afinal que os acusados não agiam por conta própria, naturalmente, mas que eram agentes de uma irmandade subversiva com base no exterior cujo símbolo era esta pluma de ganso cruzada com uma faca, ah, todos eles fugitivos da justiça penal militar por outros delitos anteriores contra a segurança do estado, estes três que são os mortos cujos retratos nós lhe mostramos no álbum com o número da respectiva ficha policial pendurado no pescoço, e estes dois que são os vivos encarcerados à espera da decisão final e inapelável do meu general, os irmãos Maurício e Gumaro Ponce de León, de 28 e 23 anos, o primeiro desertor do exército sem emprego nem domicílio conhecidos e o segundo professor de cerâmica na escola de artes e ofícios, e ante os quais deram os cães tais mostras de familiaridade e alvoroço que isso teria bastado como prova de culpa meu general, e ele só disse ah, mas citou com honras na ordem do dia os três oficiais que concluíram a investigação do crime e lhes impôs a medalha do mérito militar por serviços à pátria no curso de uma cerimônia solene na qual nomeou o conselho de guerra sumário que julgou os irmãos Maurício e Gumaro Ponce de León e os condenou a morrer fuzilados dentro das quarenta e oito horas seguintes, salvo se obtivessem o benefício de sua clemência meu general, o senhor manda. Permaneceu absorto e só na rede, insensível às súplicas de perdão do mundo inteiro, ouviu na radiola o debate estéril na Sociedade das Nações, ouviu insultos dos países vizinhos e algumas adesões distantes, ouviu com igual atenção as razões tímidas dos ministros partidários da clemência e os motivos estridentes dos favoráveis ao castigo, negou-se a receber o núncio apostólico com uma mensagem pessoal do papa na qual expressava sua inquietação pastoral pela sorte das duas ovelhas desgarradas, ouviu os relatórios da ordem pública de todo o país alterado por seu silêncio, ouviu tiros remotos, sentiu o tremor de terra da explosão sem causa de um navio de guerra fundeado na baía, onze mortos meu general, oitenta e dois feridos e a nave fora de serviço, de acordo, disse ele, contemplando da janela do quarto a fogueira noturna da enseada do porto enquanto os condenados à morte começavam a viver a noite de suas vésperas na capela ardente da base de São Jerônimo, ele recordou nessa hora como os havia visto nos retratos com as sobrancelhas eriçadas da mãe comum, recordou-os trêmulos, abandonados, com os números das datas pendurados no pescoço sob o foco sempre aceso da cela de agonia, sentiu-se lembrado por eles, soube-se necessitado, reclamado, mas não havia feito o mais leve gesto que permitisse vislumbrar o rumo de sua vontade quando acabou de repetir os atos de rotina de uma jornada a mais em sua vida e se despediu do oficial de serviço que havia de permanecer acordado em frente de seu quarto para levar o recado de sua decisão a qualquer hora em que ele a tomasse antes dos primeiros gaios, despediu-se ao passar sem olhá-lo, boa noite, capitão, pendurou o lampião no dintel, passou as três aldravas, os três ferrolhos, as três trancas, submergiu de bruços em um sono alerta através de cujos frágeis tabiques continuou ouvindo os latidos ansiosos dos cães no pátio, as sirenes das ambulâncias, os petardos, as rajadas de música de alguma festa equívoca na noite profunda da cidade surpreendida pelo rigor da sentença, acordou com os sinos das doze na catedral, voltou a acordar às duas, voltou a acordar antes das três com a crepitação do chuvisco nas telas das janelas, e então levantou-se do chão com aquela enorme e árdua manobra de boi de primeiro as ancas e depois as patas dianteiras e por último a cabeça aturdida com um fio de baba no belfo e ordenou em primeiro lugar ao oficial de serviço que levassem esses cães onde eu não possa ouvi-los sob o amparo do governo até sua extinção natural, ordenou em segundo lugar a liberdade incondicional dos soldados da escolta de Letícia Nazareno e do menino, e ordenou por último que os irmãos Maurício e Gumaro Ponce de León fossem executados tão logo se conheça esta minha decisão suprema e inapelável, mas não no paredão de fuzilamento, como estava previsto, mas que foram submetidos ao castigo em desuso do esquartejamento com cavalos e seus membros foram expostos à indignação pública e ao horror nos lugares mais visíveis do seu desmesurado reino de pesadelo, pobres rapazes, enquanto ele arrastava suas grandes patas de elefante ferido de leve suplicando de raiva minha mãe Bendición Alvarado, cuide de mim, não me soltes de sua mão, mãe, permita-me encontrar o homem que me ajude a vingar este saque inocente, um homem providencial que ele havia imaginado nos desvarios do rancor e que buscava com uma ansiedade irresistível no fundo dos olhos que encontrava no seu caminho, tratava de descobri-lo escondido nos registros mais sutis das vozes, nos impulsos do coração, nas frestas menos usadas da memória, e havia perdido a ilusão de encontrá-lo quando se descobriu a si mesmo fascinado pelo homem mais deslumbrante e altivo que haviam visto meus olhos, mãe, vestido como os godos de antes com uma jaqueta à Henry Pool e uma gardênia na botoeira, com umas calças à Pecover e um colete de brocado com lampejos de prata que havia exibido com sua elegância natural os salões mais inacessíveis da Europa puxando por uma correia um *dobermann* taciturno do tamanho de um novilho com olhos humanos, José Ignácio Saenz de la Barra para servir-lhe excelência, apresentou-se, o último varão livre da nossa aristocracia demolida pelo vento arrasador dos caudilhos federais, varrida da face da pátria com seus áridos sonhos de grandeza e suas vastas e melancólicas mansões e seu sotaque francês, um esplêndido caudilho de estirpe sem mais fortuna que seus 32 anos, sete idiomas, quatro recordes de tiro ao pombo em Dauville, sólido, esbelto, cor de ferro, cabelo mestiço dividido ao meio e uma mecha branca pintada, os lábios lineares da vontade eterna, o olhar firme do homem providencial que fingia jogar críquete com a bengala de cerejeira para que lhe tirassem um retrato colorido com o fundo de primaveras idílicas dos gobelinos do salão de festas, e no instante em que ele o viu exalou um suspiro de alívio e disse para si é este, e esse era. Colocou-se a seu serviço com o simples compromisso de que o senhor me dá um orçamento de oitocentos e cinquenta milhões sem ter que prestar contas a ninguém e sem outra autoridade acima de mim que sua excelência e eu lhe entrego no curso de dois anos as cabeças dos assassinos reais de Letícia Nazareno e do menino, e ele aceitou, de acordo, convencido de sua lealdade e sua eficiência depois das muitas provas difíceis a que o havia submetido para investigar-lhe os acidentes do ânimo e conhecer os limites de sua vontade e as gretas do seu caráter antes de se decidir a pôr em suas mãos as chaves do seu poder, submeteu-o à prova final das inclementes partidas de dominó nas quais José Ignácio Saenz de la Barra assumiu a temeridade de ganhar sem licença, e ganhou, pois era o homem mais valente que haviam visto meus olhos, mãe, tinha uma paciência sem esquinas, sabia tudo, conhecia setenta e duas maneiras de preparar café, distinguia o sexo dos mariscos, sabia ler música e a escrita para cegos, ficava olhando-me nos olhos sem falar, e eu não sabia o que fazer ante aquele rosto indestrutível, aquelas mãos ociosas apoiadas no punho da bengala de cerejeira com uma pedra de águas matinais no anular, aquele cachorrão deitado a seus pés vigilante e feroz dentro do invólucro de veludo vivo de sua pele adormecida, aquela fragrância de sais de banho do corpo imune à ternura e à morte do homem mais formoso e com maior domínio que viram meus olhos quando teve a valentia de me dizer que eu não era militar senão por conveniência, porque os militares são justamente o contrário do senhor, general, são homens de ambições imediatas e simples, interessa-lhes o mando mais que o poder e não estão a serviço de algo mas de alguém, e por isso é tão fácil utilizá-los, disse, sobretudo uns contra os outros, e não pensei em nada mais que sorrir persuadido de que não haveria podido ocultar seu pensamento ante aquele homem deslumbrante a quem deu mais poder do que ninguém teve sob o regime depois do meu compadre o general Rodrigo de Aguilar, a quem Deus tenha à sua santa direita, fez dele dono absoluto de um império secreto dentro de seu próprio império privado, um serviço invisível de repressão e extermínio que não só carecia de uma identidade oficial senão que inclusive era difícil acreditar em sua existência real, pois ninguém respondia por seus atos nem tinha um nome, nem um lugar no mundo, e entretanto era uma verdade pavorosa que se havia imposto pelo terror sobre os outros órgãos de repressão do estado desde muito antes que sua origem e sua natureza inexplicável fossem estabelecidas com certeza pelo poder supremo, nem mesmo o senhor previu o alcance daquela máquina de horror meu general, nem mesmo eu pude suspeitar que no instante em que aceitou o acordo fiquei à mercê do encanto irresistível e da ambição tentacular daquele bárbaro vestido de príncipe que me mandou ao palácio um fardo de fio de piteira que parecia cheio de cocos e ele ordenou que o ponham por aí onde não estorve em um arquivo embutido na parede, esqueceu-o, e depois de três dias era impossível viver por causa da fedentina que atravessava as paredes e empestava de um vapor pestilento a lua dos espelhos, buscávamos o fedor na cozinha e o encontrávamos nos estábulos, espantavam-no com defumações nos escritórios e ele lhes saía ao encontro no salão de audiências, saturou com seus eflúvios de roseira de podridão os resquícios mais recônditos aonde não chegaram nem escondidos em outras fragrâncias os hálitos mais tênues da sarna dos ares noturnos da peste, e estava em troca onde menos o havíamos procurado no fardo que parecia de cocos que José Ignácio Saenz de la Barra havia mandado como primeiro sinal do acordo, seis cabeças cortadas com o atestado de óbito respectivo, a cabeça do patrício cego da idade da pedra Dom Nepomuceno Estrada, 94 anos, último veterano da grande guerra e fundador do partido radical, morto segundo atestado anexo a 14 de maio em consequência de um colapso senil, a cabeça do doutor Nepomuceno Estrada de la Fuente, filho do anterior, 57 anos, médico homeopata, morto segundo atestado anexo na mesma data que o pai em consequência de uma trombose coronariana, a cabeça de Eliézer Castor, 21 anos, estudante de letras, morto segundo atestado anexo em consequência de diversas feridas de armas cortantes numa briga de bar, a cabeça de Lídice Santiago, 32 anos, ativista clandestina, morta segundo atestado anexo em consequência de um aborto provocado, a cabeça de Roque Pinzón, vulgo Jacinto o invisível, 38 anos, fabricante de balões coloridos, morto na mesma data que a anterior em consequência de uma intoxicação etílica, a cabeça de Natalício Ruiz, secretário do movimento clandestino 17 de outubro, 30 anos, morto segundo atestado anexo em consequência de um tiro de revólver que disparou no céu da boca por desenganos amorosos, seis no total, e o correspondente recibo que ele assinou com a bílis revoltada pelo cheiro e o horror pensando minha mãe Bendición Alvarado este homem é uma fera, quem poderia imaginar com seus gestos místicos e sua flor na botoeira, ordenou-lhe que não me mande mais charque, Nacho, sua palavra basta, mas Saenz de la Barra retrucou-lhe que aquele era um negócio de homens, general, se o senhor não tem estômago para ver a cara da verdade aqui está seu dinheiro e tão amigos como sempre, que merda, por muito menos que isso ele faria fuzilar sua mãe, mas mordeu a língua, não é para tanto, Nacho, disse, cumpra com seu dever, desse modo as cabeças continuaram chegando naqueles tenebrosos fardos de fio de piteira que pareciam de cocos e ele ordenava com as tripas revolucionadas que os levem para longe daqui enquanto fazia que lessem para ele os pormenores dos atestados de óbito para assinar os recibos, de acordo, havia assinado por novecentos e dezoito cabeças de seus opositores mais encarniçados na noite em que sonhou que se via a si mesmo transformado em um animal de um só dedo que ia deixando um rastro de impressões digitais na planície de cimento fresco, despertava com um relento de fel, vencia a insipidez da madrugada fazendo contas de cabeças na esterqueira de lembranças amargas dos galpões de ordenha, tão absorto em suas cavilações de velho que confundia o zumbido dos tímpanos com o rumor dos insetos na erva apodrecida pensando minha mãe Bendición Alvarado como é possível que sejam tantas e apesar disso não chegavam as dos verdadeiros culpados, mas Saenz de la Barra lhe havia feito notar que para cada seis cabeças se produzem sessenta inimigos e por cada sessenta se produzem seiscentos e depois seis mil e depois seis milhões, todo o país, porra, não acabaremos nunca, e Saenz de la Barra retrucou-lhe impassível que dormisse tranquilo general, acabaremos quando eles se acabarem, que bárbaro. Nunca teve um instante de incerteza, nunca deixou uma fenda para uma alternativa, apoiava-se na força oculta do *dobermann* em eterna espreita que era a única testemunha das audiências embora ele tenha tentado impedi-lo desde a primeira vez em que viu José Ignácio Saenz de la Barra puxando o animal de nervos inquietos que só obedecia ao comando do homem mais galhardo mas também o menos complacente que haviam visto meus olhos, deixe esse cachorro lá fora, ordenou-lhe, mas Saenz de la Barra respondeu-lhe que não, general, não há um lugar no mundo onde eu possa entrar que não entre Lorde Köchel, de modo que entrou, permanecia adormecido aos pés do amo enquanto faziam contas de rotina de cabeças cortadas mas levantava-se com uma palpitação anelante quando as contas se tornavam ásperas, seus olhos femininos me estorvavam para pensar, estremecia-me sua respiração humana, eu o vi levantar-se de súbito com o focinho fumegante com o borbulhar de tacho quando ele deu um tapa de raiva na mesa porque encontrou no saco de cabeças a de um de seus antigos ajudantes de ordens que ademais foi seu cupincha de dominó durante muitos anos, porra, acabou-se a brincadeira, mas Saenz de la Barra convencia-o sempre, não tanto com argumentos como com sua doce inclemência de domador de cães selvagens, condenava a si mesmo à submissão ao único mortal que se atreveu a tratá-lo como a um vassalo, rebelava-se sozinho contra seu império, decidia sacudir-se daquela servidão que ia saturando pouco a pouco o espaço de sua autoridade, agora mesmo acabo com esta brincadeira, porra, dizia, que no fim das contas Bendición Alvarado não me pariu para receber ordens mas para mandar, mas suas determinações noturnas fracassavam no instante em que Saenz de la Barra entrava no gabinete e ele sucumbia ao deslumbramento dos modos tênues da gardênia natural da voz pura dos sais aromáticos do ajoujo de esmeralda dos punhos de parafina da bengala serena da formosura séria do homem mais apetecível e mais insuportável que haviam visto meus olhos, não é para tanto, Nacho, reiterava-lhe, cumpra com seu dever, e continuava recebendo fardos de cabeças, assinava recibos sem olhá-los, afundava-se sem razão nas areias movediças do seu poder perguntando-se a cada passo de cada amanhecer de cada mar que é que acontece no mundo que vão ser onze horas e não há uma alma nesta casa de cemitério, quem é, perguntava, só ele, onde estou que não me encontro, dizia, onde estão as récuas de ordenanças descalças que descarregavam os burros de hortaliças e os cestos de galinhas nos corredores, onde estão os charcos de água suja das minhas mulheres linguarudas que mudavam por flores novas as flores noturnas dos vasos e lavavam as gaiolas e batiam tapetes nas sacadas cantando ao compasso das escovas de ramos secos a canção de Susana vem Susana teu amor quero gozar, onde estão os meus bastardos esquálidos que cagavam atrás das portas e pintavam dromedários com a urina nas paredes do salão de audiências, que se fez do tumulto de funcionários que encontravam galinhas pondo nas gavetas das escrivaninhas, meu tráfico de putas e soldados nos banheiros, a confusão dos meus vira-latas que corriam latindo atrás dos diplomatas, quem tirou de novo os meus paralíticos das escadas, meus leprosos das roseiras, meus aduladores impávidos de todas as partes, mal enxergava seus últimos compadres do poder supremo detrás do cerco compacto dos novos responsáveis por sua segurança pessoal, mas lhe davam oportunidade de intervir nos conselhos dos novos ministros nomeados a instâncias de alguém que não era ele, seis doutores intelectuais de levitas fúnebres e colarinhos de pele que se antecipavam a seu pensamento e decidiam os assuntos do governo sem consultá-los comigo se afinal de contas o governo sou eu, mas Saenz de la Barra explicava-lhe impassível que o senhor não é o governo, general, o senhor é o poder, aborrecia-se nas noitadas de dominó mesmo quando enfrentava os guardas mais destros pois não conseguia perder uma partida por mais que tentasse as ciladas mais sábias contra si mesmo, tinha que se submeter aos desígnios dos provadores que saboreavam sua comida uma hora antes que ele a comesse, não encontrava o mel de abelhas nos seus esconderijos, porra, este não é o poder que eu queria, protestou e Saenz de la Barra replicou-lhe que não há outro, general, era o único poder possível no letargo de morte do que havia sido em outro tempo seu paraíso de mercado dominical e no qual então não tinha mais que fazer senão esperar que batessem as quatro para escutar na radiola o capítulo diário da novela de amores estéreis da emissora local, ouvia-o na rede com o copo de suco de frutas intacto na mão, deixava-se ficar flutuando no vazio da expectativa com os olhos úmidos de lágrimas pela ânsia de saber se aquela menina tão jovem ia morrer e Saenz de la Barra averiguava que sim general, a menina morre, pois que não morra, porra, ordenou ele, que continue viva até o final e se case e tenha filhos e fique velha como toda gente, e Saenz de la Barra fazia modificar o enredo para agradá-lo com a ilusão de que mandava, de modo que ninguém voltou a morrer por ordem sua, casavam-se os noivos que não se amavam, ressuscitavam-se personagens enterrados em capítulos anteriores e se sacrificava os vilões antes do tempo para satisfazer meu general, todo mundo era feliz por ordem sua para que a vida lhe parecesse menos inútil quando examinava a casa na batida de metal das oito e verificava que alguém antes dele havia mudado o penso das vacas, haviam-se apagado as luzes no quartel da guarda presidencial, o pessoal dormia, as cozinhas estavam em ordem, os pisos limpos, os balcões dos magarefes esfregados com creolina sem um rastro de sangue tinham um cheiro de hospital, alguém havia passado as tranquetas das janelas e havia posto os cadeados nos escritórios apesar de que era ele e só ele quem tinha o molho de chaves, as luzes iam se apagando uma por uma antes que ele tocasse nos interruptores do primeiro vestíbulo até seu quarto, caminhava em trevas arrastando suas densas patas de cativo monarca através dos espelhos escuros com molduras de veludo na única espora para que ninguém rastreasse sua esteira de serragem de ouro, ia vendo ao passar o mesmo mar pelas janelas, o Caribe em janeiro, contemplou-o sem parar vinte e três vezes e para sempre como sempre em janeiro como um lamaçal florido, mostrou-se no aposento de Bendición Alvarado para ver que ainda estavam em seu lugar a herança de erva-cidreira, as gaiolas de pássaros mortos, a cama de dor em que a mãe da pátria suportou sua velhice de podridão, que passe boa noite, murmurou, como sempre, embora ninguém lhe respondesse fazia muito tempo muito boa noite filho, durma com Deus, dirigia-se a seu quarto com o lampião de sair correndo quando sentiu o calafrio das brasas atônitas das pupilas de Lorde Köchel na sombra, percebeu uma fragrância de homem, a força do seu domínio, o fulgor do seu desprezo, quem é, perguntou, embora soubesse quem era, José Ignácio Saenz de la Barra em traje de rigor que vinha lembrá-lo que era uma noite histórica de 12 de agosto, general, a enorme data em que estávamos celebrando o primeiro centenário de sua ascensão ao poder, por isso haviam vindo visitantes do mundo inteiro cativados pelo anúncio de que um acontecimento que não seria possível assistir a mais de uma vez no transcurso das vidas mais longas, a pátria estava em festas, toda a pátria menos ele, pois apesar da insistência de José Ignácio Saenz de la Barra de que vivesse aquela noite memorável em meio ao clamor e ao fervor de seu povo, ele passou mais cedo que nunca as três aldravas do calabouço de dormir, passou os três ferrolhos, as três trancas, deitou-se de bruços nas lajotas nuas com a tosca farda de linho sem insígnias, as polainas, a espora de ouro, e o braço direito dobrado sob a cabeça para que lhe servisse de travesseiro como havíamos de encontrá-lo carcomido pelos urubus e danificado por animais e flores do fundo do mar, e através da bruma dos filtros do cochilo percebeu os foguetes remotos da festa sem ele, percebeu as músicas de júbilo, os sinos de regozijo, a torrente de limo das multidões que haviam vindo exaltar uma glória que não era a sua, enquanto ele murmurava mais absorto que triste minha mãe Bendición Alvarado do meu destino, cem anos já, porra, cem anos já, como passa o tempo.

Aí ESTAVA, POIS, como se houvesse sido ele embora não o fosse, deitado na mesa de banquete do salão de festas com um esplendor feminino de papa morto entre as flores com que se havia desconhecido a si mesmo na cerimônia de exibição de sua primeira morte, mais temível morto que vivo com a luva de cetim recheada de algodão sobre o peito blindado de falsas medalhas de vitórias imaginárias de guerras de chocolate inventadas por seus aduladores impávidos, com o fragoroso uniforme de gala e as polainas de verniz e a única espora de ouro que encontramos na casa e os dez sóis tristes de general do universo que lhe impuseram à última hora para dar-lhe uma hierarquia maior que a da morte, tão próximo e visível em sua nova identidade póstuma que pela primeira vez se podia acreditar sem dúvida alguma em sua existência real, embora na verdade ninguém se parecesse menos com ele, ninguém fosse tanto o contrário dele como aquele cadáver de vitrine que à meia-noite continuava cozinhando no fogo lento do espaço aparatado da câmara ardente enquanto no salão contíguo do conselho de governo discutíamos palavra por palavra o boletim final com a notícia que ninguém se atrevia a acreditar quando nos despertou o ruído dos caminhões carregados de tropa com armamento de guerra cujas patrulhas silenciosas ocuparam os edifícios públicos desde a madrugada, estenderam-se no chão em posição de tiro sob os arcos da rua do comércio, esconderam-se nos saguões, eu os vi instalando metralhadoras de tripé nas soteias do bairro dos vice-reis quando abri a sacada da minha casa ao amanhecer procurando onde pôr o ramo de cravos molhados que acabara de colher no pátio, vi debaixo da sacada uma patrulha de soldados sob as ordens de um tenente que ia de porta em porta ordenando fechar as poucas lojas que começavam a abrir na rua do comércio, hoje é feriado nacional, gritava, ordem superior, atirei-lhes um cravo da sacada e perguntei o que acontecia que havia tantos soldados e tanto ruído de armas por toda parte e o oficial pegou o cravo no ar e me respondeu que olhe menina nós tampouco sabemos, deve ser que o morto ressuscitou, disse, morto de rir, pois ninguém se atrevia a pensar que houvesse ocorrido uma coisa tão formidável, mas ao contrário, pensávamos que depois de tantos anos de negligência ele havia voltado a pegar as rédeas de sua autoridade e estava mais vivo que nunca arrastando outra vez suas grandes patas de monarca ilusório na casa do poder cujos globos de luz voltaram a se acender, pensávamos que era ele quem havia feito sair as vacas que andavam triscando nas fendas das lajotas da Praça de Armas onde o cego sentado à sombra das palmeiras moribundas confundiu as patas com botas de militares e recitava os versos do feliz cavaleiro que chegava de longe vencedor da morte, recitava-os com toda a voz e a mão estendida para as vacas que subiam para comer as grinaldas de balsaminas[32] do coreto pelo costume de subir e descer escadas para comer,

---

32. *Balsamina*, planta cucurbitácea, originária da América, de fruto capsular, com sementes grandes em forma de amêndoas; planta geraneácea, originária do Peru, empregada em medicina como pomada.

ficaram então para viver entre as ruínas das musas coroadas de camélias silvestres e os micos pendurados das liras dos escombros do Teatro Nacional, entravam mortas de sede com um estrépito de vasos de nardo na penumbra fresca dos saguões do bairro dos vice-reis e submergiam os focinhos afogueados no lago do pátio interno sem que ninguém se atrevesse a perturbá-las porque conhecíamos a marca congênita do ferro presidencial que as fêmeas traziam nas ancas e os machos no pescoço, eram intocáveis, os próprios soldados lhes davam passagem nas ladeiras da rua do comércio que havia perdido seu brilho antigo de mercado infernal, só restava um monturo de cavernas quebradas e mastreações destroçadas nos charcos de miasmas ardentes onde era o mercado público quando ainda tínhamos o mar e as escunas encalhavam entre as bancas de legumes, restavam os locais vazios do que foram em seus tempos de glória os bazares dos hindus, pois os hindus se foram, nem obrigado disseram meu general, e ele gritou que porra, aturdido por suas últimas rabugices senis vão todos limpar merda de ingleses, gritou, foram todos, surgiram em seu lugar os ambulantes de amuletos de índios e antídotos de cobra, as frenéticas tabernas com luminosos e camas de aluguel nos fundos que os soldados destroçaram a coronhaços enquanto os bronzes da catedral anunciavam o luto, tudo havia acabado antes dele, nós nos havíamos extinguido até o último sopro na espera sem esperança de que algum dia fosse verdade o rumor reiterado e sempre desmentido de que havia afinal sucumbido a uma de suas muitas enfermidades de rei, e no entanto não acreditávamos agora que era verdade, e não porque na realidade não o acreditássemos senão porque já não queríamos que fosse verdade, havíamos acabado por não entender como seríamos sem ele, que seria de nossas vidas depois dele, não podia conceber o mundo sem o homem que me havia feito feliz aos doze anos como nenhum outro voltou a conseguir desde as tardes de fazia tanto tempo em que saíamos da escola às cinco e ele espiava pelas claraboias do estábulo as meninas de uniforme azul de gola marinheiro e uma só trança nas costas pensando minha mãe Bendición Alvarado como são belas as mulheres da minha idade, nos chamava, víamos seus olhos trêmulos, a mão com a luva de dedos rasgados que tratava de nos cativar com a cascavel de caramelo do embaixador Forbes, todas corriam assustadas, todas menos eu, fiquei só na rua da escola e quando vi que ninguém estava me vendo tratei de pegar o caramelo e então ele me agarrou pelos pulsos com uma terna patada de tigre e me levantou sem dor no ar e me passou pela claraboia com tanto cuidado que não me amassou nenhuma prega do vestido e meu deitou no feno perfumado de urina rançosa tentando me dizer alguma coisa que não lhe saía da boca seca, porque estava mais assustado que eu, tremia, via-se na sua casaca as batidas do coração, estava pálido, tinha os olhos cheios de lágrimas como não os teve por mim nenhum outro homem em toda minha vida de exílio, me tocava em silêncio, respirando sem pressa, me tentava com uma ternura de homem que nunca voltei a encontrar, me fazia desabrochar os botões do peito, metia seus dedos pelas bordas das calcinhas, cheirava os dedos, me fazia cheirá-los, sente, me dizia, é o seu cheiro, não voltou a precisar dos caramelos do embaixador Baldrich para que me metesse pelas claraboias do estábulo para viver as horas felizes da minha puberdade com aquele homem de coração bom e triste que me esperava sentado no feno com um saco de coisas de comer, enxugava com pão os meus primeiros gozos de adolescente, me enfiava as coisas por ali antes de comê-las, e dava para que eu as comesse, me metia os talos de aspargos e os comia temperados com a salmoura dos meus humores íntimos, saborosa, me dizia, você sabe a porto, sonhava em comer meus rins fervidos em seus próprios caldos amoniacais, com o sal das suas axilas, sonhava, com sua urina tíbia, me retalhava dos pés à cabeça, me temperava com sal grosso, pimenta picante e folhas de louro e me deixava ferver em fogo lento nas malvas incandescentes dos entardeceres efêmeros de nossos amores sem futuro, me comia dos pés à cabeça com umas ânsias e uma generosidade de velho que nunca mais voltei a encontrar em tantos homens apressados e egoístas que tentaram me amar sem conseguir pelo resto da minha vida sem ele, me falava dele mesmo nas digestões lentas do amor enquanto tirávamos de cima de nós os focinhos das vacas que tentavam nos lamber, me dizia que nem ele mesmo sabia quem era ele, que estava de meu general até os colhões, dizia sem amargura, sem nenhum motivo, como que falando sozinho, flutuando no zumbido contínuo de um silêncio interior que só era possível romper a gritos, ninguém era mais serviçal nem mais sábio que ele, ninguém era mais homem, se havia convertido na única razão da minha vida aos catorze anos quando dois militares do mais alto posto apareceram na casa dos meus pais com uma maleta atulhada de dobrões de ouro puro e me meteram à meia-noite em um navio estrangeiro com toda a família e com a ordem de não regressar ao território nacional durante anos e anos até que rebentou no mundo a notícia de que ele havia morrido sem ter sabido que eu passei o resto da vida morrendo por ele, me deitava com desconhecidos da rua para ver se encontrava alguém melhor que ele, voltei envelhecida e amargurada com esta enfiada de filhos que havia parido de pais diferentes com a ilusão de que eram seus, e em troca ele a havia esquecido no segundo dia em que não a viu entrar pela claraboia dos estábulos de ordenha, ele a substituía por uma diferente todas as tardes porque desde então não distinguia muito bem quem era quem no tropel de colegiais de uniformes iguais que lhe mostravam a língua e lhe gritavam velho guanábano quando tentava atraí-las com os caramelos do embaixador Rumpelmayer, chamava-as sem discriminar, sem se perguntar nunca se a de hoje havia sido a mesma de ontem, recebia-as a todas do mesmo modo, pensava em todas como se fossem uma só enquanto escutava meio dormindo na rede as razões sempre iguais do embaixador Streimberg que lhe dera uma trompeta acústica[33] igual a do cachorro da voz do dono com um dispositivo elétrico de amplificação para que ele pudesse ouvir uma vez mais a insistente pretensão de levar nossas águas territoriais por conta dos serviços da dívida externa e ele repetia o mesmo de sempre que nem de brincadeira meu querido Stevenson, tudo menos o mar, desligava o audífono elétrico para não continuar ouvindo aquele vozeirão de criatura metálica que parecia voltear o disco para explicar-lhe outra vez o que tanto me haviam explicado meus próprios especialistas sem rodeios de dicionário que estamos com a roupa do corpo meu general, havíamos esgotado nossos últimos recursos, dessangrados pela necessidade secular de aceitar empréstimos para pagar os serviços da dívida externa desde as guerras de independência e logo outros empréstimos para pagar os juros dos serviços atrasados, sempre em troca de algo meu general, primeiro o monopólio da quina e do tabaco para os ingleses, depois o monopólio da borracha e do cacau para os holandeses, depois a concessão da estrada de ferro dos páramos e da navegação

---

33. *Trompeta acústica*, aparelho que se usou para melhorar a audição; GGM vale-se aqui, como sempre, de valores diferentes para cada palavra; no caso, sugere a trompeta acústica do gramofone Victor (*the voice of master*) e, adiante, escreve audífono, vozeirão metálico e disco.

fluvial para os alemães, e tudo para os gringos pelos acordos secretos que ele não conheceu senão depois da queda estrepitosa e a morte pública de José Ignácio Saenz de la Barra a quem Deus tenha cozinhando-se em fogo vivo nas caldeiras de seus profundos infernos, não nos sobrava nada, general, mas ele tinha ouvido dizer o mesmo de todos os seus ministros da fazenda desde os tempos difíceis em que declarou a moratória dos compromissos contraídos com os banqueiros de Hamburgo, a esquadra alemã havia bloqueado o porto, um encouraçado inglês disparou um canhonaço de advertência que abriu uma brecha na torre da catedral, mas ele gritou que estou cagando para o rei de Londres, antes mortos que vendidos, gritou, morra o Kaiser, salvo no instante final pelos bons ofícios de seu cúmplice de dominó o embaixador Charles W. Traxler cujo governo se constituiu em penhor dos compromissos europeus em troca de um direito de exploração vitalícia do nosso subsolo, e desde então estamos como sempre devendo até as cuecas que usamos meu general, mas ele acompanhava até as escadas o eterno embaixador das cinco e o despedia com um tapinha no ombro, nem de brincadeira meu querido Baxter, antes morto que sem mar, acabrunhado pela desolação daquela casa de cemitério onde se podia caminhar sem tropeços como se fosse por baixo d'água desde os tempos malvados daquele José Ignácio Saenz de la Barra do meu erro que havia cortado todas as cabeças do gênero humano menos as que devia cortar dos autores do atentado de Letícia Nazareno e o menino, os pássaros negavam-se a cantar nas gaiolas apesar das muitas gotas de cantorina que ele pingava nos seus bicos, as meninas da escola vizinha não haviam voltado a cantar a canção do recreio da passarinha pinta paradinha no verde limão, a vida passava na espera impaciente das horas de estar com você nos estábulos, minha menina, com suas tetinhas de botão e sua coisinha de ameixa, comia sozinho sob o caramanchão de amores-perfeitos, flutuava na reverberação do calor das duas picotando o sono da sesta para não perder o fio do filme da televisão onde tudo acontecia por ordem sua ao contrário da vida, pois o benemérito que tudo sabia não soube nunca que desde os tempos de José Ignácio Saenz de la Barra havíamos instalado para ele primeiro um transmissor individual para as novelas faladas da radiola e depois um circuito fechado de televisão para que só ele visse os filmes arranjados a seu gosto nos quais não morriam senão os vilões, prevalecia o amor contra a morte, a vida era um sopro, nós o fazíamos feliz com o engano como o foi em tantas tardes de sua velhice com as meninas de uniforme que o haveriam comprazido até a morte se ele não houvesse tido a má sorte de perguntar a uma delas o que ensinam a você na escola e eu lhe respondi a verdade que não me ensinam nada senhor, eu o que sou é puta do porto, e ele a fez repetir pois talvez não houvesse entendido bem o que leu nos meus lábios e eu o repeti com todas as letras que não sou estudante senhor, sou puta do porto, os serviços de saúde a haviam lavado com creolina e bucha, disseram a ela que pusesse este uniforme de marinheiro e estas meias de menina bem e que passasse por esta rua todas as tardes às cinco, não só eu mas todas as putas da minha idade recrutadas e lavadas pela polícia sanitária, todas com o mesmo uniforme e os mesmos sapatos de homem e estas tranças de crina de cavalo que olhe bem o senhor que se tira e põe com um prendedor de cabelo, nos disseram que não se assustem que é um pobre avô tolo que nem sequer vai trepá-las mas vai fazer exames de médico com o dedo e lhes chupar a tetinha e lhes enfiar coisas de comer pela baratinha, enfim, tudo o que o senhor me faz quando venho, que nós não tínhamos senão que fechar os olhos de prazer e dizer meu amor meu amor que é o que o senhor gosta, isso nos disseram e até nos fizeram ensaiar e repetir tudo desde o princípio antes de nos pagar, mas eu acho que é muita safadeza tanta banana madura na babaca e tanto palmito afervendado nos fundilhos pelos quatros magros pesos que nos dão depois de descontar o imposto de saúde e a comissão do sargento, que porra, não é justo desperdiçar tanta comida por baixo se a gente não tem o que comer por cima, disse, envolta na aura lúgubre do ancião insondável que escutou a revelação sem pestanejar pensando minha mãe Bendición Alvarado por que me manda este castigo, mas não fez um gesto que denunciasse sua aflição senão que se empenhou em todo tipo de averiguações sigilosas até descobrir que de fato o colégio de meninas vizinho à casa civil havia sido fechado há muitos anos meu general, o próprio ministro da educação havia provido os fundos de acordo com o arcebispo-primaz e a associação de pais de família para construir o novo edifício de três andares em frente do mar onde as infantas das famílias presunçosas ficaram a salvo das armadilhas do sedutor crepuscular cujo corpo de savelha encalhado de barriga para cima na mesa de banquetes começava a se perfilar contra as malvas lívidas do horizonte de crateras de lua da nossa primeira aurora sem ele, estava ao abrigo de tudo entre os agapantos nevados, livre afinal do seu poder absoluto depois de tantos anos de cativeiro recíproco que se tornava impossível distinguir quem era vítima de quem naquele cemitério de presidentes vivos que haviam pintado de branco de tumba por dentro e por fora sem combinar comigo e que lhe ordenavam sem reconhecê-lo que não passe por aqui senhor que vai nos sujar a cal, e ele não passava, fique no andar de cima senhor que pode lhe cair um andaime em cima, e ele ficava, aturdido pelo barulho dos carpinteiros e a raiva dos operários que lhe gritavam que se afaste daqui velho tolo olhe que vai se cagar na massa, e ele se afastava, mais obediente que um soldado nos duros meses de uma restauração não consultada que abriu janelas novas aos ventos do mar, mais só que nunca sob a vigilância feroz de uma escolta cuja missão não parecia ser a de protegê-lo e sim de vigiá-lo, comiam a metade da sua comida para impedir que o envenenassem, trocavam os esconderijos do mel de abelha, calcavam nele a espora de ouro como nos gaios de rinha para que não soasse ao caminhar, que porra, toda uma série de espertezas de vaqueiros que teriam feito morrer de rir meu compadre Saturno Santos, vivia à mercê de onze selvagens de paletó e gravata que passavam o dia fazendo micagens, movimentavam um aparelho de focos verdes e vermelhos que se acendem e apagam quando alguém tem uma arma em um círculo de cinquenta metros, e andamos pela rua como fugitivos em sete automóveis iguais que trocavam de lugar adiantando-se uns aos outros no caminho de modo que nem eu mesmo sei em qual é o que vou, que porra, um gasto inútil de pólvora em ximango porque ele havia afastado as cortinas para ver as ruas depois de tantos anos de isolamento e viu que ninguém se alterava com a passagem silenciosa das limusines fúnebres da caravana presidencial, viu os arrecifes de vidros solares dos ministérios que se levantavam mais altos que as torres da catedral e haviam escondido os promontórios de cores dos barracos dos negros nas colinas do porto, viu uma patrulha de soldados que apagavam uma frase recente escrita com brocha larga em um muro e perguntou o que dizia e lhe responderam que glória eterna ao artífice da pátria nova embora ele soubesse que era mentira, claro, se não não a estariam apagando, que porra, viu uma avenida de coqueiros tão larga como seis com canteiros de flores até o mar onde havia lamaçais, viu um subúrbio de quintas iguais com pórticos romanos e hotéis com jardins amazônicos onde era o muladar do mercado público, viu os automóveis atartarugados nas serpentinas de labirintos das autopistas urbanas, viu a multidão embrutecida pela canícula do meio-dia na calçada do sol enquanto que na calçada oposta não havia ninguém mais que os cobradores sem o que fazer do imposto sobre o direito de caminhar pela sombra, mas naquela vez ninguém estremeceu com o presságio do poder oculto no féretro refrigerado da limusine presidencial, ninguém reconheceu os olhos de desencanto, os lábios ansiosos, a mão desvalida que ia dando adeuses sem destino através da gritaria dos pregões de jornais e amuletos, os carrinhos de sorvete, as faixas da loteria de três números, o fragor cotidiano do mundo da rua alheio à tragédia íntima do militar solitário que suspirava de saudade pensando minha mãe Bendición Alvarado que aconteceu à minha cidade, onde está o beco de miséria das mulheres sem homens que saíam peladas ao entardecer para comprar corvinas azuis e pargos vermelhos e a xingar a mãe com as verdureiras enquanto sua roupa secava nas sacadas, onde estão os hindus que cagavam na porta de suas barracas, onde estão suas lívidas esposas que enterneciam a morte com canções de dor, onde está a mulher que havia se transformado em escorpião por desobedecer a seus pais, onde estão as cantinas dos mercenários, seus regatos de urina fermentada, o ar cotidiano dos postes de luz na curva da esquina, e de súbito ai, o porto, onde está se aqui estava, que aconteceu com as escunas dos contrabandistas, a chata de desembarque dos fuzileiros, meu cheiro de merda, mãe, o que se passava no mundo que ninguém conhecia a mão fugitiva de amante no esquecimento que ia deixando um regueiro de adeuses inúteis da

janelinha de vidros fechados de um trem inaugural que
atravessou silvando as plantações de ervas de cheiro dos
que foram antes os pântanos de estridentes pássaros de
malária dos arrozais, passou espantando multidões de vacas
marcadas com o ferro presidencial através de planícies inverossímeis de pastos azuis, e no interior capitonado de
veludo eclesiástico do vagão de responso do meu destino
irrevogável ele ia se perguntando onde estava meu velho
trenzinho de quatro patas, porra, minhas ramagens de
sucuris e balsaminas venenosas, meu alvoroço de micos,
minhas aves-do-paraíso, a pátria inteira com seu dragão,
mãe, onde estão se aqui estavam as estações de índios taciturnos com chapéus ingleses que vendiam bichos de doce
pelas janelas, vendiam batatas nevadas, mãe, vendiam galinhas afervidas em manteiga amarela sob os arcos de
letreiros de flores de glória eterna ao benemérito que ninguém sabe onde está, mas sempre que ele protestava que
aquela vida de prófugo era pior que estar morto respondiamlhe que não meu general, era a paz dentro da ordem, diziam-lhe, e ele acabava por aceitar, de acordo, uma vez mais
deslumbrado pela fascinação pessoal de José Ignácio Saenz
de la Barra do meu desamparo a quem tantas vezes havia
degradado e escarrado na raiva das insônias mas voltava a
sucumbir ante seus encantos nem bem entrava no gabinete
com a luz do sol puxando pela correia esse cachorro com
olhar de gente que não abandona nem sequer para urinar
e além disso tem nome de gente, Lorde Köchel, e outra vez
aceitava suas fórmulas com uma mansidão que o revoltava
contra si mesmo, não se preocupe Nacho, admitia, cumpra
com seu dever, de modo que José Ignácio Saenz de la Barra
voltava uma vez mais com seus poderes intactos à fábrica
de suplícios que havia instalado a menos de quinhentos
metros do palácio do inocente edifício de alvenaria colonial

onde havia funcionado o manicômio dos holandeses, uma casa tão grande como a sua, meu general, escondida em um bosque de amendoeiras e rodeada por um prado de violetas silvestres, cujo primeiro andar era destinado aos serviços de identificação e registro do estado civil e no resto estavam instaladas as máquinas de tortura mais engenhosas e bárbaras que podia conceber a imaginação, tanto que ele não havia querido conhecê-las senão que advertiu a Saenz de la Barra que o senhor continue cumprindo o seu dever como melhor convenha aos interesses da pátria com a única condição de que eu não sei de nada nem vi nada nem nunca estive nesse lugar, e Saenz de la Barra empenhou sua palavra de honra para servir o senhor, general, e havia cumprido, como cumpriu sua ordem de não voltar a martirizar as crianças menores de cinco anos com polos elétricos nos testículos para forçar a confissão de seus pais porque ele temia que aquela infâmia pudesse trazer-lhe de novo as insônias de tantas noites iguais dos tempos da loteria, embora lhe fosse impossível esquecer-se dessa oficina de horror a tão pouca distância do seu quarto porque nas noites de luas quietas era despertado pelas músicas de trens fugitivos das madrugadas de tempestades de Bruckner que faziam estragos de dilúvios e deixavam uma desolação de trapos de vestido de noivas mortas nas ramagens das amendoeiras da antiga mansão de lunáticos holandeses para que não se ouvisse da rua os berros de pavor e dor dos moribundos, e tudo isso sem cobrar um cêntimo meu general, pois José Ignácio Saenz de la Barra gastava seu soldo para comprar as roupas de príncipe, as camisas de seda natural com o monograma no peito, os sapatos de pelica, as caixas de gardênias para a lapela, as loções da França com os brasões da família impressos na etiqueta original, mas não tinha mulher que se soubesse nem se diz que seja maricas nem tem um só amigo nem casa própria para morar, nada meu general, uma vida de santo, escravizado na fábrica de suplícios até que o cansaço o derrubava sobre o divã do escritório onde dormia de qualquer modo mas nunca de noite nem nunca mais de três horas cada vez, sem guarda na porta, sem uma arma ao alcance, sob a proteção anelante de Lorde Köchel que não se continha pela ansiedade que lhe causava o não comer senão a única coisa que dizem que come, quer dizer, as tripas quentes dos decapitados, fazendo esse ruído de borbulhas de marmita para despertá-lo mal seu olhar de gente sentia através das paredes que alguém se aproximava do escritório, quem quer que seja, meu general, esse homem não confia nem no espelho, tomava suas decisões sem consultar ninguém depois de ouvir as informações de seus agentes, nada acontecia no país nem os desterrados davam um suspiro em qualquer lugar do planeta que José Ignácio Saenz de la Barra não soubesse no mesmo instante através dos fios da teia invisível de delação e suborno com que cobriu a bola do mundo, que era nisso que gastava o dinheiro, meu general, pois não era verdade que os torturadores tivessem pagamento de ministros como diziam, pelo contrário, ofereciam-se grátis para demonstrar que eram capazes de esquartejar a própria mãe e jogar seus pedaços aos porcos sem que se lhes notasse na voz a menor emoção, em lugar de cartas de recomendação e atestados de boa conduta ofereciam testemunhos de antecedentes atrozes para que lhes dessem o emprego subordinado aos torturadores franceses que são racionalistas meu general, e por conseguinte são metódicos na crueldade e refratários à compaixão, eram eles que tornavam possível o progresso dentro da ordem, eram eles que se antecipavam às conspirações muito antes que começassem a incubar no pensamento, os clientes distraídos que tomavam a fresca sob os leques de pás das sorveterias, os que liam o jornal nas hospedarias dos chineses, os que dormiam nos cinemas, os que davam lugar às senhoras grávidas nos ônibus, os que haviam aprendido a ser eletricistas e chumbeiros depois de haverem passado metade da vida como assaltantes noturnos e bandidos de esquinas, os noivos casuais das domésticas, as putas dos transatlânticos e dos bares internacionais, os promotores de excursões turísticas aos paraísos do Caribe nas agências de viagem de Miami, o secretário particular do ministro de relações exteriores da Bélgica, a zeladora vitalícia do corredor tenebroso do quarto andar do Hotel Internacional de Moscou, e tantos outros que ninguém sabe até o último canto da terra, mas o senhor pode dormir tranquilo meu general, pois os bons patriotas da pátria dizem que o senhor não sabe de nada, que tudo isto acontece sem o seu consentimento, que se o meu general soubesse teria mandado Saenz de la Barra colher margaridas no cemitério de renegados da fortaleza do porto, que cada vez que sabiam de um novo ato de barbárie suspiravam para dentro se o general soubesse, se pudéssemos fazê-lo saber, se houvesse uma maneira de vê-lo, e ele ordenou a quem lhe havia contado que não esquecesse nunca que de verdade eu não sei de nada, nem vi nada, nem falei destas coisas com ninguém, e assim recuperava o sossego, mas continuavam chegando tantos taleigos de cabeças cortadas que não lhe parecia concebível que José Ignácio Saenz de la Barra se embarrasse de sangue até o cocuruto sem nenhum benefício porque a gente é safada mas não tanto, nem lhe parecia razoável que passassem anos inteiros sem que os comandantes das três armas protestassem por sua condição subalterna, nem pediam aumento de ordenado, nada, de modo que ele jogara sondas de modo reservado para tentar estabelecer as causas do conformismo militar, queria investigar porque não tentavam rebelar-se, porque aceitavam a autoridade de um civil, e havia perguntado aos mais ambiciosos se não pensavam que já era tempo de dobrar a crista ao adventício sanguinário que estava salpicando os méritos das forças armadas, mas lhe haviam respondido que naturalmente que não meu general, não é para tanto, e desde então já não sei quem é quem nem quem está com quem nem contra quem nesta trampa de progresso dentro da ordem que começa a cheirar a mortecina fechada como aquela que nem quero me lembrar daqueles pobres meninos da loteria, mas José Ignácio Saenz de la Barra aplacava-lhe os impulsos com seu doce domínio de domador de cães selvagens, durma tranquilo general, dizia-lhe, o mundo é seu, fazia-lhe crer que tudo era tão simples e tão claro que o voltava a deixar nas trevas daquela casa de ninguém que percorria de um extremo ao outro perguntando-se aos gritos quem porra sou eu que me sinto como se me houvessem virado do avesso à luz dos espelhos, onde porra estou que vão ser onze da manhã e não há uma galinha nem por acaso neste deserto, lembrem-se como era antes, clamava, lembrem-se da algazarra dos leprosos e dos paralíticos que brigavam pela comida com os cachorros, lembrem-se daquele escorregadio de merda de animais nas escadas e aquela zorra de patriotas que não me deixavam caminhar com a lenga-lenga de que me ponha no corpo o sal da saúde meu general, que me batize o menino para ver se lhe tira a diarreia porque diziam que a minha imposição tinha virtudes apertativas mais eficazes que a banana verde, que me ponha a mão aqui para ver se se acalmam as palpitações que já não tenho ânimo para viver com este eterno tremor de terra, que fixasse a vista no mar meu general para que voltem atrás os furacões, que a levantasse ao céu para que se arrependam os eclipses, que a baixasse à terra para espantar a peste porque diziam que eu era o benemérito que infundia respeito à natureza e endireitava a ordem do universo e havia dobrado a Divina Providência, e eu lhes dava o que me pediam e lhes comprava tudo o que me vendessem não porque tivesse o coração mole segundo dizia sua mãe Bendición Alvarado mas porque era preciso ter um fígado ruim para negar um favor a quem cantava seus méritos, e em troca agora não havia ninguém que lhe pedisse nada, ninguém que lhe dissesse pelo menos bom dia meu general, como passou a noite, não tinha sequer o consolo daquelas explosões noturnas que o despeitavam com uma granizada de vidro de janelas e desnivelavam os quícios e semeavam o pânico na tropa mas serviam-lhe pelo menos para sentir que estava vivo e não neste silêncio que me zumbe dentro da cabeça e me acorda com seu estrépito, já não sou mais que um boneco pintado na parede desta casa de espantos onde lhe era impossível dar uma ordem que já não estivesse cumprida, via satisfeitos seus desejos mais íntimos no diário oficial que continuava lendo na rede à hora da sesta desde a primeira página até a última inclusive os anúncios de propaganda, não havia um impulso do seu espírito nem um desígnio de sua vontade que não aparecesse impresso em grandes letras com a fotografia da ponte que ele não mandou construir por esquecimento, a fundação da escola para ensinar a varrer, a vaca leiteira e a árvore de pão com um retrato seu de outras fitas inaugurais dos tempos de glória, e apesar disso não encontrava o sossego, arrastava suas grandes patas de elefante senil procurando algo que não se havia perdido na sua casa de solidão, notava que alguém antes dele havia tapado as gaiolas com panos de luto, alguém havia contemplado o mar das janelas e havia contado as vacas antes dele, tudo estava completo e em ordem, retornava ao quarto com o candil quando reconheceu sua própria voz ampliada no retém da guarda presidencial e apareceu na janela entreaberta e viu um grupo de oficiais cochilando no quarto cheio de fumaça diante do triste resplendor na tela de televisão, e na tela estava ele, mais magro e tenso, mas era eu, mãe, sentado no gabinete onde havia de morrer com o escudo da pátria no fundo e os três pares de óculos de ouro na mesa, e estava fazendo de memória uma análise das contas da nação com palavras de sábio que ele nunca se teria atrevido a repetir, porra, era uma visão mais inquietante que a do próprio corpo morto entre as flores porque agora estava se vendo vivo e ouvindo-se falar com a própria voz, eu mesmo, mãe, eu que nunca havia podido suportar a vergonha de aparecer em uma sacada nem havia conseguido vencer o pudor de falar em público, e aí estava, tão verídico e mortal que permaneceu perplexo na janela pensando minha mãe Bendición Alvarado como é possível este mistério, mas José Ignácio Saenz de la Barra manteve-se impassível ante uma das poucas explosões de cólera que ele se permitiu nos anos sem conta do regime, não é para tanto general, disse-lhe com sua ênfase mais doce, tivemos que recorrer a este recurso ilícito para preservar do naufrágio a nave do progresso dentro da ordem, foi uma inspiração divina, general, graças a ela havíamos conseguido conjurar a desconfiança do povo em um poder de carne e osso que a última quarta-feira de cada mês prestava um informe tranquilizador de sua gestão de governo através do rádio e da televisão do estado, eu assumo a responsabilidade, general, eu pus aqui este vaso de flores com seis microfones em forma de girassóis que registravam seu pensamento de viva voz, era eu que fazia as perguntas que ele respondia na audiência das sextas-feiras sem suspeitar que suas respostas inocentes eram os fragmentos do discurso mensal dirigido à nação, pois nunca haviam utilizado uma imagem que não fosse sua nem uma palavra que ele não houvesse dito como o senhor mesmo poderá comprovar por estes discos que Saenz de la Barra colocou sobre sua mesa junto com estes filmes e esta carta do meu próprio punho e letra que assino na sua presença general para que o senhor disponha de mim como melhor que pareça, e ele o olhou desconcertado porque de súbito percebeu que Saenz de la Barra estava pela primeira vez sem o cachorro inerme, pálido, e então suspirou, está bem, Nacho, cumpra com seu dever, disse, com um ar de infinita fadiga, atirado para trás na cadeira giratória e o olhar fixo nos olhos delatores dos retratos dos próceres, mais velho que nunca, mais lúgubre e triste, mas com a mesma expressão de desígnios imprevisíveis que Saenz de la Barra havia de reconhecer duas semanas mais tarde quando voltou a entrar no gabinete sem audiência prévia quase arrastando o cachorro pela correia e com a notícia urgente de uma insurreição armada que apenas uma intervenção sua podia impedir, general, e ele descobriu por fim a greta imperceptível que tinha estado procurando durante tantos anos no muro de obsidiana da fascinação, minha mãe Bendición Alvarado do desquite, disse para si mesmo, este pobre corno está se cagando de medo, não fez porém um só gesto que permitisse vislumbrar suas intenções mas envolveu Saenz de la Barra em uma aura maternal, não se preocupe Nacho, suspirou, temos muito tempo para pensar sem que ninguém nos estorve onde porra estava a verdade naquele lameiro de verdades contraditórias que pareciam menos verdadeiras quando fosse mentira, enquanto Saens de la Barra verificava no relógio de bolso que logo seriam sete da noite, general, os comandantes das três armas estavam acabando de comer em suas respectivas casas, com a mulher e as crianças, para que nem sequer eles pudessem suspeitar de seus propósitos, sairão à paisana sem escolta pela porta de serviço onde os espera um carro oficial solicitado por telefone para burlar a vigilância dos nossos homens, não verão nenhum, é claro, embora aí estejam, general, são os choferes, mas ele disse ah, sorriu, não se preocupe tanto, Nacho, me explique antes como temos vivido até agora com a cabeça sobre o pescoço se segundo suas contas de cabeças cortadas temos tido mais inimigos que soldados, mas Saenz de la Barra estava amparado apenas pela minúscula batida do seu relógio de bolso, faltavam menos de três horas, general, o comandante das forças de terra dirigia-se naquele momento para o quartel do Conde, o comandante das forças navais para a fortaleza do porto, o comandante das forças aéreas para a base de São Jerônimo, ainda era possível prendê-los porque uma camioneta da segurança do estado carregada de legumes perseguia-os a curta distância, mas ele não se alterava, sentia que a ansiedade crescente de Saenz de la Barra liberava-o do castigo de uma servidão que havia sido mais implacável que seu apetite de poder, fique tranquilo, Nacho, dizia, antes me explique por que não comprou uma mansão tão grande como um navio, por que trabalha como uma mula se não se interessa por dinheiro, por que vive como um mancebo se as mulheres mais fechadas se arreganham para entrar no seu quarto, você parece mais padre que os padres, Nacho, mas Saenz de la Barra sufocava-se empapado por um suor frio que não conseguia disfarçar com sua dignidade incólume no forno crematório do gabinete, um sinal em chave começava a circular a essa hora pelos fios do telégrafo para as diferentes guarnições do país, os comandantes rebeldes estavam pendurando as condecorações na sua farda de parada para o retrato oficial da nova junta de governo enquanto seus ajudantes transmitiam as últimas ordens de uma guerra sem inimigos cujas únicas batalhas restringiam-se a controlar as centrais de comunicação e os serviços públicos, mas ele nem sequer piscou ante a palpitação anelante de Lorde Köchel que se havia levantado com um fio de baba que parecia uma lágrima interminável, não se assuste, Nacho, antes me explique por que tem tanto medo da morte, e José Ignácio Saenz de la Barra tirou com um puxão o colarinho de celuloide amarfanhado pelo suor e seu rosto de barítono ficou sem alma, é natural, replicou, o medo da morte é o remorso da felicidade, por isso o senhor não o sente, e ficou em pé contando por puro hábito as badaladas dos sinos da catedral, são doze, disse, já não lhe resta mais ninguém no mundo, general, eu era o último, mas ele não se mexeu na cadeira enquanto não percebeu o troar subterrâneo dos tanques de guerra na Praça de Armas, e então sorriu, não se engane, Nacho, ainda me resta o povo, o pobre povo de sempre que antes do amanhecer saiu à rua instigado pelo ancião imprevisível que através do rádio e da televisão do estado dirigiu-se a todos os patriotas da pátria sem distinção de qualquer espécie e com a mais viva emoção histórica para anunciar que os comandantes das três armas inspirados pelos ideais imutáveis do regime, sob minha direção pessoal e interpretando como sempre a vontade do povo soberano haviam posto termo nesta meia-noite gloriosa ao aparelho de terror de um civil sanguinário que havia sido castigado pela justiça cega das multidões, pois aí estava José Ignácio Saenz de la Barra, torturado a golpes, pendurado pelos tornozelos em um poste da Praça de Armas e com os próprios órgãos genitais enfiados na boca, tal como o havia previsto meu general quando nos ordenou bloquear as ruas das embaixadas para impedir-lhe o direito de asilo, o povo o havia caçado a pedradas, meu general, mas antes tivemos que fuzilar o cachorro carniceiro que sorveu a tripalhada de quatro civis e nos deixou sete soldados feridos de leve quando o povo havia assaltado seus aposentos e jogaram pelas janelas mais de duzentos coletes de brocado ainda com a etiqueta de fábrica, jogaram uns três mil pares de sapatos italianos sem uso, três mil, meu general, que era nisso que gastava o dinheiro do governo, e não sei quantas caixas de gardênias de lapela e todos os discos de Bruckner com suas respectivas partituras de regência anotadas de punho e letra, e além disso tiraram os presos dos sótãos e meteram fogo nas câmaras de tortura do antigo manicômio dos holandeses aos gritos de viva o general, viva o macho que afinal conheceu a verdade, pois todos dizem que o senhor não sabia de nada meu general, que o mantinham no limbo abusando do seu bom coração, e ainda a esta hora andavam caçando como ratos os torturadores da segurança do estado que deixamos sem proteção de tropa de acordo com suas ordens para que o povo se aliviasse de tantas raivas recolhidas e tanto terror, e ele aprovou, de acordo, comovido pelos sinos de júbilo e as músicas libertárias e os gritos de gratidão da multidão concentrada na Praça de Armas com grandes faixas de Deus guarde o magnífico que nos redimiu das trevas do terror, e naquela réplica efêmera dos tempos de glória ele fez reunir no pátio os oficiais de escola que o haviam ajudado a livrar-se de suas próprias correntes de galeote do poder e apontando-os com o dedo segundo os impulsos de sua inspiração completou conosco o último alto-comando do seu decrépito governo em substituição dos autores da morte de Letícia Nazareno e do menino que foram capturados em roupas de dormir quando tentavam encontrar asilo nas embaixadas, mas ele mal os reconheceu havia esquecido os nomes, procurou no coração a carga de ódio que havia tratado de manter viva até a morte e só encontrou as cinzas de um orgulho ferido que já não mais valia a pena entreter, que vão embora, ordenou, meteram-nos no primeiro navio que zarpou para onde ninguém voltasse a se lembrar deles, pobres cornos, presidiu o primeiro conselho do novo governo com a impressão nítida de que aqueles exemplares seletos de uma geração nova de um século novo eram outra vez os ministros civis de sempre de levitas poeirentos e entranhas fracas, só que estes estavam mais ávidos de honrarias que de poder, mais assustadiços e servis e mais inúteis que todos os anteriores em face de uma dívida externa mais vultosa que tudo quanto se pudesse vender em seu desguarnecido reino de pesadelo, pois não havia nada que fazer meu general, o último trem dos páramos havia desbarrancado por precipícios de orquídeas, os leopardos dormiam em poltronas de veludo, as carcaças dos barcos de roda estavam encalhadas nos pântanos dos arrozais, as notícias apodrecidas nos sacos do correio, os casais de manatis enganados pela ilusão de engendrar ser lias entre os lírios tenebrosos dos espelhos de lua do camarote presidencial, e só ele o ignorava, é claro, havia acreditado no progresso dentro da ordem porque então não tinha mais contatos com a vida real que a leitura do jornal do governo que imprimiam só para o senhor meu general, uma edição completa de uma só cópia com as notícias que lhe agradavam ler, com a feição gráfica que o senhor esperava encontrar, com os anúncios de propaganda que o fizessem sonhar com um mundo diferente daquele que lhe haviam emprestado para a sesta, até que eu mesmo pude comprovar com estes meus olhos incrédulos que atrás dos edifícios de vidros solares dos ministérios continuavam intactos os barracos coloridos dos negros nas colinas do porto, haviam construído as avenidas de palmeiras até o mar para que eu não visse que atrás das quintas romanas de pórticos iguais continuavam os bairros miseráveis devastados por um dos nossos tantos furacões, haviam semeado grama de cheiro de ambos os lados da via para que ele visse do vagão presidencial que o mundo parecia magnificado pelas águas venais de pintar bem-te-vis de sua mãe das minhas entranhas Bendición Alvarado, e não o enganavam para comprazê-lo como o fez nos últimos tempos dos seus tempos de glória o general Rodrigo de Aguilar, nem para evitar-lhe contrariedades inúteis como o fazia Letícia Nazareno mais por compaixão que por amor, mas para mantê-lo cativo do próprio poder no marasmo senil da rede sob a paineira do pátio onde no final de seus anos não havia de ser verdade nem mesmo o coro de escola da passarinha pinta paradinha no verde limão, que sacanagem, e apesar disso não o afetou a burla mas ele tratava de reconciliar-se com a realidade mediante a recuperação por decreto do monopólio da quina e de outras apózemas essenciais à felicidade do estado, a realidade porém voltou a surpreendê-lo com a advertência de que o mundo mudava e a vida continuava ainda contra o seu poder, pois já não há mais quina, general, já não há cacau, não há mais índigo, general, não havia mais nada, salvo sua fortuna pessoal que era incontável e estéril e estava ameaçada pela ociosidade, e apesar disso não se perturbou com tão infaustas novas mas mandou um recado de provocação ao velho embaixador Roxbury para ver se encontravam alguma fórmula de alívio na mesa de dominó, mas o embaixador respondeu-lhe com o seu próprio estilo que nem de brincadeira excelência, este país não vale um níquel, exceto o mar, é claro, que era diáfano e suculento e haveria bastado enfiar fogo por baixo para cozinhar na sua própria cratera a grande sopa de mariscos do universo, de modo que pense nisso, excelência, nós o aceitamos por conta dos serviços dessa dívida atrasada que não hão de redimir nem cem gerações de próceres tão diligentes como sua excelência, mas ele nem sequer o levou a sério nessa primeira vez, acompanhou-o até as escadas pensando minha mãe Bendición Alvarado olhe só que gringos tão bárbaros, como é possível que só pensem no mar para comê-lo, despediu-o com o tapinha habitual no ombro e voltou a ficar só consigo mesmo tateando nas franjas de névoas ilusórias dos páramos do poder, pois as multidões haviam abandonado a Praça de Armas, levaram as faixas repetidas[34] e guardaram os lemas de aluguel para outras festas iguais do futuro tão logo acabou o estímulo das coisas de comer e beber que a tropa repartia nas pausas das ovações, haviam deixado de novo os salões desertos e tristes embora sua ordem de não fechar os portões a nenhuma hora para que entre quem queira, como antes, quando esta não era uma casa de defuntos mas um palácio de vizinhança, e apesar disso os únicos que ficaram foram os leprosos, meu general, e os cegos e os paralíticos que haviam permanecido anos a fio à frente da casa como os vira Demétrio Aldous dourando-se ao sol nas portas de Jerusalém, destruídos e invencíveis, certos de que mais cedo ou mais tarde voltariam a entrar para receber de suas mãos o sal da saúde porque ele havia de sobreviver a todos os embates da adversidade e às paixões mais inclementes e aos piores assédios do esquecimento, pois era eterno, e assim foi, ele voltou a encontrá-los de volta da ordenha esquentando as latas de restos de cozinha nos fogões de tijolos improvisados no pátio, ele os viu estendidos com os braços em cruz nas esteiras maceradas pelo suor das úlceras à sombra fragrante das roseiras, fez construir para eles um forno comum, comprava-lhes esteiras novas e mandou levantar um cara-

---

34. faixas de repetição, no original *pancarta de repetición* — pergaminho no qual se contém, por cópia, vários documentos. GGM sugere aí as faixas e os cartazes com lemas e *slogans*, que se repetem e se utilizam nos comícios políticos.

manchão de palmas no fundo do pátio para que não tivessem que se abrigar dentro da casa, mas não demorava nem quatro dias e encontrava um casal de leprosos dormindo nos tapetes árabes do salão de festas ou um cego perdido nos escritórios ou um paralítico machucado nas escadas, fazia fechar as portas para que não deixassem um rastro de chagas vivas nas paredes nem empestassem o ar da casa com o bafo de ácido fênico com que os fumigavam os serviços de saúde, embora nem chegassem a tirá-los de um lado que já apareciam do outro, tenazes, indestrutíveis, aferrados à sua velha esperança feroz quando então ninguém esperava nada daquele ancião inválido que escondia lembranças escritas nas gretas das paredes e se orientava com tateios de sonâmbulo através dos ventos encontrados dos lodaçais das brumas de memória, passava horas insones na rede perguntando-se como porra é que vou escapar de novo do embaixador Fischer que me havia proposto denunciar a existência de um flagelo de febre amarela para justificar um desembarque de fuzileiros navais de acordo com o tratado de assistência recíproca por tantos anos quantos fossem necessários para infundir um novo alento à pátria moribunda, e ele retrucou de imediato que nem de brincadeira, fascinado pela evidência de que estava vivendo de novo nas origens do seu regime quando se havia valido de um recurso igual para dispor dos poderes de exceção da lei marcial ante uma grave ameaça de sublevação civil, havia declarado o estado de peste por decreto, plantaram a bandeira amarela no topo do farol, fechou-se o porto, suprimiram-se os domingos, proibiu-se chorar os mortos em público e tocar músicas que os recordassem e se incumbiu as forças armadas de velar pelo cumprimento do decreto e dispor dos pesteados segundo o seu alvedrio, de modo que as tropas com braçadeiras sanitárias executavam em público as pessoas da mais diversa condição, assinalavam com um círculo vermelho a porta das casas suspeitas de oposição ao regime, marcavam com um ferro de vaca na testa os infratores simples, as machorras e as bichonas enquanto uma missão sanitária solicitada com urgência a seu governo pelo embaixador Mitchell encarregava-se de preservar do contágio os habitantes do palácio, recolhiam do chão o cocô dos bastardos para analisá-lo com lentes de aumento, jogavam pílulas desinfetantes nas latrinas, davam vermes para as cobaias dos seus laboratórios comer e ele lhes dizia morto de riso através do intérprete que não sejam tão bobos, misteres, aqui não há outra peste senão vocês, mas eles insistiam que sim, que tinham ordens superiores de que houvesse, prepararam um mel de virtude preventiva, espesso e verde, com o qual lambuzavam o corpo inteiro dos visitantes sem distinção de credenciais dos mais ordinários aos mais ilustres, eles os obrigavam a manter distância nas audiências, eles de pé no umbral e ele sentado no fundo onde o alcançasse a voz mas não a respiração, parlamentando aos gritos com exibição de corpos nus que gesticulavam com uma mão, excelência, e com a outra tapavam a esquálida pomba lambuzada, e tudo aquilo para preservar do contágio a quem havia concebido no abatimento da vigília até os pormenores mais banais da falsa calamidade, que havia inventado boatos telúricos e difundido prognósticos de apocalipses de acordo com seu critério de que toda gente tem mais medo quanto menos entender, e que mal piscou quando um de seus ajudantes de ordens, lívido de pavor, perfilou-se diante dele com a notícia meu general de que a peste está causando uma mortandade tremenda entre a população civil, de modo que através dos vidros nublados da carruagem presidencial havia visto o tempo interrompido por ordem sua nas ruas abandonadas, viu o ar atônito nas bandeiras amarelas, viu as portas fechadas inclusive nas casas omitidas pelo círculo vermelho, viu os urubus enfarados nas sacadas, e viu os mortos, os mortos, o mortos, havia tantos por toda parte que era impossível contá-los nos lamaçais, amontoados ao sol dos terraços, estendidos sobre os legumes do mercado, mortos de carne e osso meu general, quem sabe quantos, pois eram muitos mais do que ele teria querido ver entre as hostes dos seus inimigos atirados como cachorros mortos nas latas de lixo, e por cima da podridão dos corpos e a fetidez familiar das ruas reconheceu o cheiro da sarna da peste, mas não se perturbou, não cedeu a nenhuma súplica até que não voltou a sentir-se dono absoluto de todo o seu poder, e só quando não parecia haver recurso humano nem divino capaz de pôr fim à mortandade vimos aparecer nas ruas uma carruagem sem insígnias na qual ninguém percebeu à primeira vista o sopro gelado da majestade do poder, mas no interior de veludo funéreo vimos os olhos letais, os lábios trêmulos, a luva nupcial que ia jogando punhados de sal nos portais, vimos o trem pintado com as cores da bandeira trepando com as unhas através das gardênias e dos leopardos espavoridos até as cornijas de névoa das províncias mais escarpadas, vimos os olhos turvos através das cortinas do vagão solitário, o semblante aflito, a mão de donzela desairada que ia deixando um rastro de sal pelos lúgubres páramos de sua infância, vimos o navio de vapor com roda de madeira e rolos de mazurcas de pianolas quiméricas que navegava tropeçando por entre os escolhos e os bancos de areia e os escombros das catástrofes causadas na selva pelos passeios primaveris do dragão, vimos os olhos de entardecer na janela do camarote presidencial, vimos os lábios pálidos, a mão sem origem que atirava punhados de sal nas aldeias entorpecidas de calor, e quem comia daquele sal e lambia o chão onde havia estado recuperava a saúde no ato e ficava imunizado por longo tempo contra os maus presságios e as venetas da ilusão, de modo que ele não havia de se surpreender nos finais de seu outono quando lhe propuseram um novo regime de desembarque apoiado no embuste de uma epidemia política de febre amarela senão que enfrentou as razões dos ministros inúteis que clamavam por voltem os fuzileiros navais, general, que voltem com suas máquinas de fumigar pesteados em troca do que eles queiram, que voltem com seus hospitais brancos, seus gramados azuis, os esguichos giratórios que coroam os anos bissextos com séculos de boa saúde, ele porém esmurrou a mesa e decidiu que não, sob sua suprema responsabilidade, até que o rude embaixador MacQueen replicou-lhe que já não estamos em condições de discutir, excelência, o regime não se apoia na esperança nem no conformismo, nem mesmo pelo terror, senão pela pura inércia de uma desilusão antiga e irreparável, saia à rua e olhe a face da verdade, excelência, estamos na curva final, ou vêm os fuzileiros ou levamos o mar, não há outra saída, excelência, não havia outra, mãe, de modo que levaram o Caribe em abril, levaram-no em peças numeradas os engenheiros náuticos do embaixador Ewing para semeá-lo longe dos furacões nas auroras de sangue e de Arizona, levaram-no com tudo o que tinha dentro, meu general, com o reflexo de nossas cidades, nossos tímidos afogados, nossos dragões dementes, embora ele tivesse apelado aos recursos mais audaciosos de sua astúcia milenar tratando de promover uma convulsão nacional de protesto contra o despojo, mas ninguém fez caso meu general, não quiseram sair à rua nem pela razão nem pela força porque pensávamos que era uma nova manobra sua como tantas outras para saciar até muito além de todo limite sua paixão irreprimível de perdurar, pensávamos que desde que aconteça algo embora levem o mar, que porra, mesmo que levem a pátria inteira com seu dragão, pensávamos, insensíveis às artes de sedução dos militares que apareciam em nossas casas disfarçados de civis e suplicavam em nome da pátria que saíssemos à rua gritando para que os gringos fossem embora para impedir a consumação do despejo, incitavam-nos ao saque e ao incêndio das lojas e das quintas dos estrangeiros, ofereciam-nos dinheiro vivo para que saíssemos a protestar sob a proteção da tropa solidária com o povo contra a agressão, mas ninguém esquecia que outra vez nos haviam dito o mesmo sob palavra de militar e entretanto foram massacrados a tiros com o pretexto de que havia provocadores infiltrados que abriram fogo contra a tropa, de modo que desta vez não contamos nem com o povo meu general e tive que carregar sozinho com o peso deste castigo, tive que assinar sozinho pensando minha mãe Bendición Alvarado ninguém sabe melhor que a senhora que vale mais ficar sem o mar que permitir um desembarque de fuzileiros, lembre-se de que eram eles que pensavam as ordens que me faziam assinar, eles aveadavam os artistas, eles trouxeram a Bíblia e a sífilis, faziam o povo acreditar que a vida é fácil, mãe, que tudo se consegue com dinheiro, que os negros são contagiosos, trataram de convencer nossos soldados de que a pátria é um negócio e que o sentimento da honra é uma sacanagem inventada pelo governo para que as tropas lutassem grátis, e foi para evitar a repetição de tantos males que lhes concedi o direito de desfrutar de nossos mares territoriais na forma em que o considerem conveniente aos interesses da humanidade e da paz entre os povos, no entendimento de que a referida cessão compreendia não só as águas físicas visíveis da janela do seu quarto até o horizonte mas tudo quanto se entende por mar no sentido mais amplo, ou seja a fauna e a flora próprias de referidas águas, seu regime de ventos, a veleidade dos seus militares, tudo, mas nunca pude imaginar que fossem capazes de fazer o que fizeram de levar com gigantescas dragas de sucção as eclusas numeradas do meu velho mar de xadrez em cuja cratera rasgada vimos aparecer os lampejos instantâneos dos restos submersos da muito antiga cidade de Santa Maria del Darién arrasada pela batedeira, vimos a nau capitânia do almirante maior do mar-oceano tal como eu a havia visto da minha janela, mãe, estava idêntica, colhida por um matagal de perceves que os dentes das dragas arrancaram pela raiz antes que ele tivesse tempo de ordenar uma homenagem digna das proporções históricas daquele naufrágio, levaram tudo quanto havia sido a razão das minhas guerras e o motivo do seu poder e só lhe deixaram a lhanura deserta de áspero pó lunar que ele via ao passar pelas janelas com o coração oprimido clamando minha mãe Bendición Alvarado me ilumine com suas luzes mais sábias, pois naquelas noites derradeiras despertava-o o espanto de que os mortos da pátria levantavam-se de suas tumbas para pedir-lhe contas do mar, sentia as garras nas paredes, sentia as vozes insepultas, o horror dos olhares póstumos que espreitavam pelas fechaduras o rastro de suas grandes patas de sáurio moribundo no pântano fumegante dos últimos lodaçais de salvação da casa em trevas, caminhava sem parar no cruzeiro dos alísios tardios e dos mistrais falsos da máquina de ventos que lhe havia presenteado o embaixador Eberrart para que notasse menos o mau negócio do mar, via na cúpula dos arrecifes a luz solitária da casa de repouso dos ditadores asilados que dormem como bois sentados enquanto eu padeço, filhos da mãe, lembrava-se dos roncos de adeus de sua mãe Bendición Alvarado na mansão suburbana, seu bom dormir de passarinheira no quarto iluminado pela vigília do orégano, quem fora ela, suspirava, mãe feliz adormecida que nunca se deixou assustar pela peste, nem se deixou intimidar pelo amor nem se deixou apavorar pela morte, e em troca ele estava tão atemorizado que até as rajadas do farol sem mar que intermitiam nas janelas lhe pareceram sujas dos mortos, fugiu espavorido do fantástico vaga-lume sideral que espantava em sua órbita de pesadelo giratório os eflúvios temíveis do polvo luminoso do tutano dos mortos, que o apaguem, gritou, apagaram, mandou calafetar a casa por dentro e por fora para que não passassem pelos resquícios de portas e janelas nem escondidos em outras fragrâncias os hálitos mais tênues da sarna dos ares noturnos da morte, ficou nas trevas, tateando, respirando a duras penas no calor sem ar, sentindo-se atravessar espelhos escuros, caminhando de medo, até que ouviu um tropel de patas na cratera do mar e era a lua que se levantava com suas neves decrépitas, pavorosa, que a tirem daqui, gritou, que apaguem as estrelas, porra, ordem de Deus, mas ninguém atendeu a seus gritos, ninguém o ouviu, salvo os paralíticos que despertaram assustados nos antigos escritórios, os cegos nas escadas, os leprosos perolados de sereno que se levantaram à sua passagem nos restolhos das primeiras rosas para implorar de suas mãos o sal da saúde, e então foi quando aconteceu, incrédulos do mundo inteiro, idólatras de merda, aconteceu que ele nos tocou na cabeça ao passar, um por um, tocou em cada um no lugar de nossos defeitos com uma mão lisa e sábia que era a mão da verdade, e no instante em que nos tocava recuperávamos a saúde do corpo e o sossego da alma e recobrávamos a força e a resignação de viver, e vimos os cegos deslumbrados com fulgor das rosas, vimos os entrevados tropeçando nas escadas e vimos esta minha própria pele de recém-nascido que vou mostrando pelas feiras do mundo inteiro para que ninguém fique sem saber a notícia do milagre e esta fragrância de lírios prematuros das cicatrizes das minhas chagas que vou regando pela face da terra para escárnio de infiéis e escarmento de libertinos, gritavam por cidades e estradas, em farras e procissões, tratando de incutir nas multidões o pavor do milagre, mas ninguém pensava que fosse verdade, pensávamos que era um dos tantos áulicos que mandavam aos povoados com um velho bando de vendedores ambulantes para tratar de nos convencer da última coisa que nos faltava acreditar que ele havia devolvido a pele aos leprosos, a luz aos cegos, o movimento aos paralíticos, pensávamos que era o último recurso do regime para chamar a atenção sobre um presidente improvável cuja guarda pessoal estava reduzida a uma patrulha de recrutas contra a opinião unânime do conselho de governo que havia insistido que não meu general, que era indispensável uma proteção mais rígida, pelo menos uma unidade de guardas, meu general, mas ele havia se obstinado em que ninguém tem necessidade nem vontade de me matar, vocês são os únicos, meus ministros inúteis, meus comandantes ociosos, só que não se atrevem nem se atreverão nunca a me matar porque sabem que depois terão que se matar uns aos outros, de modo que só ficou a guarda de recrutas para uma casa acabada onde as vacas andavam sem lei desde o primeiro vestíbulo até o salão de audiências, haviam comido as pradarias de flores dos gobelinos meu general, haviam comido os arquivos, mas ele não ouvia, havia visto subir a primeira vaca numa tarde de outono em que era impossível permanecer na intempérie pela fúria do aguaceiro, havia tentado espantá-la com as mãos, vaca, vaca, recordando de repente que vaca se escreve com vê de vaca, vira-a outra vez comendo as cúpulas dos lampiões em uma época da vida em que começava a compreender que não valia a pena caminhar até as escadas para espantar uma vaca, havia encontrado duas no salão de festas exasperadas com as galinhas que saltavam para bicar os carrapatos dos seus lombos, de modo que nas noites recentes em que víamos luzes que pareciam de navegação e ouvíamos desastres de patas de animal grande atrás das paredes fortificadas era porque ele andava com a lanterna marinha disputando com as vacas um lugar onde dormir enquanto fora continuava sua vida pública sem ele, víamos todos os dias nos jornais do regime as fotografias de ficção das audiências civis e militares em que o mostravam a nós com uma farda diferente segundo o caráter de cada ocasião, ouvíamos pelo rádio as arengas repetidas todos os anos desde há tantos anos nas datas magnas das efemérides da pátria, estava presente em nossas vidas ao sair de casa, ao entrar na igreja, ao comer e ao dormir, quando era de domínio público que mal se aguentava sobre suas rústicas botas de caminhante irredimível na casa decrépita cujo serviço se havia reduzido então a três ou quatro ordenanças que lhe davam de comer e mantinham bem providos os esconderijos de mel de abelhas e espantavam as vacas que haviam feito estragos no estado-maior de marechais de porcelana do gabinete proibido onde ele havia de morrer segundo algum prognóstico de pitonisa que ele mesmo havia esquecido, permaneciam dependentes de suas ordens casuais até que pendurasse a lanterna no dintel e ouvissem o estrépito dos três ferrolhos, das três trancas, das três aldravas do quarto diminuído pela falta do mar, e então se retiravam para seus quartos do andar térreo convencidos de que ele estava à mercê de seus sonhos de afogado solitário até o amanhecer, mas ele despertava com pulos inesperados, pastoreava a insônia, arrastava suas grandes patas de fantasma pela imensa casa em trevas apenas perturbada pela parcimoniosa digestão das vacas e a respiração áspera das galinhas adormecidas nos cabides dos vice-reis, ouvia ventos de luas na escuridão, sentia os passos do tempo na escuridão, via sua mãe Bendición Alvarado varrendo na escuridão com a vassoura de galhos verdes com que havia varrido a tempestade de ilustres varões chamuscados de Cornélio Nepote no texto original, a retórica imemorial de Lívio Andrônico e Cecílio Estado que estavam reduzidos a lixo de escritório na noite de sangue em que ele entrou pela primeira vez na casa mostrenga do poder enquanto fora resistiam as últimas barricadas suicidas do insigne latinista e general Lautaro Muñoz a quem Deus tenha em seu santo reino, haviam atravessado o pátio sob o resplendor da cidade em chamas pulando por cima dos vultos mortos da guarda pessoal do presidente ilustrado, ele tiritando pela febre das terçãs e sua mãe Bendición Alvarado sem outra arma que a vassoura de galhos verdes, subiram as escadas tropeçando na escuridão com os cadáveres dos cavalos da esplêndia escuderia presidencial que ainda dessangravam desde o primeiro vestíbulo até a sala de audiências, era difícil respirar dentro da casa fechada pelo cheiro de pólvora ácida do sangue dos cavalos, vimos pegadas descalças de pés ensanguentados com sangue de cavalo nos corredores, vimos palmas de mãos estampadas com sangue de cavalo nas paredes, e vimos no lago de sangue do salão de audiências o corpo dessangrado de uma formosa florentina em traje de noite com um sabre de guerra enfiado no coração, e era a esposa do presidente, e vimos a seu lado o cadáver de uma menina que parecia uma bailarina de brinquedo de corda com um tiro de pistola na testa e era sua filha de nove anos, e viram o cadáver de césar garibaldino do presidente Lautaro Muñoz, o mais destro e capaz dos catorze generais federalistas que se haviam sucedido no poder por atentados sucessivos durante onze anos de rivalidades sangrentas mas também o único que se atreveu a dizer que não em sua própria língua ao cônsul dos ingleses, e aí estava estirado como um pavio, descalço, padecendo o castigo de sua temeridade com o crânio estilhaçado por um tiro de pistola que disparou no seu céu da boca depois de matar a mulher e a filha e a seus quarenta e dois cavalos andaluzes para que não caíssem em poder da expedição punitiva da esquadra britânica, e foi então quando o comandante Kitchener me disse apontando o cadáver que está vendo bem, general, é assim que acabam os que levantam a mão contra seu pai, não se esqueça quando estiver em seu reino, disse-lhe, embora já estivesse, ao cabo de tantas noites de insônias de espera, tantas raivas aplacadas, tantas humilhações digeridas, aí estava, mãe, proclamado comandante supremo das três armas e presidente da república por tanto tempo quanto fosse necessário para o restabelecimento da ordem e do equilíbrio econômico da nação, era o que haviam resolvido por unanimidade os últimos caudilhos da federação com a concordância do senado e da câmara de deputados em sessão conjunta e o respaldo da esquadra britânica em razão das minhas tantas e tão difíceis noites de dominó com o cônsul Macdonall, só que nem eu nem ninguém acreditou no princípio, é claro, quem ia acreditar no tumulto daquela noite de espanto se a própria Bendición Alvarado não conseguira acreditar nem mesmo quando em seu leito de podridão evocava a lembrança do filho que não sabia por onde começar a governar naquela casa imensa e sem móveis na qual não ficara nada de valor senão os óleos carunchados dos vice-reis e dos arcebispos da grandeza morta de Espanha, tudo o mais haviam levado pouco a pouco os presidentes anteriores para seus domínios privados, não deixaram nem rastro do papel de parede de episódios heroicos nas paredes, os quartos estavam cheios de rebotalhos de quartel, havia por toda parte vestígios esquecidos de massacres históricos e lemas escritos com um dedo de sangue por presidentes ilusórios de uma só noite, mas não havia sequer uma esteira onde deitar-se para transpirar uma febre, de modo que sua mãe Bendición Alvarado arrancou uma cortina para me tapar e o deixou deitado em um canto da escada principal enquanto ela varria com a vassoura de galhos verdes os aposentos presidenciais que os ingleses estavam acabando de saquear, varreu todo o chão defendendo-se a vassouradas desta corja de flibusteiros que tentavam violá-la atrás das portas, e um pouco antes da madrugada sentou para descansar junto ao filho aniquilado pelos calafrios, enrolado na cortina felpuda, suando em bicas no último degrau da escada principal da casa devastada enquanto ela tentava baixar-lhe a febre com suas soluções simples de que não se deixe acovardar por esta desordem, filho, é questão de comprar uns tamboretes de couro dos mais baratos e se pinta neles flores e animais coloridos, eu mesma pinto, dizia, é questão de comprar umas redes para quando houver visitas, isso mesmo, redes, porque em uma casa como esta devem chegar muitas visitas a qualquer hora sem avisar, dizia, compra-se uma mesa de igreja para comer, compram-se serviços de ferro e pratos de cobre para que aguentem os maus modos da tropa, compra-se uma tina decente para a água de beber e um fogareiro de carvão e pronto, no fim é dinheiro do governo, dizia para consolá-lo, mas ele não a escutava, abatido pelas primeiras malvas do amanhecer que iluminavam como carne viva o lado oculto da verdade, consciente de não ser nada mais que um ancião inútil que tremia de febre sentado nas escadas pensando sem paixão minha mãe Bendición Alvarado de modo que esta era toda a história, porra, de modo que o poder era aquela casa de náufragos, aquele cheiro humano de cavalo queimado, aquela aurora desolada de outro doze de agosto igual a todos era a data do poder, mãe, em que merda nos metemos, padecendo a decepção original, o medo atávico do novo século de trevas que se levantava no mundo sem sua permissão, cantavam os gaios no mar, cantavam os ingleses em inglês recolhendo os mortos do pátio quando a mãe Bendición Alvarado terminou as contas alegres com o saldo de alívio de que não me assustam as coisas de comprar e os trabalhos por fazer, nada disso, filho, o que me assusta é a quantidade de lençóis que a gente terá de lavar nesta casa, e então foi ele quem se apoiou na força de sua desilusão para tentar consolá-la com um durma tranquila, mãe, neste país não há presidente que dure, disse-lhe, vai ver logo como me derrubam em menos de quinze dias, disse-lhe, e não apenas acreditou nele então senão que continuou acreditando em cada instante de todas as horas de sua longuíssima vida de déspota sedentário, tanto mais quanto mais o convencia a vida de que os longos anos do poder não trazem dois dias iguais, que haveria sempre uma intenção oculta nos propósitos de um primeiro-ministro quando este soltava a deflagração deslumbrante da verdade no informe de rotina da quarta-feira, e ela mal sorria, não me diga a verdade, advogado, porque corre o perigo de que acreditem nela, inutilizando com aquela única frase toda uma laboriosa estratégia do conselho de governo para tentar que ele assinasse sem perguntar, pois nunca me pareceu mais lúcido que quando mais convincentes se faziam os rumores de que ele mijava nas calças sem se dar conta durante as visitas oficiais, parecia-me ainda mais severo à medida que se afundava no remanso da decrepitude com uns chinelos de desenganado e os óculos de uma só haste amarrada com linha de costurar e seu caráter se havia tornado mais violento e seu instinto mais certeiro para afastar o que era inoportuno e assinar o que lhe convinha sem ler, que porra, se no final das contas ninguém se importa comigo, sorria, veja bem que havia ordenado que pusessem uma tranca no vestíbulo para que as vacas não subissem pelas escadas, e aí estava outra vez, vaca, vaca, havia metido a cabeça pela janela do gabinete e estava comendo as flores de papel do altar da pátria, mas ele se limitava a sorrir que está vendo o que lhe digo, advogado, o que tem fodido este país é que ninguém se importou nunca comigo, dizia, e o dizia com uma clareza de julgamento que não parecia possível em sua idade, embora o embaixador Kippling contasse em suas memórias proibidas que por essa época o havia encontrado em um penoso estado de inconsciência senil que nem sequer lhe permitia valer-se de si próprio para os atos mais simples, contava que o encontrou ensopado de uma matéria incessante e salobra que lhe manava da pele, que havia adquirido um tamanho descomunal de afogado e uma placidez lenta de afogado à deriva e havia aberto a camisa para mostrar-me o corpo tenso e lúcido de afogado de terra firme em cujos resquícios estavam proliferando os parasitas de escolhos do fundo do mar, tinha a rêmora de barco nas costas, tinha pólipos e crustáceos microscópicos nas axilas, mas estava convencido de que aquelas arrebentações de alcantilados eram apenas os primeiros sintomas do regresso espontâneo do mar que vocês levaram, meu querido Johnson, porque os mares são como os gatos, disse, voltam sempre, convencido de que os bancos perceves de suas virilhas eram o anúncio secreto de um amanhecer feliz em que ia abrir a janela do seu quarto e havia de ver de novo as três caravelas do almirante do mar-oceano que se cansara de buscar pelo mundo inteiro para ver se era verdade o que lhe haviam dito que tinha as mãos lisas como ele e como tantos outros grandes da história, havia ordenado trazê-lo, mesmo pela força, quando outros navegantes lhe contaram que o haviam visto cartografando as ilhas inumeráveis dos mares vizinhos, mudando pelos nomes de reis e de santos seus velhos nomes de militares enquanto buscava na ciência nativa a única coisa que lhe interessava de verdade que era descobrir algum remédio magistral para sua calvície incipiente, havíamos perdido a esperança de encontrá-lo de novo quando ele o reconheceu da limusine presidencial disfarçado dentro de um hábito marrom com o cordão de São Francisco na cintura fazendo soar uma matraca de penitente entre as multidões dominicais do mercado público e consumido em tal estado de penúria moral que não se podia acreditar que fosse o mesmo que havíamos visto entrar no salão de audiências com a farda avermelhada e as esporas de ouro e a andadura solene de caranguejo em terra firme, mas quando tentaram fazê-lo entrar na limusine por ordem sua não encontramos nem o rastro meu general, a terra o engoliu, diziam que havia se tornado muçulmano, que havia morrido de pelagra no Senegal e havia sido enterrado em três tumbas diferentes de três cidades diferentes do mundo embora na realidade não estivesse em nenhuma, condenado a vagar de sepulcro em sepulcro até a consumação dos séculos pela sorte malsucedida de suas empresas, porque esse homem tinha peso, meu general, era mais azarento que o ouro, mas ele não acreditou nunca, continuava esperando que voltasse nos limites últimos de sua velhice quando o ministro da saúde arrancava com umas pinças os carrapatos de boi que encontrava no seu corpo e ele insistia que não eram carrapatos, doutor, é o mar que volta, dizia, tão convencido do que dizia que o ministro da saúde havia pensado muitas vezes que ele não era tão surdo como fazia acreditar em público nem tão apalermado quanto aparentava nas audiências incômodas, embora um exame a fundo tivesse revelado que tinha as artérias de vidro, tinha sedimentos de areia de praia nos rins e o coração fendido pela falta de amor, de modo que o velho médico escudou-se em uma antiga confiança de compadre para dizer-lhe que já é hora de entregar os pontos meu general, resolva pelo menos em que mãos vai nos deixar, disse-lhe, nos salve da orfandade, mas ele lhe perguntou espantado que quem lhe disse que eu penso em morrer, meu querido doutor, que morrem os outros, que porra, e acabou com espírito de zombaria dizendo que faz duas noites me vi eu mesmo na televisão e me achei melhor que nunca, como um touro de combate, disse, morto de rir, pois se havia visto entre brumas, cabeceando de sono e com a cabeça enrolada em uma toalha molhada em frente da tela sem som de acordo com os hábitos de suas últimas noitadas de solidão, estava de fato mais resoluto que um touro de combate ante o feitiço da embaixadora da França, ou talvez fosse da Turquia, ou da Suécia, que porra, eram tantas iguais que não as distinguia e havia passado tanto tempo que não se lembrava de si mesmo entre elas com a farda da noite e uma taça de champanha intacta na mão durante a festa do 12 de agosto, ou na comemoração da vitória de 14 de janeiro, ou do renascimento de 13 de março, sei lá, se nos galimatias das datas históricas do regime havia terminado por não saber quando era uma nem qual correspondia a tal nem de nada lhe serviam os papeizinhos enrolados que com tão bom espírito e tanto esmero havia escondido nos resquícios das paredes porque havia terminado por esquecer o que era que devia recordar, encontrava-os por acaso nos esconderijos do mel de abelha e havia lido certa vez que a 7 de abril faz anos o doutor Marcos de León, é preciso mandar-lhe um tigre de presente, havia lido, escrito de seu punho e letra, sem a menor ideia de quem fosse, sentindo que não havia um castigo mais humilhante nem menos merecido para um homem que a traição do próprio corpo, havia começado a perceber isto desde muito antes dos tempos imemoriais de José Ignácio Saenz de la Barra quando teve consciência de que mal sabia quem era quem nas audiências de grupos, um homem como eu que era capaz de chamar pelo nome e sobrenome a toda uma população das profundezas do seu desmesurado reino de pesadelo, e entretanto havia chegado ao extremo oposto, havia visto da carruagem a um rapaz conhecido entre a multidão e se havia assustado tanto de não lembrar onde o havia visto antes que o fiz prender pela escolta enquanto me lembrava, um pobre homem da selva que ficou vinte e dois anos em um calabouço repetindo a verdade estabelecida desde o primeiro dia no processo judicial, que se chamava Bráulio Linares Moscote, que era filho natural mas reconhecido de Marcos Linares, marinheiro de água doce, e de Delfina Moscote, criador de cães de caça, ambos com domicílio conhecido no Rosai do Vice-Rei, que estava pela primeira vez na cidade capital deste reino porque sua mãe o havia mandado vender dois filhotes nos jogos florais de março, que havia chegado em um burro de aluguel sem outra roupa que a que vestia ao amanhecer da mesma quinta-feira em que o prenderam, que estava em uma banca do mercado público tomando uma xícara de café amargo enquanto perguntava às quituteiras se não sabiam de alguém que quisesse comprar os filhotes cruzados para caçar tigres, que elas lhe haviam respondido que não quando começou o tropel dos sinos, as cometas, os foguetes, a gente que gritava que já vem o homem, aí vem, que perguntou quem era o homem e lhe haviam respondido que quem podia ser, o que manda, que enfiou os filhotes em um caixote para que as quitandeiras fizessem o favor de cuidar deles que logo volto, que subiu no batente de uma janela para olhar por cima do povo e viu a escolta de cavalos com gualdrapas de ouro e morriões de plumas, viu a carruagem com o dragão da pátria, o abano de uma mão com uma luva de pano, o semblante lívido, os lábios, taciturnos sem sorriso do homem que mandava, os olhos tristes que o encontraram de repente como a uma agulha num monte de agulhas, o dedo que o apontou, aquele, o que está trepado na janela, que o prendam enquanto me lembro onde o vi, ordenou, então me agarraram à força, me esfolaram a ponta de sabre, me assaram em uma grelha para que confessasse onde me havia visto antes o homem que mandava, mas não haviam conseguido arrancar-lhe outra verdade que a única no calabouço de horror da fortaleza do porto e a repetiu com tanta convicção e tanta coragem pessoal que ele acabou por admitir que se havia enganado, mas agora não há remédio, disse, porque o haviam tratado tão mal que se não era um inimigo agora o é, pobre homem, de modo que apodreceu vivo no calabouço enquanto eu deambulava por esta casa de sombras pensando minha mãe Bendición Alvarado dos meus bons tempos, proteja-me, olhe como estou sem o amparo do seu manto, clamando na solidão que não valia a pena ter vivido tantos fastos de glória se não podia evocá-los para ensolarar-se com eles e alimentar-se deles e continuar sobrevivendo por eles nos pântanos da velhice porque até as dores mais intensas e os instantes mais felizes de seus grandes tempos haviam escorrido sem remédio pelas torneiras da memória apesar de suas cândidas tentativas de impedi-lo com as rolhas de papeizinhos enrolados, estava castigado a não saber jamais quem era esta Francisca Linero de 96 anos que havia ordenado enterrar com honras de rainha de acordo com outra nota escrita de sua própria mão, condenado a governar às cegas com onze pares de óculos inúteis escondidos na gaveta da escrivaninha para dissimular que na realidade conversava com espectros cujas vozes não conseguia nem decifrar, cuja identidade adivinhava por sinais de instinto, submerso em um estado de desamparo cujo risco maior fizera-se evidente para ele durante uma audiência com seu ministro da guerra em que teve a má sorte de espirrar uma vez e o ministro da guerra lhe disse saúde meu general, e havia espirrado outra vez e o ministro da guerra voltou a dizer saúde meu general, e outra vez, saúde meu general, mas depois de nove espirros consecutivos não voltei a lhe desejar saúde meu general mas me senti aterrorizado pela ameaça daquela cara descomposta de estupor, vi os olhos afogados em lágrimas que me cuspiram sem piedade do tremedal da agonia, vi a língua de enforcado da besta de-crépita que estava morrendo nos meus braços sem um testemunho da minha inocência, sem ninguém, e então não me lembrei de nada mais que fugir do gabinete antes que fosse tarde demais, mas ele me impediu com uma rajada de autoridade gritando-me entre dois espirros que não fosse covarde brigadeiro Rosendo Sacristán, fique quieto, porra, que não sou babaca para morrer diante de você, gritou, e assim foi, porque continuou espirrando até a beira da mor-te, flutuando em um espaço de inconsciência povoado de vagalumes do meio-dia mas aferrado à certeza de que sua mãe Bendición Alvarado não havia de lhe reservar a vergo-nha de morrer de um acesso de espirros na presença de um inferior, nem de brincadeira, antes morto que humilhado, melhor viver com vacas que com homens capazes de deixar uma pessoa morrer sem honra, que porra, se não havia voltado a discutir sobre Deus com o núncio apostólico para que não notasse que ele tomava o chocolate com colher, nem havia voltado a jogar dominó por temor de que alguém se atrevesse a perder por pena, não queria ver ninguém, mãe, para que ninguém descobrisse que apesar da vigilância minuciosa de sua própria conduta, apesar de sua vaidade de não arrastar os pés chatos que afinal de contas havia arrastado desde sempre, apesar do pudor de seus anos sentia-se à beira do abismo de dor dos últimos ditadores em desgraça que ele mantinha mais presos que protegidos na casa dos penhascos para que não contaminassem o mundo com a peste de sua indignidade, havia padecido a sós a péssima manhã em que ficou adormecido dentro do lago do pátio privado quando tomava o banho de águas medicinais, sonhava com a senhora, mãe, sonhava que era a senhora que fazia as cigarras que se arrebentavam de tanto apitar sobre minha cabeça entre os galhos floridos da amendoeira da vida real, sonhava que era a senhora que pintava com seus pincéis as vozes coloridas dos bem-te-vis quando despertou sobressaltado pelo arroto imprevisto de suas tripas no fundo da água, mãe, despertou congestionado de raiva no lago pervertido da minha vergonha onde flutuavam os lótus aromáticos do orégano e da malva, flutuavam as flores desprendidas da laranjeira, flutuavam as tartarugas alvoroçadas com a novidade do regueiro de cagadinhas douradas e ternas do meu general nas águas fragrantes, que sacanagem, mas ele havia sobrevivido a essa e a tantas outras infâmias da idade e havia reduzido ao mínimo o pessoal de serviço para enfrentá-las sem testemunhas, ninguém o havia de ver vagando sem rumo pela casa de ninguém durante dias inteiros e noites completas com a cabeça envolta em trapos ensopados de *bairún*,[35] gemendo de desespero contra as paredes, enfarado de incensos, enlouquecido pela dor de cabeça insuportável da qual nunca falou nem a seu médico particular porque sabia que não era mais que uma

---

35. *Bairún*, de Bay Run, bebida aromática da Jamaica.

das tantas dores desnecessárias da decrepitude, sentia-a chegar como uma trovoada de pedras muito antes que aparecessem no céu as grandes nuvens de tempestade e ordenava que ninguém me perturbe quando mal havia começado a girar o torniquete nas fontes, que ninguém entre nesta casa aconteça o que acontecer, ordenava, quando sentia estalar os ossos do crânio com a segunda volta do torniquete, nem Deus se vier, ordenava, nem se eu morrer, porra, cego por aquela dor desalmada que não lhe dava um instante de trégua para pensar até o fim dos séculos de desesperança em que desabava a bênção da chuva, e então nos chamava, nós o encontrávamos nascido de novo com a mesinha pronta para o jantar em frente da tela muda da televisão, nós lhe servíamos carne guisada, feijão com toucinho, arroz de coco, fatias de banana frita, um jantar inconcebível à sua idade que ele deixava esfriar sem sequer prová-lo enquanto via o mesmo filme de primeira exibição na televisão, consciente de que algo o governo queria ocultar-lhe se haviam voltado a passar o mesmo programa de circuito fechado sem perceber sequer que os rolos do filme estavam invertidos, que porra, dizia, tratando de esquecer o que quiseram ocultar-lhe, se fosse algo pior já se saberia, dizia, roncando em frente do jantar servido, até que batiam as oito na catedral e ele se levantava com o prato intacto e jogava a comida na privada como todas as noites a essa hora fazia tanto tempo para dissimular a humilhação de que o estômago recusava tudo, para distrair com as lendas de seus tempos de glória o rancor que sentia contra si mesmo cada vez que incorria em um ato detestável de esquecimentos de velho, para esquecer que mal vivia, que era ele e ninguém mais quem escrevia nas paredes dos mictórios que viva o general, viva o macho, que havia tomado escondido uma poção de curandeiro para estar quantas vezes quisesse em uma única noite e até três vezes cada vez com três mulheres diferentes e pagara aquela ingenuidade senil com lágrimas de raiva mais que de dor agarrado às argolas da latrina chorando minha mãe Bendición Alvarado do meu coração, humilhe-me, purifique-me com suas águas de fogo, cumprindo com orgulho o castigo de sua candidez porque sabia de sobra que o que lhe faltava então e lhe havia faltado sempre na cama não era honra e sim amor, faltavam-lhe mulheres menos secas que as que me servia meu compadre chanceler para que não perdesse o bom costume desde que fecharam a escola vizinha, fêmeas de carne sem osso só para o senhor meu general, vindas de avião com franquia oficial das vitrinas de Amsterdã, dos concursos de cinema de Budapeste, do mar da Itália, meu general, olhe que maravilha, as mais belas do mundo inteiro que ele encontrava sentadas com uma decência de professoras de canto na penumbra do gabinete, despiam-se como artistas, deitavam-se no divã felpudo com as tiras do maio impressas em negativo de fotografia sobre a pele tíbia de melaço dourado cheiravam a dentifrícios mentolados, a flores de vidro, deitadas junto ao enorme boi de cimento que não quis tirar a farda enquanto eu tratava de estimulá-lo com meus recursos mais caros até que ele cansou de padecer os aprêmios daquela beleza alucinante de peixe morto e lhe disse que já estava bom, filha, meta-se a freira, tão deprimido com sua própria desídia que aquela noite ao soar as oito surpreendeu a uma das mulheres encarregadas da roupa dos soldados e a derrubou com uma lambada sobre as bacias do tanque apesar dela ter tentado escapar com o recurso do medo de que hoje não posso general, acredite, estou com bandeira vermelha, mas ele a virou de bruços nas tábuas de lavar e a semeou ao revés com um ímpeto bíblico que a pobre mulher sentiu na alma com o rangido da morte e suspirou que

bárbaro general, o senhor devia ter estudado para burro, e
ele se sentiu mais feliz com aquele gemido de dor que com
os ditirambos mais frenéticos de seus aduladores profissio-
nais e destinou à lavadeira uma pensão vitalícia para a
educação de seus filhos, voltou a cantar depois de tantos
anos quando alimentava as vacas nos estábulos de ordenha,
fúlgida lua do mês de janeiro, cantava, sem pensar na morte, porque nem na última noite de sua vida haveria de
permitir-se a fraqueza de pensar em algo que não fosse de
senso comum, voltou a contar as vacas duas vezes enquanto cantava és a luz do meu caminho escuro, és minha estrela polar, e verificou que faltavam quatro, voltou ao
interior da casa contando na passagem as galinhas adormecidas nos cabides dos vice-reis, cobrindo as gaiolas dos
pássaros adormecidos que contava ao pôr sobre elas as
cobertas de algodão, quarenta e oito pôs fogo nas bostas
espalhadas pelas vacas durante o dia desde o vestíbulo até
o salão de audiências, lembrou-se de uma infância remota
que pela primeira vez era sua própria imagem tintando no
gelo do páramo e a imagem de sua mãe Bendición Alvarado que arrebatou dos abutres do mudalar uma tripa de
carneiro para o almoço, haviam batido as onze quando
percorreu outra vez a casa toda em sentido contrário ilu-
minando-se com o lampião enquanto apagava as luzes até
o vestíbulo, viu-se a si mesmo um por um até catorze generais repetidos caminhando com um lampião nos espelhos
escuros, viu uma vaca escarrapachada de costas no fundo
do espelho da sala de música, vaca, vaca, disse, estava morta, que merda, passou pelos dormitórios da guarda para
dizer-lhe que havia uma vaca morta dentro de um espelho,
ordenou que a tirem de lá amanhã cedo, sem falta, antes
que a casa fique cheia de urubus, ordenou, examinando com
a luz os antigos escritórios do andar térreo em busca de

outras vacas perdidas, eram três, procurou-as nos mictórios, debaixo das mesas, dentro de cada um dos espelhos, subiu ao andar principal examinando os quartos quarto por quarto e só encontrou uma galinha atirada sob o mosquiteiro de tricô rosa de uma noviça de outros tempos cujo nome havia esquecido, tomou a colherada de mel de abelha antes de se deitar, voltou a pôr o vidro no esconderijo onde havia um de seus papeizinhos com a data de algum aniversário do insigne poeta Rubén Darío a quem Deus tenha no trono mais alto de seu santo reino, voltou a enrolar o papelzinho e o deixou em seu lugar enquanto rezava de memória a oração infalível de pai e mestre mágico liróforo celeste que manténs flutuando os aeroplanos no ar e os transatlânticos no mar, arrastando suas grandes patas de desenganado insone através das últimas albas fugazes de amanheceres verdes das voltas do farol, ouvia os ventos penados do mar que se foi, ouvia a música animada de uma festa de bodas em que esteve a ponto de morrer pelas costas em um descuido de Deus, encontrou uma vaca extraviada e lhe impediu a passagem sem tocá-la, vaca, vaca, voltou ao quarto, ia vendo ao passar em frente das janelas a brisa de luzes da cidade sem mar em todas as janelas, sentiu o vapor quente do mistério de suas entranhas, o arcano de sua respiração constante, contemplou-a vinte e três vezes sem deter-se e padeceu para sempre como sempre a incerteza do oceano vasto e inescrutável do povo adormecido com a mão no coração, soube-se detestado por aqueles que mais o amavam, sentiu-se iluminado com velas de santo, sentiu seu nome evocado para corrigir a sorte das parturientes e mudar o destino dos moribundos, sentiu sua memória exaltada pelos mesmos que amaldiçoavam sua mãe quando viam os olhos taciturnos, os lábios tristes, a mão de noiva pensativa atrás dos vidros de aço transparente dos tempos remotos da limusine sonâmbula e beijávamos a pegada de sua bota no barro e lhe mandávamos esconjuros para uma morte má nas noites de calor quando víamos dos pátios as luzes errantes nas janelas sem alma da casa civil, ninguém nos quer, suspirou, aparecido no antigo dormitório de passarinheira exangue pintora de bem-te-vis de sua mãe Bendición Alvarado com o corpo semeado de limo, que tenha boa morte, mãe, disse-lhe, muito boa morte, filho, respondeu ela na cripta, eram doze em ponto quando pendurou o lampião no dintel ferido nas entranhas pela torcedura mortal dos silvos tênues do horror da hérnia, não havia mais âmbito no mundo que o de sua dor, passou os três ferrolhos do quarto pela última vez, passou o holocausto final da micção exígua na privada portátil, atirou-se no chão nu com a calça de tecido grosseiro que usava para ficar em casa desde que pôs fim às audiências, com a camisa listrada sem o colarinho postiço e as chinelas de inválido, estendeu-se de bruços, com o braço direito sob a cabeça para que servisse de travesseiro, e dormiu no ato, mas às duas e dez acordou com a mente embotada e a roupa embebida em um suor pálido e morno de vésperas de ciclone, quem está aí, perguntou estremecido pela certeza de que alguém o havia chamado no sonho por um nome que não era o seu, Nicanor, e outra vez Nicanor, alguém que tinha o poder de se meter em seu quarto sem tirar as aldravas porque entrava e saía quando queria atravessando as paredes, e então viu, era a morte meu general, a sua, vestida com uma túnica esfarrapada de fibra de penitente, com a foice de cabo na mão e o crânio semeado de rebentos de algas sepulcrais e flores de terra na fissura dos ossos e os olhos arcaicos e atônitos nas órbitas descarnadas, e só quando a viu de corpo inteiro compreendeu que o houvesse chamado Nicanor Nicanor que é o nome com que a morte nos conhece a todos os homens no instante de morrer, mas ele disse que não, morte, que ainda não era a sua hora, que havia de ser durante o sono na penumbra do gabinete como estava anunciado desde sempre nas águas premonitórias dos alguidares, mas ela replicou que não, general, foi aqui, descalço e com a roupa de indigente que usava, embora os que encontraram o corpo haveriam de dizer que foi no chão do gabinete com a farda de linho sem insígnias e a espora de ouro no calcanhar esquerdo para não contrariar os augúrios de suas pitonisas, havia sido quando menos o quis, quando ao fim de tantos e tantos anos de ilusões estéreis havia começado a vislumbrar que não se vive, que porra, sobrevive-se, aprende-se muito tarde que até as vidas mais longas e úteis não chegam para nada mais que para aprender a viver, havia conhecido sua incapacidade de amor no enigma da palma de suas mãos mudas e nos números invisíveis das cartas e havia tratado de compensar aquele destino infame com o culto abrasador do vício solitário do poder, se havia feito vítima de sua seita para imolar-se nas chamas daquele holocausto infinito, se havia cevado na falácia e no crime, havia medrado na crueldade e no opróbrio e se havia sobreposto à sua avareza febril e ao medo congênito só para conservar até o fim dos tempos sua bolinha de vidro no punho sem saber que era um vício sem fim cuja saciedade gerava o próprio apetite até o fim de todos os tempos meu general, havia sabido desde suas origens que o enganavam para agradá-lo, que lhe cobravam para adulá-lo, que recrutavam pela força das armas as multidões concentradas à sua passagem com gritos de júbilo e faixas venais de vida eterna ao magnífico que é mais antigo que sua idade, mas aprendeu a viver com essas e com todas as misérias da glória à medida que descobria no transcurso de seus anos incontáveis que a mentira é mais cômoda que a dúvida, mais útil que o amor, mais perdurável que a verdade, havia chegado sem espanto à ficção de ignomínia de mandar sem poder, de ser exaltado sem glória e de ser obedecido sem autoridade quando se convenceu no rastro de folhas amarelas do seu outono que nunca havia de ser o dono de todo o seu poder, que estava condenado a não conhecer a vida senão pelo revés, condenado a decifrar as costuras e a corrigir os fios da trama e os nós da urdidura do gobelino de ilusões da realidade sem suspeitar nem mesmo muito tarde que a única vida visível era a de mostrar, a que nós víamos deste lado que não era o seu meu general, este lado de pobres onde estava o rastro de folhas amarelas dos nossos incontáveis anos de infortúnio e nossos instantes inatingíveis de felicidade, onde o amor estava contaminado pelos germes da morte mas era todo o amor meu general, onde o senhor mesmo era apenas uma visão indefinida de uns olhos de dor através das cortinas empoeiradas da janelinha de um trem, era apenas o tremor de uns lábios taciturnos, o adeus fugitivo de uma luva de cetim da mão de ninguém de um ancião sem destino que nunca soubemos quem foi, nem como foi, nem se foi apenas uma mentira da imaginação, um tirano de mentira que nunca soube onde estava o avesso e onde estava o direito desta vida que amávamos com uma paixão insaciável que o senhor não se atreveu sequer a imaginar por medo de saber o que nós sabíamos de sobra que era árdua e efêmera mas que não havia outra, general, porque nós sabíamos quem éramos enquanto ele ficou sem sabê-lo para sempre com o doce assobio de sua potra de morto velho derrubado pela raiz pela lambada da morte, voando entre o rumor sombrio das últimas folhas geladas do seu outono até a pátria de trevas da verdade do esquecimento, agarrado de medo aos restos dos fios apodrecidos do balandrau da morte e alheio aos clamores das multidões frenéticas que se lançavam às ruas cantando os hinos de júbilo da notícia jubilosa de sua morte e alheio para sempre jamais às músicas de libertação e aos foguetes de regozijo e os sinos de glória que anunciavam ao mundo a boa-nova de que o tempo incontável da eternidade havia por fim terminado.

1968-1975

Este livro foi composto na tipografia
Minion Pro, em corpo 11,5/14,5, e impresso em
papel off-white no Sistema Digital Instant Duplex
da Divisão Gráfica da Distribuidora Record.